D1425272

LA PETITE FILLE QUI AIMAIT TOM GORDON

Stephen King est né en 1947 dans l'État du Maine. Il sort de l'université en 1970 avec un diplôme de professeur d'anglais, et publie en 1973 son premier roman *Carrie* (vendu à plus de 2 500 000 exemplaires). Dès lors tous ses romans sont des best-sellers, et nombre d'entre eux sont adaptés au cinéma : *Carrie* par Brian de Palma, *Shining* par Stanley Kubrick, *Dead Zone* par David Cronenberg, *Christine* par John Carpenter, *Misery* par Bob Reiner. Avec plus de quarante millions de livres vendus dans le monde entier, il est devenu le plus célèbre auteur de livres fantastiques et d'horreur de tous les temps... et maître incontesté du genre. Il est l'un des premiers à avoir expérimenté Internet pour la publication d'une nouvelle, reprise en France par Le Livre de Poche/Albin Michel : *Un tour sur le Bolid'*. On lui doit depuis *Cœurs perdus en Atlantide, Écriture, mémoire d'un métier* et *Dream Catcher*.

Stephen King explique sa fascination pour l'horreur comme un moyen de combattre l'angoisse, une sorte de psychanalyse à l'envers : écrire les pires choses qui puissent arriver aide à se débarrasser de la peur. Il écrit non sans humour : « Je suis le malade, et on me paie pour l'être ». Ses goûts littéraires le portent vers Philippe Roth, Norman Mailer, John Irving, Ray Bradbury, Richard Matheson et Joyce Carol Oates. Stephen King est marié à la romancière Tabitha King. Ils ont trois enfants et vivent dans une petite ville du Maine.

STEPHEN KING

La petite fille
qui aimait Tom Gordon

ROMAN

TRADUIT DE L'AMÉRICAIN PAR FRANÇOIS LASQUIN

ALBIN MICHEL

Titre original :

THE GIRL WHO LOVED TOM GORDON

A mon fils Owen,
qui m'a fait comprendre tant de choses sur le base-ball
dont je lui avais enseigné les rudiments.

Juin 1998

PRÉLIMINAIRES

Le monde a des dents, et quand l'envie le prend de mordre, il ne s'en prive pas. Trisha McFarland avait neuf ans lorsqu'elle s'en aperçut. Ce fut un matin, au début du mois de juin. A dix heures, elle était assise à l'arrière de la Dodge Caravan de sa mère, vêtue de son maillot d'entraînement bleu roi de l'équipe des Red Sox (avec 36 GORDON inscrit au dos), et jouait avec Mona, sa poupée. A dix heures trente, elle était perdue dans la forêt. A onze heures, elle s'efforçait de ne pas céder à la panique, de ne pas se dire *Je suis en danger*, de chasser de sa tête l'idée que les gens qui se perdent dans la forêt s'en tirent quelquefois avec de graves blessures, que quelquefois même ils en meurent.

Tout ça parce que j'avais envie de faire pipi, se disait-elle. Quoique à vrai dire son envie n'était pas si pressante que ça. Du reste, elle aurait dû demander à maman et à Pete de l'attendre sur le sentier pendant qu'elle allait au petit coin derrière un arbre. Ils se disputaient, pour ne pas changer. C'est pour ça qu'elle s'était laissé distancer, sans rien dire. C'est pour ça qu'elle avait quitté le sentier et s'était enfoncée dans les fourrés. Elle avait besoin de respirer un peu, voilà tout. Elle en avait marre de leurs engueulades perpétuelles, marre de simuler la bonne humeur, elle sentait qu'elle était à deux doigts de se mettre à hurler, de crier à sa mère : *Laisse-le partir ! S'il tient tant que ça à retourner vivre avec papa, pourquoi veux-tu l'en empêcher ? Si j'avais le permis, je le conduirais à Malden moi-même, qu'on ait enfin un peu la paix !* Mais que lui aurait répondu sa mère ? Quelle tête elle aurait fait ? Et Pete, alors ? Pete était grand, lui, il allait sur ses quatorze ans, et il était loin d'être bête. Qu'est-ce qu'il avait à s'acharner comme ça ? Pourquoi revenait-il toujours à la charge ? *Arrête tes conneries*, voilà ce qu'elle aurait voulu lui dire. *Arrêtez vos conneries tous les deux*.

Leurs parents avaient divorcé un an plus tôt, et c'est leur mère qui avait obtenu le droit de garde. Ils avaient dû quitter la banlieue de Boston pour aller habiter au fin fond du Maine, et Pete n'avait pas cessé de s'en plaindre. L'absence de leur père lui pesait, certes, et c'est toujours de cette corde-là qu'il jouait avec maman (devinant d'instinct que c'était celle qui résonnerait le plus profondément en elle), mais Trisha savait que ce n'était pas l'unique raison, ni même la raison principale de sa conduite. Si Pete ne voulait pas rester dans le Maine, c'est surtout parce qu'il détestait le lycée de Sanford.

A Malden, il était comme un coq en pâte. Il régnait sur le club d'informatique comme s'il en avait été le prince régent, et il avait plein de copains. Tous du genre boutonneux à lunettes, d'accord, mais ils se serraient les coudes et les petites frappes évitaient de leur chercher noise. Au lycée de Sanford, il n'y avait pas de club d'informatique, et Pete ne s'y était fait qu'un seul ami, Eddie Rayburn. Mais en janvier, victime lui aussi d'une rupture conjugale, Eddie avait dû quitter la ville, et Pete s'était retrouvé seul. Non content d'être en butte à toutes sortes de brimades, il était vite devenu un objet de risée et avait hérité d'un sobriquet qu'il haïssait — Bionic Pete.

Quand Trisha et Pete ne partaient pas à Malden pour passer le week-end chez leur père, leur mère leur organisait systématiquement des sorties. Trisha souhaitait de tout son cœur qu'elle y renonce, car c'est au cours de leurs excursions que les querelles les plus violentes éclataient, mais elle savait que c'était peine perdue. Quilla Andersen (elle avait repris son nom de jeune fille, au grand dam de Pete) mettait toujours ses convictions en pratique avec une résolution farouche. Lors d'un de ses séjours à Malden, Trisha avait surpris une conversation au téléphone entre son père et son grand-père.

— Si Quilla avait été à Little Big Horn, les Sioux auraient perdu, avait dit son père.

Elle n'aimait pas l'entendre parler ainsi de sa mère, ça lui semblait puéril autant que déloyal, mais sa remarque avait incontestablement un fond de vérité.

Au cours des six derniers mois, alors que ses rapports avec Pete se dégradaient sans cesse, leur mère les avait emmenés au musée de l'automobile de Wiscasset, au village Shaker de Gray, au jardin des plantes de North Wyndham, au parc de loisirs de Randolph, dans le New Hampshire, pour ne rien dire de la balade en canoë sur la Saco River, et de l'excursion à ski jusqu'à Sugarloaf, où Trisha s'était foulé la cheville, incident qui avait eu pour séquelle un échange de hurlements entre ses parents, preuve de plus qu'un divorce fournit bien des occasions de s'éclater.

Quand Pete se plaisait vraiment quelque part, il lui arrivait de fermer son clapet. Il avait décrété que le parc de loisirs de Randolph était « tout juste bon pour les mioches », mais comme maman l'avait autorisé à rester un bon moment dans la salle de jeux vidéo, il s'était montré sinon satisfait, du moins silencieux sur le chemin du retour. En revanche, quand l'un des endroits sur lesquels maman avait jeté son dévolu le défrisait (il avait particulièrement haï le jardin des plantes, et en rentrant à Sanford ce jour-là il les avait enquiquinées jusqu'à plus soif), il ne se privait pas d'exprimer à haute voix sa façon de penser. Pete n'était pas d'un tempérament accommodant. Sur ce plan, on pouvait dire qu'il était le digne fils de sa mère. Trisha, par contre, était encline à prendre les choses avec philosophie, et bien sûr, tout le monde trouvait qu'elle était le portrait craché de son père. Par moments, cette ressemblance l'ennuyait, mais au fond elle en était plutôt contente.

Les lieux où ils se rendaient le samedi l'indifféraient. Elle se serait volontiers contentée des parcs de loisirs et des golfs miniatures, qui émoussaient un tant soit peu la violence sans cesse croissante des empoignades entre son frère et sa mère. Mais maman tenait à ce que leurs sorties aient aussi un côté instructif — d'où le jardin des plantes et le village Shaker. C'était une cause de mécontentement supplémentaire pour Pete, qui supportait mal qu'on le gave de culture le samedi, journée qu'il aurait préféré consacrer à ses jeux vidéo chéris, en restant claquemuré dans sa chambre, en tête à tête avec son Mac. En une ou deux occasions, il avait exprimé sa façon de penser d'une manière si crue (« Ça me fait *chier* ! ») que maman l'avait consigné dans la voiture le temps d'achever la visite avec Trisha, en lui disant que ça lui apprendrait à tourner sept fois sa langue dans sa bouche avant de parler.

Trisha aurait voulu dire à maman qu'elle avait tort de traiter Pete comme un mioche qu'on met au piquet, qu'un de ces jours elles trouveraient la Dodge vide à leur retour, parce qu'il aurait décidé de partir à Boston en auto-stop, mais elle se contenait, bien sûr. Leurs sorties du samedi étaient une erreur en elles-mêmes, mais pour rien au monde maman ne l'aurait admis. A l'issue de certaines d'entre elles, Quilla Andersen semblait avoir vieilli de dix ans. Les rides autour de sa bouche s'accusaient, elle se frottait continuellement la tempe d'une main comme si elle avait souffert d'une migraine atroce... mais elle ne renoncerait jamais, Trisha en était intimement persuadée. Si sa mère avait été à Little Big Horn, les Sioux auraient peut-être gagné quand même, mais leurs pertes auraient été nettement plus élevées.

Ce samedi-là, leur destination était un lieudit, à la limite occidentale du Maine. La Piste des Appalaches passait par là avant de rejoindre le New Hampshire. La veille au soir, à la table de la cuisine, maman leur avait montré une petite brochure illustrée de photos en couleurs de randonneurs avançant gaiement le long d'une piste forestière ou debout sur un promontoire aménagé, une main en visière au-dessus des yeux, admirant le majestueux panorama des White Mountains à l'autre bout d'une immense vallée boisée.

Tassé sur sa chaise, accablé d'ennui, Pete n'avait accordé au dépliant qu'un vague regard. Maman faisait comme si elle n'avait pas remarqué son dédain pourtant ostentatoire. Trisha, elle, témoignait d'un enthousiasme exagéré. Ça devenait une habitude chez elle. Ces temps-ci, elle réagissait de plus en plus souvent comme une concurrente d'un jeu télévisé qui est excitée comme une puce à l'idée qu'elle va gagner l'autocuiseur programmable en inox. Mais ce n'était qu'une façade, bien sûr. Tout au fond d'elle-même, elle avait l'impression d'être le dernier maillon qui empêche une chaîne de se briser. Un maillon beaucoup trop fragile.

Quilla avait refermé sa brochure et l'avait retournée. Au dos, il y avait une carte. Elle suivit de l'index une ligne bleue qui faisait plein de méandres.

— Ça, c'est l'autoroute 68, dit-elle. On laissera la voiture dans ce parking.

Son index s'arrêta sur un petit carré bleu, puis suivit une ligne rouge qui serpentait autant que la première.

— Ici, c'est la section de la Piste des Appalaches qui part de l'autoroute 68, et va rejoindre l'autoroute 302 à North Conway, dans le New Hampshire. Elle ne fait que dix kilomètres, et elle est classée « facile ». Enfin bon, il y en a un petit morceau qui est classé « moyennement difficile », mais ça ne veut pas dire qu'on sera obligés de se munir de cordes et de piolets.

Son index s'arrêta sur un autre carré bleu. Pete, la tête appuyée sur une main, regardait ailleurs. Sa paume retroussait le côté gauche de sa bouche en une sorte de rictus. Depuis la dernière rentrée scolaire, il avait de l'acné, et des boutons fraîchement éclos luisaient sur son front. Trisha aimait beaucoup son frère, mais par moments elle éprouvait des bouffées de haine envers lui. Ça avait été le cas hier soir, quand maman leur avait tracé leur itinéraire dans la cuisine. Elle aurait voulu lui crier : *Tu n'es qu'un sale dégonflé*, car c'était bien là le point saillant de toute l'affaire, comme aurait dit papa. Si Pete était tenaillé par une folle envie de prendre ses jambes à

16

son cou pour retourner à Malden, c'est parce qu'il n'était qu'un sale petit péteux. Il se fichait de sa mère et de sa sœur comme de l'an quarante, ne se souciait même pas de savoir si la proximité de son père lui serait bénéfique à long terme. La seule chose qui lui importait, c'est de n'avoir personne pour lui tenir compagnie quand il allait manger son casse-croûte à midi sur les gradins de la salle de gym. La seule chose qui lui importait, c'est que chaque matin, quand il arrivait en classe, il y avait toujours un gros malin pour lui lancer :

— Yo, Bionic Pete ! Ça boume, petit pédoque ?

— Ici, il y a un autre parking, et c'est là qu'on quittera la piste, avait continué maman, sans s'apercevoir que Pete ne regardait pas la carte, ou en feignant de ne pas s'en apercevoir. Le minibus qui fait la navette le long de la piste y passe à trois heures. Il nous reconduira jusqu'à la voiture, à cinq heures on sera de retour chez nous, et si on n'est pas trop vannés je vous offrirai le cinoche. Alors, qu'est-ce que vous en dites ?

Hier soir, Pete n'avait pas émis d'objection, mais ce matin il s'était rattrapé au centuple. Dès qu'ils avaient quitté Sanford, les jérémiades avaient commencé. Il avait pas envie de faire ça, c'était complètement nul, d'ailleurs la radio annonçait de la pluie, pourquoi fallait-il qu'ils passent un samedi entier à marcher dans la forêt à l'époque de l'année où les insectes pullulent, Trisha risquait de se frotter à du sumac vénéneux (tu parles que ça l'inquiétait), et patati et patata, il n'en finissait plus. Il avait même eu le culot de prétendre qu'il aurait dû rester à la maison pour préparer son examen de fin d'année. Pour autant que Trisha le sache, Pete n'avait jamais produit le moindre travail scolaire le samedi depuis qu'il était au monde. Au début, maman n'avait pas réagi, mais au bout d'un moment la moutarde avait commencé à lui monter au nez. S'il disposait du temps nécessaire, Pete arrivait toujours à la faire craquer. Quand ils pénétrèrent dans le petit parking en terre battue qui bordait l'autoroute 68, maman agrippait le volant avec tant de force que ses jointures en étaient blanches, et elle parlait d'une voix brève et cassante. Trisha ne savait que trop bien ce que ça présageait : l'aiguille de son manomètre mental allait passer dans le rouge sous peu, et elle n'en ressortirait plus. Les dix kilomètres de marche à travers les forêts du Maine occidental promettaient d'être longs.

D'abord, Trisha s'était efforcée de faire diversion en s'extasiant sur les granges, les chevaux qui paissaient dans les prés et les pittoresques vieux cimetières sur le ton de Oh-mon-Dieu-un-autocuiseur-programmable-en-inox ! mais comme ils ne lui prêtaient aucune attention, elle avait fini par se taire. Assise sur la banquette arrière, Mona sur les genoux (son père, lui, appelait plutôt sa poupée Ramona-Grosse-Bise que Mona tout court), son sac à dos posé à côté d'elle, elle écouta la suite de l'engueulade en se demandant si elle allait éclater en sanglots ou sombrer carrément dans la folie. Quand on a des proches qui se chamaillent tout le temps, est-ce que ça peut rendre fou ? Peut-être que ce n'était pas pour lutter contre la migraine que sa mère se massait les tempes du bout des doigts. Peut-être qu'elle essayait simplement d'empêcher son cerveau de se liquéfier ou d'imploser sous la pression.

Pour leur échapper, Trisha s'abandonna à son fantasme favori. Histoire de se mettre en condition, elle ôta sa casquette à l'effigie des Red Sox et s'abîma

dans la contemplation de la signature qu'on avait gri-
bouillée au feutre noir en travers de la visière. C'était
celle de Tom Gordon. Pete aimait bien Mo Vaughn, et
leur mère avait un faible pour Nomar Garciaparra,
mais Tom Gordon était le joueur de l'équipe des Red
Sox que Trisha et son père préféraient entre tous.
« Flash » Gordon était le lanceur que les Red Sox gar-
daient en réserve pour les fins de parties serrées. Il
n'entrait en jeu que dans la huitième ou la neuvième
manche, quand son équipe n'avait qu'une courte tête
d'avance. Le père de Trisha admirait Gordon à cause
de ses nerfs d'acier. « Ce n'est pas du sang qui coule
dans les veines de Flash, c'est de l'eau glacée », disait
Larry McFarland, phrase que Trisha reprenait volontiers à son compte, en ajoutant qu'elle aimait Gordon
parce qu'il était assez gonflé pour donner de l'effet à
une balle de match (détail qu'elle tenait d'un
commentateur sportif dont son père lui avait lu l'ar-
ticle dans le *Boston Globe*). Le reste, elle ne s'en était
ouverte qu'à Ramona-Grosse-Bise et (en une seule
occasion) à sa meilleure amie, Pepsi Robichaud. A
Pepsi, elle avait dit qu'elle trouvait Tom Gordon
« plutôt pas mal ». Avec Mona, elle faisait fi de toute
précaution. Le numéro 36 est le plus bel homme du
monde, lui disait-elle. Si jamais il faisait mine de
prendre ma main dans la sienne, je crois que je tourne-
rais de l'œil. Et s'il m'embrassait, ne serait-ce que sur
la joue, ça me tuerait probablement sur le coup.

Tandis qu'à l'avant de la Dodge sa mère et son
frère se disputaient à propos de leur sortie de ce jour-
là, du lycée de Sanford, de leur vie familiale qui
fichait le camp de tous les côtés, Trisha contempla
la casquette signée par Tom Gordon sur laquelle son
père avait réussi à mettre la main trois mois aupara-

vant, juste avant le début de la saison de base-ball, et son imagination se mit à travailler.

Je suis à Sanford, par une journée semblable à beaucoup d'autres, je passe par le jardin public pour aller chez Pepsi, en coupant par le terrain de jeux. Un type se tient devant le chariot du marchand de hot-dogs. Il est en jean et tee-shirt blanc, avec une chaîne en or autour du cou. Il me tourne le dos, mais sa chaîne scintille au soleil. Tout à coup il fait volte-face, et là... j'ai du mal à en croire mes yeux, mais c'est lui, il n'y a pas à s'y tromper, c'est Tom Gordon ! *Que fait-il à Sanford ? mystère, mais c'est lui, pas de doute, je reconnais le* regard, *c'est celui qu'il a quand il guette le signal des joueurs de la base, et c'est* moi *qu'il regarde avec ces yeux-là, oh mon Dieu, il me sourit, me dit qu'il s'est un peu perdu, me demande si je connais un patelin qui s'appelle North Berwick, si je sais quelle route il faut prendre pour y aller, oh mon Dieu, Jésus Marie Joseph, je tremble comme une feuille, jamais je n'arriverai à articuler un mot, j'ouvrirai la bouche et il n'en sortira qu'un de ces petits couinements étranglés que papa appelle « pets de souris », mais j'essaye quand même et à ma grande surprise je suis capable de parler, ma voix est presque normale, et je lui dis...*

Pendant que Trisha imaginait la suite du dialogue qu'ils auraient pu avoir, la dispute qui faisait rage à l'avant de la Dodge s'estompa peu à peu dans le lointain. (On dit que le silence est d'or, et quelquefois c'est vrai, avait-elle conclu un jour.) Quand la voiture pénétra dans le parking, elle fixait toujours la visière de sa casquette de base-ball, elle était toujours perdue dans son monde à elle (*Trisha est sur son petit nuage*, disait son père), à mille lieues de se douter que les choses les plus ordinaires sont pleines de dents cachées et qu'elle allait bientôt l'apprendre à ses dépens. Elle n'était pas dans ce parking, sur le point d'accéder à la Piste des Appalaches. Elle était dans le jardin public de Sanford, avec Tom Gordon, et le numéro 36 lui disait que si elle pouvait lui indiquer la route de North Berwick, il lui offrirait un hot-dog.

Oh, joie.

Première manche

Maman et Pete firent une trêve le temps de sortir les sacs à dos et le panier d'osier dont Quilla se servait pour herboriser, qu'ils avaient entassés à l'arrière de la Dodge. Pete aida même Trisha à ajuster son sac comme il fallait, en remontant l'une des sangles d'un cran, et prise d'un absurde élan d'optimisme elle se dit que les choses allaient peut-être s'arranger.

— Vous avez pris vos ponchos, les enfants ? leur demanda maman en scrutant le ciel du regard.

Il était bleu de ce côté, mais de gros nuages s'amoncelaient à l'ouest. De toute évidence, ils allaient avoir de la pluie, mais sans doute pas assez tôt pour que Pete puisse leur jouer la grande scène du trois en se plaignant d'être trempé jusqu'aux os.

— Oui je l'ai, maman ! pépia Trisha sur le ton du Oh-mon-Dieu-un-autocuiseur-programmable-en-inox !

Pete grommela quelque chose qui ressemblait à un oui.

— Et vos casse-croûte ?

Trisha répondit par l'affirmative, Pete par un autre grognement indistinct.

— Y a intérêt, parce que si vous vous imaginez

que je vais partager le mien, vous risquez d'être déçus.

Après avoir verrouillé les portières de la Dodge, elle les guida à travers le parking en terre battue jusqu'à un panonceau fléché qui indiquait PISTE OUEST. Il y avait une dizaine d'autres véhicules dans le parking, mais en dehors du leur aucun n'avait une plaque du Maine.

— Et vos bombes anti-insectes ? demanda maman en s'engageant dans le petit sentier qui menait à la piste.

— Moi, j'ai la mienne ! pépia Trisha.

Elle n'en était pas si sûre que ça, mais elle n'avait aucune envie de s'arrêter et de présenter son dos à maman afin qu'elle inspecte son sac. Si elle l'avait fait, Pete aurait repris sa litanie à tous les coups. Par contre, s'ils continuaient à marcher, il y avait des chances qu'il aperçoive quelque chose qui, à défaut de l'intriguer vraiment, suffirait peut-être à détourner son attention. Un raton laveur, un chevreuil. Ou même un dinosaure, tiens. Avec un dinosaure, l'effet aurait été garanti. Trisha pouffa de rire.

— Qu'est-ce qu'il y a de drôle ? lui demanda maman.

— Moi y en a penser, c'est tout, répondit Trisha.

Le visage de Quilla se rembrunit. « Moi y en a penser », c'était du Larry McFarland. *Oh tu peux faire la gueule*, se dit Trisha. *Tu peux faire la gueule jusqu'à plus soif. J'ai beau ne pas me plaindre d'être avec toi comme l'autre vieux grincheux, c'est mon père et je l'aime toujours autant.*

Comme pour le souligner, elle effleura du doigt le bord de sa casquette signée par Tom Gordon.

— Allez, les enfants, en route, dit Quilla. Et regardez autour de vous, hein.

— Ça me fait suer, dit Pete d'une voix plaintive.

C'était la première véritable parole qu'il prononçait depuis qu'ils étaient descendus de voiture. Trisha se mit à prier avec ferveur : *Je vous en supplie, mon Dieu, envoyez-nous quelque chose. Un chevreuil, un dinosaure, un OVNI. Si Vous ne le faites pas, ils vont recommencer leur cirque.*

Dieu ne leur envoya que quelques moustiques venus en éclaireurs qui n'allaient pas tarder à prévenir le gros de la troupe qu'il y avait de la viande fraîche dans le coin. Lorsqu'ils atteignirent le panneau qui indiquait NORTH CONWAY 8 km, maman et Pete s'étaient remis à se bouffer le nez comme des malades. Ils avaient oublié la forêt, oublié Trisha, ils avaient tout oublié sauf eux-mêmes. Et patati et patata. On jurerait deux amoureux, se dit Trisha, à part qu'au lieu de roucouler ils s'engueulent.

Ça lui faisait un peu mal au cœur, parce que du coup ils rataient plein de trucs sympas. La délicieuse odeur de résine qui émanait des pins, par exemple. Les nuages, qui semblaient étrangement proches et avaient moins l'air de nuages que de légères volutes de fumée d'un beau gris argenté. Trisha se disait qu'il fallait être une grande personne pour consacrer ses loisirs à la marche à pied, activité ennuyeuse s'il en est, mais cette balade ne manquait pas d'agrément. La Piste des Appalaches était-elle aussi bien entretenue sur toute sa longueur ? Elle en doutait un peu, mais si c'était le cas, elle comprenait sans peine que des gens qui n'avaient rien de mieux à faire s'astreignent à la parcourir d'un bout à l'autre, en usant leurs souliers sur plusieurs milliers de kilomètres.

C'était un peu comme de se promener sur une large avenue qui sinuait à travers bois. Elle n'était pas bitumée, certes, et elle montait sans arrêt, mais la pente n'était pas trop ardue. Il y avait même une pompe surmontée d'un petit auvent, avec un panneau annonçant : EAU POTABLE. APRÈS AVOIR BU, VEUILLEZ RÉAMORCER LA POMPE.

Trisha avait une gourde dans son sac à dos, une gourde grand modèle à bouchon vissant, mais tout à coup elle fut prise d'une envie irrépressible d'actionner la pompe et de placer sa bouche sous l'eau rafraîchissante et limpide qui jaillirait de son bec rouillé. En la buvant, elle s'imaginerait qu'elle était Bilbo Baggins, en route pour les Monts Brumeux.

— Maman ? cria-t-elle. On pourrait pas s'arrêter pour... ?

Ils n'étaient qu'à dix pas en avant d'elle, mais sa mère ne se retourna même pas.

— Si tu veux te faire des amis, il faut te donner un peu de mal, Peter, disait-elle. Tu ne peux pas te contenter de rester planté là en attendant que les autres viennent vers toi.

— Maman ? Pete ? On pourrait pas faire un petit arrêt, juste le temps de... ?

— T'y comprends rien, maman, protesta Pete avec véhémence. Tu n'y es vraiment pas du tout. Je sais pas comment ça se passait au temps où t'allais au lycée, mais les choses ont bien changé depuis.

— Pete ? Maman ? Écoutez-moi, je vous en prie. Il y a une pompe...

Du moins, il y *avait eu* une pompe, c'était désormais la manière grammaticalement correcte de le dire, car à présent elle était derrière eux, et s'éloignait de plus en plus vite.

— Ce genre d'arguments, ça ne prend pas avec moi, dit Quilla d'une voix cassante, sans réplique.

Pas étonnant qu'il devienne chèvre, vu comme elle lui parle, songea Trisha, puis elle se dit avec acrimonie : *Ils ne s'aperçoivent même pas de ma présence. Je pourrais aussi bien être invisible. Après l'Homme invisible, la Petite Fille invisible. Si j'aurais su, j'aurais pas venu.* Un moustique lui vrillait l'oreille de sa plainte aiguë. Agacée, elle le chassa d'une claque.

Ils arrivèrent à une fourche où la piste se divisait en deux. Le sentier principal n'avait plus tout à fait la dimension d'une avenue, mais restait d'une largeur respectable. Il bifurquait légèrement vers la gauche, et le panneau fléché indiquait NORTH CONWAY 8,5 km. Celui de l'autre sentier, plus exigu et nettement moins bien entretenu, annonçait KEZAR NOTCH 16 km.

— Eh, attendez ! J'ai envie de faire pipi ! s'écria la Petite Fille invisible, mais comme de bien entendu ils restèrent sourds à ses appels et s'engagèrent sur la piste, direction North Conway, marchant côte à côte, les yeux dans les yeux, comme deux amoureux, en échangeant des propos fielleux et acerbes. *On aurait mieux fait de rester à la maison*, se dit Trisha. *Comme ça, j'aurais pu bouquiner pendant qu'ils s'engueulaient. J'aurais pu relire* Bilbo le Hobbit, *tiens. Un livre sur des gens qui passent leur vie à se promener dans les bois, mais qui font ça joyeusement.*

— Que ça vous plaise ou non, je vais faire pipi, ronchonna-t-elle.

Elle s'engagea sur le sentier qui menait à Kezar Notch et avança de quelques pas. Sur la piste principale, les pins se tenaient sagement en retrait, mais ici leurs branches d'un noir bleuté débordaient sur le chemin, et les fourrés au-dessous d'eux étaient denses et impénétrables. Trisha chercha du regard les feuilles luisantes et violacées qui auraient pu trahir la présence d'une espèce ou d'une autre de sumac vénéneux, mais n'en décela aucune, merci petit Jésus. C'est sa mère qui lui avait appris à les reconnaître à l'aide d'un jeu de photos en couleurs, deux ans auparavant. En ce temps-là, la vie était plus simple, plus heureuse aussi, et Trisha allait volontiers se balader en forêt avec sa mère. (Lors de leur excursion au jardin des plantes, les protestations de Pete avaient été d'autant plus virulentes que c'est leur mère qui avait voulu y aller. Ça l'obnubilait tellement que l'idée que Trisha puisse s'y intéresser aussi ne l'avait même pas effleuré.)

A l'occasion de l'une de leurs balades, sa mère lui avait aussi appris comment une fille doit s'y prendre pour faire pipi dans les bois.

— Ce qu'il faut surtout éviter, c'est de s'asseoir au-dessus d'un buisson de sumac vénéneux, lui avait-elle dit. C'est même la seule chose à éviter. Maintenant, regarde bien. Tu n'auras qu'à faire exactement les mêmes gestes que moi.

Trisha inspecta le sentier dans les deux sens, ne vit personne, mais décida de s'en écarter malgré tout. Le chemin de Kezar Notch ne semblait guère fréquenté, ce n'était qu'une minuscule ruelle en comparaison de l'espèce de grand boulevard de la piste principale, mais elle n'allait quand même pas s'accroupir en plein milieu. Ça lui aurait paru malséant.

Elle quitta le sentier et prit la direction de l'embranchement. Les voix de maman et de Pete lui parvenaient encore. Plus tard, une fois qu'elle se serait égarée pour de bon, et qu'elle s'efforcerait de chasser de sa pensée l'idée qu'elle était en danger de mort, Trisha se souviendrait de la dernière phrase qu'elle avait saisie, de son frère s'écriant d'une voix indignée : *C'est pas juste qu'on soit obligés de payer vos erreurs !*

Elle avança d'une dizaine de pas dans la direction d'où venaient les voix, en contournant prudemment un buisson de ronces, bien que ce jour-là elle portât un jean et non un short. Elle s'arrêta, jeta un coup d'œil en arrière et s'aperçut que le sentier était encore en vue. Si par hasard un randonneur avait surgi, il n'aurait pu manquer de la voir en train de faire pipi, accroupie avec son sac à dos sur les épaules et sa casquette des Red Sox sur la tête. Monte là-dessus tu verras mon cul, comme aurait dit Pepsi. (Quilla Andersen lui avait fait observer un jour que c'est la photo de Penelope Robichaud qui aurait dû servir à illustrer l'adjectif *grossier* dans le dictionnaire.)

Trisha descendit une pente, ses Reebok dérapant un peu sur une couche de feuilles mortes qui dataient de l'automne dernier. Quand elle arriva en bas, le sentier n'était plus visible. Gagné. En face d'elle, de l'autre côté des arbres, elle perçut une voix d'homme, à laquelle répondit le rire d'une femme. Des randonneurs qui suivaient la piste principale. A en juger par le son, ils n'étaient pas loin. Tandis que Trisha déboutonnait son jean, l'idée lui vint que si son frère et sa mère interrompaient leur passionnante prise de bec pour regarder ce que devenait la petite sœur, ils risquaient de se faire du souci en voyant un couple d'inconnus à sa place.

Tant mieux ! Comme ça, ils seront obligés de penser à autre chose qu'à eux-mêmes, ne serait-ce qu'un instant.

Deux ans plus tôt, lors de cette balade en forêt tellement plus plaisante que celle d'aujourd'hui, sa mère lui avait expliqué que faire pipi dans la nature n'est pas plus sorcier pour une fille que pour un garçon. La seule différence, c'est qu'une fille doit faire attention à ne pas s'en mettre partout.

S'accrochant à une branche de pin qui était providentiellement à sa portée, Trisha s'accroupit, glissa sa main libre entre ses jambes et tira son pantalon et sa petite culotte vers l'avant, de façon qu'ils ne soient pas dans la ligne de tir. L'espace d'un moment, rien ne se produisit. *Ça m'arrive à tous les coups*, se dit Trisha, et elle poussa un gros soupir. Un moustique assoiffé de sang lui bourdonnait autour de l'oreille gauche, et ayant les deux mains occupées elle ne pouvait pas le chasser.

— Autocuiseur programmable en inox ! lança-t-elle d'une voix rageuse.

C'était drôle. Délicieusement idiot, et drôle. Elle éclata de rire, et aussitôt un flot de liquide lui jaillit entre les jambes. Quand elle en eut terminé, elle chercha dubitativement du regard quelque chose avec quoi s'essuyer, et se dit qu'il valait mieux ne pas pousser le bouchon trop loin (autre expression typique de son père). Elle se secoua l'arrière-train un petit coup (comme si ça avait pu servir à quelque chose), puis se reculotta. Le moustique s'était remis à lui bourdonner autour de la tête. D'un geste vif, elle s'assena une claque sur la joue et regarda avec satisfaction la petite tache rouge au creux de sa main.

— Tu croyais que mon chargeur était vide, hein ? s'exclama-t-elle.

Elle fit demi-tour, et au moment où elle s'apprêtait à gravir la pente, une idée lui vint — la plus mauvaise idée de sa vie — et elle fit de nouveau volte-face. L'idée était de continuer tout droit au lieu de regagner le sentier. L'embranchement était en forme de Y. En parcourant l'espace qui séparait les deux branches, elle se retrouverait forcément sur la piste principale. C'était bête comme chou. Elle ne risquait pas de se perdre, puisque les voix des randonneurs lui parvenaient si clairement. Non, il n'y avait pas le moindre risque qu'elle s'égare.

Deuxième manche

Le flanc ouest de la ravine au fond de laquelle Trisha avait fait son petit arrêt était nettement plus escarpé que l'autre. Elle l'escalada en s'aidant des branches de plusieurs arbres. Au sommet, ça montait encore, mais beaucoup moins. Elle se dirigea vers l'endroit d'où étaient venues les voix. Il y avait énormément de broussailles, et elle fit un certain nombre de détours pour éviter des enchevêtrements de ronces. A chaque fois qu'elle faisait un détour, son regard restait braqué en direction de la piste principale. Après avoir progressé ainsi pendant une dizaine de minutes, elle fit une pause. Au creux de son estomac, en cet endroit où toutes les terminaisons du corps semblent se rejoindre, elle éprouvait une première et imperceptible palpitation d'angoisse. Comment se faisait-il qu'elle n'ait pas encore atteint la Piste des Appalaches ? Elle aurait dû, depuis le temps. Elle n'avait pas parcouru plus de cinquante ou soixante pas sur le sentier qui menait à Kezar Notch, soixante-dix à tout casser. Se pouvait-il que la distance entre les deux branches du Y soit aussi considérable ? Non, ça semblait impossible.

Elle tendit l'oreille pour essayer de capter des voix venant de la piste, mais un grand silence s'était abattu sur la forêt. Enfin, un silence tout relatif. Trisha entendait le gémissement lugubre du vent dans les hautes branches des vieux pins millénaires, le cri discordant d'un geai, le martèlement lointain d'un pivert qui cherchait son casse-croûte sous l'écorce d'un tronc creux, le vrombissement de deux moustiques fraîchement débarqués (elle en avait un à chaque oreille à présent), mais aucune voix humaine ne lui parvenait. On aurait pu croire qu'il n'y avait pas d'autre être humain qu'elle dans cette immense forêt. C'était une idée absurde, mais la palpitation reprit au creux de son estomac, un peu plus prononcée que la première fois.

Elle reprit sa marche, en accélérant le pas. Elle avait hâte de retrouver la piste, d'être libérée de son angoisse. Elle trouva un arbre abattu en travers de sa route. Le tronc était immense, impossible à escalader. Elle décida de se glisser dessous. Il aurait mieux valu le contourner, bien sûr, mais le détour aurait pu lui faire perdre le sens de l'orientation.

Tu l'as déjà perdu, lui murmura une voix à l'intérieur de sa tête. Une voix froide, méchante.

— C'est pas vrai, tais-toi, répondit-elle sur le même ton en se laissant tomber à genoux.

Apercevant un creux sous le vieux tronc moussu, elle s'y introduisit tant bien que mal. Le fond en était tapissé de feuilles humides, mais le temps qu'elle s'en aperçoive le devant de son maillot était déjà trempé, et elle décida que ça n'avait pas d'importance. Elle avança encore, en se tortillant comme un ver, et son sac à dos heurta le tronc, produisant un choc sourd.

— Enfer et damnation ! murmura-t-elle (ces temps-ci, *enfer et damnation* était leur juron d'élection, à Pepsi et à elle : elles trouvaient qu'il faisait très Vieille Angleterre).

Elle se redressa sur les genoux, et tandis qu'elle brossait les feuilles mouillées qui adhéraient à son maillot, s'aperçut que ses mains tremblaient.

— J'ai pas peur, dit-elle, en faisant exprès de parler d'une voix haute et claire, parce qu'en s'entendant murmurer elle avait eu la chair de poule. J'ai aucune raison d'avoir peur. La piste est tout près. Dans cinq minutes, je serai dessus et je leur cavalerai après.

Elle décrocha son sac et reprit sa reptation en le poussant devant elle.

Quand elle fut arrivée au milieu, quelque chose remua sous elle. Elle baissa les yeux et aperçut un gros serpent noir qui se glissait entre les feuilles. L'espace d'un instant, sous l'effet de l'horreur et du dégoût, un grand vide blanc lui envahit l'esprit, une sueur glacée lui couvrit le corps et sa gorge se noua. Elle n'arrivait même pas à formuler en pensée le mot *serpent*. Ce n'était qu'une pure sensation, celle d'une espèce de pulsation glaciale au creux de sa paume tiède. Elle poussa un cri strident et essaya de se redresser d'un bond, en oubliant qu'elle n'était pas encore libre de ses mouvements. Ses reins entrèrent brutalement en contact avec un moignon de branche de la taille d'un bras amputé, et ça lui fit un mal de chien. Elle se laissa retomber à plat ventre, et s'extirpa de sous le tronc en se tortillant comme une perdue. A ramper ainsi, elle devait avoir l'air d'un serpent elle-même.

L'horrible bête avait disparu, mais sa terreur ne

diminuait pas. Le serpent était dissimulé sous les feuilles mortes, et elle l'avait touché. *Elle avait posé la main dessus*. Il ne l'avait pas mordue, grâce au ciel. Mais peut-être qu'il y en avait d'autres, peut-être qu'il y en avait de venimeux, peut-être que la forêt en était pleine. Oui, la forêt en était pleine, évidemment, les forêts sont pleines de toutes sortes de choses qu'on déteste, de choses dont on a peur, qui vous dégoûtent, qui font tout ce qu'elles peuvent pour vous remplir d'une panique atroce qui vous rend débile. Pourquoi Trisha avait-elle accepté de faire cette balade ? Avec *enthousiasme*, en plus ?

Agrippant d'une main l'une des sangles de son sac à dos, elle prit ses jambes à son cou. Le sac lui cognait contre la jambe, et elle jetait des regards méfiants au tronc abattu qu'elle avait laissé derrière elle et aux tapis de feuilles mortes qui entouraient les pieds des autres arbres, craignant d'apercevoir le serpent, d'apercevoir une armée entière de serpents, comme dans un film d'horreur, l'*Invasion des serpents maudits*, avec Patricia McFarland dans le rôle principal, un suspense hallucinant, l'histoire d'une petite fille perdue dans les bois qui...

— Je ne suis pas p..., voulut protester Trisha, mais comme elle regardait derrière elle, elle buta sur un rocher qui dépassait du sol couvert de débris humides, trébucha, décrivit un moulinet désespéré de son bras libre pour essayer de ne pas perdre l'équilibre, et s'affala lourdement sur le flanc. Une onde de douleur subite lui vrilla le bas du dos, à l'endroit où le moignon de branche l'avait cognée.

Ici aussi, les feuilles mortes étaient humides, mais pas à moitié pourries comme celles sur lesquelles il lui avait fallu ramper pour passer sous le tronc.

Trisha resta allongée sur le flanc, haletante. Un nerf lui battait à toute allure entre les yeux. Elle venait soudain de se rendre compte qu'elle ne savait plus si la direction qu'elle avait prise était ou non la bonne, et elle en était accablée. A force de regarder derrière elle, elle avait peut-être fait des écarts à son insu.

Eh bien, tu n'as qu'à revenir sur tes pas. Tu n'as qu'à retourner à l'arbre abattu, te remettre à l'endroit exact où tu te tenais après avoir passé dessous, et il suffira de regarder droit devant toi pour te repérer, retrouver la direction de la piste.

Mais si la piste était vraiment dans cette direction, comment se faisait-il qu'elle ne l'ait pas encore rejointe ?

Elle sentit un picotement dans ses yeux, et refoula ses larmes en battant furieusement des paupières. Si elle avait pleuré, elle ne serait plus arrivée à se persuader qu'elle n'avait pas peur. Si elle avait pleuré, il aurait pu se passer n'importe quoi.

Lentement, elle retourna vers le vieux tronc moussu. Ça l'embêtait de marcher dans la mauvaise direction, même l'espace de quelques instants, et ça l'embêtait encore plus de retourner à l'endroit où elle avait vu le serpent (venimeuses ou non, ces sales bêtes la dégoûtaient), mais elle n'avait pas le choix. Elle trouva sans peine le sillon qu'elle avait creusé dans l'humus en rampant sous le tronc (c'est là qu'elle avait vu et même — oh horreur ! — *touché* le serpent). Il était de la longueur exacte d'une fillette de dix ans, et avait déjà commencé à se remplir d'eau. Tout en le contemplant, elle passa une main sur son maillot trempé et boueux, avec accablement. Ce maillot trempé et boueux lui donnait le sentiment qu'une obscure fatalité s'était abattue sur elle. Il lui indiquait en quelque sorte que son existence avait pris un cours nouveau... cours nouveau qui n'augurait décidément rien de bon, puisqu'il consistait à ramper dans des bourbiers pour passer sous des arbres abattus.

Pourquoi avait-il fallu qu'elle quitte le sentier ? Et qu'elle le perde de vue, en plus ? Elle avait envie de faire pipi, d'accord, mais quand même pas à ce point. Quelle mouche l'avait piquée ? Avait-elle momentanément perdu la tête ? Car il fallait qu'elle ait perdu la tête pour se figurer qu'elle pourrait se balader impunément dans cette forêt où même un coureur de bois aguerri ne se serait pas risqué sans carte ni boussole (phrase qu'elle avait dû rencontrer dans un livre). Son aventure d'aujourd'hui allait lui servir de leçon. Elle saurait désormais qu'il ne faut pas s'écarter du sentier. Même quand on a un besoin pressant, aussi fastidieuse que soit la dispute qu'on est forcé d'endurer, il vaut mieux rester sur le sentier. Quand on reste sur le sentier, on ne salope pas son maillot des Red Sox. Sur le sentier, on n'éprouve pas de petites palpitations d'angoisse au creux de l'estomac. Sur le sentier, on est en sûreté.

En sûreté.

En se palpant le bas du dos, Trisha s'aperçut que son maillot était troué. Ainsi, les dégâts causés par la branche morte étaient plus sérieux qu'elle ne l'avait cru. Quand elle ramena sa main en avant d'elle, le bout de ses doigts était taché de sang. Elle réprima un sanglot, et les essuya sur son jean.

— Du calme, dit-elle. Ça aurait pu être pire. Un clou rouillé, par exemple. Tu peux encore t'estimer heureuse.

C'était une phrase typique de sa mère, et ça n'arrangeait rien. De toute sa vie, Trisha ne s'était jamais sentie aussi peu heureuse.

Elle regarda sous le tronc, se risqua même à remuer les feuilles du bout de sa Reebok, mais il n'y avait pas trace du serpent. Il n'était sans doute pas venimeux, de toute façon. N'empêche, ces horribles bêtes lui faisaient froid dans le dos. Leurs corps sans pattes qui ondulent et se tordent, les langues fourchues qui s'agitent au bout de leurs vilaines gueules. La seule idée d'un serpent lui donnait la chair de poule, et elle en avait senti un se contracter sous sa paume, comme un muscle tout froid.

J'aurais dû mettre des chaussures de marche, se dit-elle en regardant ses Reebok. *Qu'est-ce que je fous là avec ces ridicules tennis aux pieds ?* La réponse allait de soi : quand on marche sur un sentier de grande randonnée, des Reebok, c'est bien suffisant. Et en principe, elle n'aurait jamais dû quitter le sentier. L'espace d'un court moment, Trisha ferma les yeux.

— Tout ira bien, dit-elle à voix haute. Le principal, c'est que je garde la tête froide, que je ne me mette pas à débloquer. Sous peu, des gens passeront sur la piste et je les entendrai.

Cette fois, sa voix lui parut un peu plus convaincante, et du coup elle se sentit mieux. Elle fit volte-face, plaça ses pieds de part et d'autre du sillon noirâtre qu'elle avait laissé en rampant, et appuya ses fesses au tronc moussu du vieil arbre. La piste était forcément là. Droit devant elle.

Je n'en suis pas si sûre que ça. Il vaut peut-être mieux que je ne bouge pas d'ici. Tant que je n'aurai pas entendu des voix, rien ne me prouvera que je suis dans la bonne direction.

Mais l'attente lui était insupportable. Elle avait hâte de se retrouver sur la piste, hâte que ces dix minutes de terreur (dix minutes qui devaient frôler le quart d'heure à présent) ne soient plus qu'un souvenir. Aussi elle se chargea de nouveau de son sac à dos (cette fois, elle n'avait plus de frère aîné mal embouché mais foncièrement gentil pour lui en ajuster les sangles), et se remit en route. Une nuée de moucherons lui tourbillonnait autour de la tête. Ils étaient si nombreux qu'elle avait l'impression de voir trouble. Elle agita les mains pour les chasser, mais sans essayer de les écraser. Écrase les moustiques, mais pour les moucherons contente-toi de faire des moulinets de la main, lui avait conseillé sa mère. Ça devait être le jour où elle lui avait montré comment les filles vont au petit coin dans les bois. Quilla Andersen (qui en ce temps-là s'appelait encore Quilla McFarland) lui avait expliqué qu'au lieu de faire fuir les moucherons, les gestes trop violents semblent les attirer, si bien que la gêne qu'ils occasionnent ne fait que s'accroître. *Quand tu dois te défendre contre les insectes de la forêt,* lui avait dit maman, *efforce-toi de penser comme un cheval. Fais comme si tu pouvais te servir de ta queue pour les chasser.*

Tandis qu'elle se tenait à un pas de l'arbre abattu, agitant mollement les mains pour chasser les moucherons, le regard de Trisha s'était arrêté sur un grand pin qui se dressait à une quarantaine de mètres de là. A quarante mètres au nord, si ses calculs étaient justes. Elle s'avança jusqu'à lui, posa une main sur son énorme tronc gluant de résine, et se retourna vers l'arbre abattu. Avait-elle marché en ligne droite ? Il lui semblait que oui.

Cette idée lui redonna un peu de courage. Là-dessus, ses yeux se posèrent sur un bouquet d'arbrisseaux épineux constellé de baies d'un rouge éclatant. Lors d'une de leurs promenades en forêt, sa mère lui avait demandé si elle savait ce que c'était. Trisha lui avait répondu que d'après ce que lui avait dit Pepsi Robichaud ces baies étaient vénéneuses, et que leur poison pouvait tuer. Sa mère avait éclaté de rire et lui avait dit : *Ainsi, la science de cette chère Pepsi laisse parfois à désirer. Je dois dire que ça me soulage un peu. Cet arbuste s'appelle la gaulthérie, et ses baies ne sont absolument pas vénéneuses. Elles ont le même goût que le chewing-gum au Thé des bois, tu sais, celui qui est emballé dans du papier rose.* Sa mère s'était enfourné une poignée de baies dans la bouche, et en voyant qu'elle ne s'écroulait pas secouée de spasmes épouvantables, Trisha s'était risquée à tenter l'expérience elle-même. Elle avait trouvé quant à elle que leur goût rappelait plutôt celui des boules de gomme au sapin, les vertes qui piquent un peu la langue.

Elle s'approcha des buissons, en se disant qu'elle pourrait peut-être en cueillir quelques-unes, histoire de se remonter un peu le moral, mais en fin de compte elle y renonça. Elle n'avait pas faim, et dans l'état où elle était il en aurait fallu plus que ça pour lui remonter le moral. Elle se contenta de respirer à plein nez l'odeur piquante des feuilles d'un vert lumineux (d'après Quilla, elles étaient comestibles aussi, mais Trisha n'y avait jamais goûté, il faut être une marmotte pour manger des feuilles), puis elle se retourna vers le grand pin. S'étant assurée qu'elle avançait toujours en ligne droite, elle se choisit un troisième repère, un rocher fendu en son milieu dont la forme évoquait un peu celle du feutre de Humphrey Bogart. Ensuite, elle jeta son dévolu sur un bosquet de bouleaux. Après le bosquet de bouleaux, elle se dirigea sans hâte vers une grande touffe de fougères d'un vert luxuriant accrochée au flanc d'un petit monticule.

L'idée qu'il ne fallait perdre le prochain repère de vue à aucun prix l'obnubilait tellement (regarde pas derrière toi, c'est défendu !), que c'est seulement en arrivant à la hauteur des fougères qu'elle se rendit compte que les arbres lui cachaient la forêt (l'image semblait en l'occurrence on ne peut plus appropriée). Aller de repère en repère était une excellente chose, et cela l'avait sans doute aidée à avancer en ligne droite..., mais avait-elle avancé dans la bonne direction ? A un moment ou à un autre, elle s'était forcément écartée du droit chemin, même si ce n'était que de très peu. Sinon, elle serait déjà arrivée à la piste. Elle avait bien dû parcourir...

— Oh, bon sang ! s'écria-t-elle d'une voix un peu étranglée dont le son ne lui plut guère. J'ai bien dû parcourir deux kilomètres, si ce n'est plus.

Elle était cernée d'insectes. Des moucherons lui dansaient devant les yeux, des moustiques lui tournaient autour des oreilles en émettant un susurrement aigu qui la rendait folle. Elle tenta d'en écraser un, mais le manqua, et s'en tira avec une oreille sifflante. Elle refréna à grand-peine son envie de s'assener une autre gifle. Il valait mieux ne pas insister, sans quoi elle finirait par s'assommer toute seule, comme un personnage de dessin animé.

Elle posa son sac à dos par terre, s'agenouilla, déboucla le rabat, l'ouvrit. Son poncho en plastique bleu était bien là, ainsi que le casse-croûte qu'elle s'était préparé elle-même, soigneusement emballé dans un sac en papier ; il y avait aussi son Game Boy et sa lotion contre les coups de soleil (qui ne lui servirait à rien, puisque les arbres lui masquaient le soleil et que les rares coins de ciel bleu encore visibles disparaissaient peu à peu sous les nuages) ; il y avait sa bouteille d'eau, sa bouteille de Surge, ses Twinkies, et un sachet de chips. Mais pas trace de bombe anti-insectes, bien entendu. Trisha s'enduisit donc de lotion solaire, en se disant que ça éloignerait peut-être les moucherons, puis elle entreprit de remettre ses affaires dans son sac. Quand le tour des Twinkies arriva, elle eut un moment d'hésitation avant de les fourrer dans le sac avec le reste. Elle avait un faible prononcé pour les sucreries (si elle continuait à s'en goinfrer, elle risquait d'être cent fois plus boutonneuse que Pete quand elle aurait son âge), mais pour l'instant elle n'avait pas le moindre soupçon d'appétit.

Si ça se trouve, tu n'atteindras jamais l'âge de Pete, lui fit perfidement observer sa voix intérieure. Comment peut-on avoir une voix aussi méchante et froide à l'intérieur de soi ? Une voix qui vous poignarde dans le dos. *Si ça se trouve, tu n'en ressortiras jamais, de cette forêt.*

— Tais-toi, tais-toi, *tais-toi !* cracha-t-elle d'une voix sifflante.

Elle referma son sac avec des doigts un peu tremblants. Elle se harnacha de nouveau, et au moment où elle allait se redresser, elle se figea brusquement sur place, un genou planté dans la terre meuble au pied des fougères, le nez levé, humant l'air comme un faon qui s'aventure seul en forêt pour la première fois de sa vie. En fait, Trisha ne humait rien du tout.

Elle tendait l'oreille, se concentrant entièrement sur un unique sens, celui de l'ouïe.

Les branches bruissant légèrement sous la brise. Le susurrement des moustiques (saletés de bestioles). Le pivert. Le croassement d'un corbeau au loin. Et, à l'extrême limite de l'audible, le bourdonnement monotone d'un avion. Mais elle ne percevait aucune voix humaine. On aurait dit que la piste qui menait à North Conway s'était volatilisée. Tandis que le bourdonnement de l'avion s'estompait, puis disparaissait, Trisha fut bien forcée d'admettre l'amère vérité.

Elle se hissa sur ses pieds. Elle avait les jambes lourdes, son estomac pesait une tonne. Sa tête lui paraissait étrangement légère, comme si elle avait eu sur les épaules un ballon attaché à un poids en plomb. Tout à coup, un atroce sentiment de solitude l'étreignait, elle avait la sensation d'avoir été rejetée hors de la communauté des humains, et cela lui serrait le cœur. Ayant franchi sans s'en rendre compte une limite invisible, elle était sortie du terrain et s'était retrouvée dans un endroit où les règles du jeu n'étaient plus du tout les mêmes.

— *Ohé !* hurla-t-elle. *Ohé, y a quelqu'un ? Vous m'entendez ? Ohé !*

Elle marqua une pause, priant de tout son cœur pour qu'on lui réponde. Voyant que ses prières n'étaient pas exaucées, elle perdit toute espèce de retenue et cria :

— *Au secours, je suis perdue ! Au secours, je suis perdue !*

Des larmes lui montèrent aux yeux, et cette fois elle ne parvint pas à les refouler. Il n'y avait plus moyen de s'abuser à présent, plus moyen de se faire croire qu'elle maîtrisait la situation. Sa voix se mit à chevroter, se mua en une voix pépiante de petit enfant, puis évoqua bientôt les vagissements stridents d'un nourrisson oublié au fond de son landau, et ce son la terrifia plus que tout ce qui lui était arrivé durant cette épouvantable matinée. Il n'y avait qu'un seul son humain dans la forêt, et c'était sa voix geignarde, stridente, qui criait au secours, avouant qu'elle était bel et bien perdue.

Troisième manche

Trisha vociféra ainsi pendant un bon quart d'heure, debout à côté du buisson de fougères. Par moments, elle plaçait ses mains en entonnoir autour de sa bouche et orientait ses appels vers l'endroit où elle supposait que la piste devait se trouver. Après avoir émis un ultime cri, hurlement inarticulé d'oiseau fou d'angoisse et de colère, tellement strident qu'elle en eut mal à la gorge, elle s'assit par terre, à côté de son sac, se couvrit le visage de ses mains et pleura un bon coup. Elle pleura pendant peut-être cinq minutes (elle ne pouvait pas être plus précise, ayant laissé sa montre sur la table de nuit de sa chambre, tu n'en loupes pas une, ma pauvre Trisha), et quand ses sanglots s'arrêtèrent elle se sentit un peu mieux. En tout cas, elle se serait mieux sentie s'il n'y avait pas eu ces maudits insectes. Ils étaient partout, courant sur sa peau, susurrant, bourdonnant, essayant de lui sucer le sang et de laper sa sueur. Ils la rendaient cinglée. Elle se remit debout et fit de grands moulinets dans l'air avec sa casquette des Red Sox, se répétant qu'il ne fallait pas tenter de les écraser, mais sachant que si ça continuait comme ça elle n'arriverait bientôt plus à s'en empêcher.

Valait-il mieux continuer, ou rester où elle était ? Elle n'arrivait pas à trancher. Sa terreur était si grande qu'elle n'était plus capable de la moindre réflexion sensée. Ses pieds décidèrent à sa place et elle se remit en marche, jetant des regards craintifs par-dessus son épaule, frottant du coude ses yeux rouges et gonflés. Quand elle approcha son avant-bras de son visage pour la seconde fois, elle s'aperçut que six ou sept moustiques s'étaient posés dessus, et fit pleuvoir sur eux une grêle de coups, en tuant trois, dont deux étaient gorgés de sang. En temps ordinaire, la vue de son propre sang ne la troublait guère, mais cette fois cela lui fit un choc. Ses jambes se dérobèrent sous elle, elle s'assit sur un tapis d'aiguilles, au milieu d'un bosquet de pins vénérables, et pleura encore un peu. Une sourde migraine lui vrillait le crâne et elle avait le cœur au bord des lèvres. *Quand je pense qu'il y a quelques minutes j'étais encore dans la voiture,* se répétait-elle. *J'étais assise à l'arrière de la voiture, et je les écoutais s'engueuler.* Et puis elle se souvint de la phrase rageuse que son frère avait lancée tandis qu'il s'éloignait de l'autre côté des arbres : *C'est pas juste qu'on soit obligés de payer vos erreurs !* L'idée lui vint que ces paroles seraient peut-être les dernières qu'elle aurait entendu prononcer par Pete, et elle sentit un frisson glacé lui remonter le long de l'échine, comme si elle avait entrevu Dieu sait quelle silhouette monstrueuse dans les ténèbres.

Cette fois-ci, ses sanglots furent moins violents et ses larmes séchèrent plus vite. Quand elle se releva (en agitant machinalement sa casquette autour de sa tête), elle avait recouvré un semblant de calme. Ils s'étaient sans doute aperçus de sa disparition, à présent. Maman penserait d'abord que Trisha en avait eu par-dessus la tête de leur dispute, et qu'elle était retournée à la voiture. Ils l'appelleraient, puis reviendraient sur leurs pas en demandant aux randonneurs qu'ils croiseraient sur la piste s'ils n'avaient pas vu une petite fille coiffée d'une casquette des Red Sox (*elle n'a que neuf ans, mais elle est grande pour son âge*, leur expliquerait sa mère). En arrivant au parking, ils s'apercevraient qu'elle n'était pas dans la voiture, et ils commenceraient à s'inquiéter pour de bon. Maman serait prise de panique. A cette idée, Trisha éprouva un mélange d'effroi et de culpabilité. Ça allait faire toute une histoire. Peut-être même qu'on allait mobiliser une armée de gardes-chasse et de forestiers, uniquement par sa faute. Jamais elle n'aurait dû quitter le sentier.

Cela ne fit qu'ajouter à l'angoisse qui jetait le trouble dans son esprit, et elle accéléra l'allure, dans l'espoir de rejoindre la piste avant qu'ils aient eu le temps de téléphoner à droite à gauche, avant qu'elle n'ait provoqué ce que sa mère appelait un « esclandre public ». Elle ne s'obligeait plus à marcher en ligne droite, en s'orientant sur des repères soigneusement choisis à l'avance, comme elle l'avait fait jusque-là, si bien qu'à son insu elle dériva de plus en plus vers l'ouest, tournant le dos à la Piste des Appalaches et aux sentiers secondaires qui la desservaient, progressant vers une partie de la forêt où dominaient les enchevêtrements de jeunes arbres et de taillis inextricables, et où sa marche allait se trouver de plus en plus entravée. Elle lançait des appels, tendait l'oreille, appelait de nouveau. Elle aurait été stupéfaite d'apprendre que sa mère et son frère, toujours absorbés par leur interminable dispute, ne s'étaient pas encore aperçus de son absence.

Elle marchait de plus en plus vite, en agitant les mains pour écarter les nuées tourbillonnantes de moucherons. Elle ne se donnait plus la peine de faire des écarts pour éviter les broussailles, mais plongeait hardiment dedans. Elle lançait ses appels, tendait l'oreille, lançait un autre appel, écoutait de nouveau, mais d'une oreille distraite, désormais, sans vraiment y croire. Elle ne sentait même pas les moustiques qui s'étaient rassemblés en un essaim vorace sur sa nuque, juste au-dessous de la naissance de ses cheveux, et se gavaient comme des pochards à l'heure bénie où l'on vous sert deux verres pour le prix d'un. Elle ne sentait pas les moucherons englués qui se débattaient faiblement dans les sillons humides que ses larmes avaient laissés sur ses joues.

Contrairement à ce qui s'était produit quand elle avait touché le serpent, la panique ne l'avait pas gagnée d'un seul coup. Elle enflait peu à peu, et peu à peu Trisha se recroquevillait en elle-même, se fermant à toutes les sensations extérieures. Elle marchait de plus en plus vite, sans se soucier de savoir où elle allait. Appelait au secours, sans entendre sa propre voix. Et vu sa façon d'écouter, si un cri lui avait répondu de derrière un arbre, à quelques pas de là, elle ne l'aurait sans doute pas remarqué. Sans même s'en rendre compte, elle s'était mise à courir. Au moment où ses pieds chaussés de Reebok passaient insensiblement du trot au galop, elle se disait encore : *Il faut que je me calme*. Tandis que le galop passait au stade de la course effrénée, elle pensait : *Il y a dix minutes, j'étais encore dans la voiture. C'est pas juste qu'on soit obligés de payer vos erreurs*, songeait-elle en évitant (d'extrême justesse) une branche pointue qui se précipitait sur elle tel un javelot, menaçant de lui crever l'œil. La branche la balafra tout de même au passage, lui laissant une mince estafilade en travers de la joue gauche.

Elle traversa un bosquet en flèche, percevant comme de très loin le vacarme assourdissant des feuilles mortes et des brindilles qui crépitaient sous ses pas, sans prendre garde aux épines qui lacéraient son jean et lui entaillaient les avant-bras. Une brise douce et fraîche lui soufflait au visage, faisant naître en elle un étrange sentiment d'exaltation. Elle escalada une pente à toute allure, la visière de sa casquette relevée en arrière, ses longs cheveux volant derrière elle (l'élastique de sa queue de cheval s'était fait la paire depuis belle lurette), bondissant au-dessus des arbres qu'un orage avait jadis fauchés dans la fleur de l'âge. Elle jaillit soudain au sommet d'une crête, et vit à ses pieds une immense vallée d'un gris bleuté, avec tout au fond, à des kilomètres de distance, de hautes falaises de granit couleur bronze. Face à elle, il n'y avait plus que l'air imperceptiblement frémissant du début de l'été, un précipice dans lequel elle allait s'abîmer en tournoyant sur elle-même, en appelant sa mère d'une voix désespérée.

Son esprit obnubilé par une terreur sans nom ne pouvait plus lui être d'aucun secours, mais son corps se rendit compte aussitôt qu'il n'avait pas le temps de s'arrêter, qu'emportée par son élan elle allait tomber dans le vide. Il fallait essayer de virer de bord, c'était sa seule chance de salut. Au moment où Trisha faisait un brusque écart vers la gauche, son pied droit dérapa et resta brièvement suspendu au-dessus du gouffre. Les cailloux qu'il avait délogés rebondirent le long de l'antique paroi avec un bruit de cascade.

Trisha continua sa course éperdue le long de l'étroite corniche où le sol tapissé d'aiguilles de pin de la forêt faisait place à de la roche nue. Dans son esprit confus et bourdonnant, la conscience nébuleuse du sort auquel elle venait miraculeusement d'échapper se mélangeait à de vagues souvenirs d'un film de science-fiction dont le héros attirait un dinosaure fou de rage au bord d'une falaise, le faisant choir dans le vide.

Elle buta sur un frêne abattu, dont la cime faisait saillie au-dessus du gouffre comme la proue d'un navire. Elle se cramponna à son tronc, se serra contre lui, appuyant sa joue égratignée contre l'écorce lisse. L'air s'engouffrait dans ses poumons avec un sifflement aigu, et elle l'expirait avec un sanglot terrifié. Elle resta un long moment dans cette position, secouée de longs frissons, étreignant l'arbre de toutes ses forces. A la fin, elle rouvrit les yeux. Comme sa tête était tournée vers la droite, elle ne put s'empêcher de regarder dans le vide.

A cet endroit, la falaise ne faisait qu'une quinzaine de mètres de haut. En bas, de petites touffes de végétation d'un vert éclatant piquetaient un amoncellement de roches éboulées. Il y avait aussi des troncs et des branches à moitié pourris entassés les uns au-dessus des autres, arbres morts que des bourrasques avaient jadis précipités dans le vide. Une image d'une précision épouvantable se forma dans la tête de Trisha. Elle se vit tomber en hurlant et en agitant les bras vers cette espèce de jeu de mikado géant, vit une branche morte lui transpercer la mâchoire inférieure, lui passer entre les dents, clouant sa langue à son palais tel un sanglant pense-bête, puis s'enfoncer dans sa cervelle comme la pointe d'une lance, la tuant sur le coup.

— *Nooon !* hurla-t-elle, révoltée par cette image dont la vraisemblance la terrorisait.

Elle émit un bref hoquet, puis d'une voix basse et précipitée ajouta :

— Tout va bien.

Les égratignures de ses avant-bras et l'estafilade de sa joue l'élançaient un peu, et sa sueur y faisait naître de désagréables picotements, menues douleurs dont elle n'avait jusque-là pas pris conscience.

— Tout va bien, ce n'est rien. Youpi, je suis vivante.

Elle lâcha le tronc, fit un pas mal assuré en arrière, puis s'y cramponna de nouveau, prise d'une affreuse panique. Une idée irrationnelle avait germé en elle, celle que le sol allait se dérober de lui-même sous ses pieds pour la précipiter dans le vide.

— Tout va bien, répéta-t-elle de la même voix basse et précipitée.

Elle se passa la langue sur la lèvre supérieure, sentit le goût salé de ses larmes.

— Tout va bien, tout va bien.

Elle eut beau se le répéter encore et encore, il lui fallut trois bonnes minutes pour convaincre ses bras de se détacher pour la seconde fois du frêne auquel ils s'agrippaient avec la force du désespoir. Quand elle y eut enfin réussi, Trisha s'éloigna du bord de la falaise à reculons. Après avoir rajusté sa casquette, dont elle mit machinalement la visière à l'envers, elle promena son regard sur la vallée. A présent, de gros nuages de pluie alourdissaient le ciel et il y avait une incalculable quantité d'arbres, mais elle ne décela aucun signe d'activité humaine, pas même la fumée d'un feu de camp au loin.

— Ça fait rien, tout va bien, je suis indemne.

Elle fit un autre pas en arrière, et ne put réprimer un cri en sentant un frôlement

(des serpents des serpents)

contre l'arrière de ses genoux. Mais ce n'était que des buissons, bien entendu. Encore des buissons de gaulthérie, beuârk. Décidément, les bois en pullulaient. En plus, les insectes l'avaient retrouvée. Ils reformaient leur nuée autour de sa tête, des centaines de minuscules points noirs lui dansaient devant les yeux, mais ce coup-ci les points étaient plus gros, ils s'épanouissaient comme des roses noires. Trisha eut tout juste le temps de se dire *Je suis en train de m'évanouir*, puis elle s'affala en arrière sur les buissons, les yeux révulsés. L'espace d'un moment, la nuée d'insectes resta en suspens au-dessus de son petit visage livide, puis les premiers moustiques se posèrent sur ses paupières et leurs trompes s'enfoncèrent dans sa peau.

Quatrième manche
(première mi-temps)

Quand Trisha retrouva ses esprits, la première image qui se forma dans sa tête fut celle de sa mère occupée à déplacer un meuble. Aussitôt après, elle s'imagina que son père l'avait emmenée au Roller Stadium de Lynn, et que le grondement qu'elle entendait était celui des patineurs qui fonçaient sur la vieille piste en bois concave. Puis quelque chose de froid s'écrasa sur l'arête de son nez. Elle ouvrit les yeux, et une autre goutte de pluie glaciale s'écrasa en plein milieu de son front. Une lueur aveuglante traversa le ciel de part en part, lui faisant plisser les yeux et froncer le nez. L'éclair fut suivi d'un nouveau roulement de tonnerre qui la fit sursauter. Elle se retourna sur le flanc et se recroquevilla en position de fœtus en émettant un gémissement étranglé. Et là-dessus, le ciel s'ouvrit en grand.

Trisha se redressa sur son séant, rattrapa sa casquette de base-ball, qui lui avait glissé de la tête, et la remit machinalement en place. Elle avait le souffle coupé, comme si on venait de la faire choir d'une poussée brutale dans un lac glacial (c'est bien la sensation qu'elle éprouvait, d'ailleurs). Elle se leva, un peu chancelante. Le tonnerre gronda de nouveau, et un autre éclair zébra le ciel d'un sillon violâtre. Tandis qu'elle restait là, un peu hébétée, la pluie dégouttant du bout de son nez et de ses cheveux plaqués sur ses joues, un vieil épicéa s'embrasa soudain dans la vallée en contrebas. Fendu en deux, l'arbre s'écroula et continua de se consumer. L'instant d'après, la pluie devint si drue qu'il ne subsista plus de la vallée qu'une silhouette fantomatique, enveloppée d'une sorte de filet gris aux mailles serrées.

Trisha remonta vers les bois à reculons, pour tâcher de se mettre à l'abri. Elle se laissa tomber à genoux, ouvrit son sac à dos et en sortit son poncho en plastique bleu. Après l'avoir enfilé (*Mieux vaut tard que jamais*, aurait dit son père), elle s'assit sur un tronc abattu. Sa tête était encore toute cotonneuse, et ses paupières enflées la démangeaient. Les feuillages ne filtraient que partiellement la pluie ; l'averse était trop violente. Trisha rabattit la capuche du poncho sur sa tête, et elle écouta les gouttes tambouriner dessus, comme la pluie qui s'abat sur le toit d'une voiture. Le sempiternel nuage d'insectes dansait devant ses yeux, et elle les chassait d'une main indolente. *Il n'y a pas moyen de les faire fuir, ils ont toujours faim, ils m'ont dévoré les paupières quand j'étais évanouie, et ils dévoreront mon cadavre*, se dit-elle, et elle fut prise d'un nouvel accès de larmes. Des larmes sans vigueur, presque silencieuses. Tout en pleurant, elle continuait d'agiter la main pour éloigner les insectes, sursautant à chaque coup de tonnerre.

Sans montre ni soleil, le passage du temps était impossible à mesurer. Tout ce que Trisha savait, c'est qu'elle était restée assise sur son tronc d'arbre, minuscule silhouette recroquevillée dans son poncho bleu, jusqu'à ce que le tonnerre s'éloigne vers l'est, son fracas estompé lui évoquant les ultimes feulements d'un fauve dompté qui rouspète encore pour la forme. La pluie dégouttait du feuillage au-dessus d'elle, les moustiques bourdonnaient. L'un d'eux s'était insinué contre sa tempe, sous la capuche de son poncho. Elle posa un pouce sur la capuche, appuya un bon coup, et le bzz-bzz cessa brusquement.

— T'es en compote maintenant, dit-elle d'une petite voix triste. T'avais qu'à pas m'embêter.

Elle se leva, et aussitôt son estomac se mit à gargouiller. L'appétit lui était revenu. L'idée qu'elle était perdue depuis assez longtemps pour se mettre à souffrir de la faim était déjà assez horrible en soi. Elle se demanda quelles autres horreurs il allait lui falloir affronter, et s'aperçut avec joie qu'elle était incapable de se les imaginer. *Peut-être qu'il ne m'en arrivera pas d'autre*, se dit-elle. *Allez, ma belle, fais risette. Si ça se trouve, les horreurs sont derrière toi.*

Trisha ôta son poncho. Avant d'ouvrir son sac à dos, elle s'inspecta des pieds à la tête d'un œil désolé. Elle était trempée comme une soupe et couverte d'aiguilles de pin qui avaient adhéré à ses vêtements pendant son évanouissement. C'était la première fois de sa vie qu'elle tombait dans les pommes. *Faudra que je raconte ça à Pepsi*, se dit-elle. *A condition que je la revoie un jour.*

— Ah non, tu vas pas recommencer ! s'écriat-elle en débouclant son sac.

Elle en sortit les aliments et les boissons qu'elle

avait emportés et les aligna sur le sol devant elle. A la vue du sac en papier qui contenait son casse-croûte, son estomac se mit à gargouiller de plus belle. Quelle heure pouvait-il être ? L'horloge interne réglée sur son métabolisme lui suggérait qu'il devait être aux alentours de trois heures. Cela faisait donc huit heures qu'elle s'était gavée de corn flakes dans le coin petit déjeuner de la cuisine de sa mère, et cinq qu'elle avait bêtement pris ce raccourci qui n'en finissait pas. Oui, il devait être au moins trois heures. Peut-être même quatre heures.

Son sac à casse-croûte contenait un œuf dur, un sandwich au thon et des bâtonnets de céleri. En plus, elle avait un sachet de chips (petit modèle), une gourde d'eau (grand modèle), une bouteille de Surge (une maxi-bouteille de soixante-quinze centilitres, elle adorait le Surge), et un paquet de deux Twinkies.

Le regard de Trisha s'arrêta sur la bouteille de soda citron-lime, et tout à coup elle fut prise d'une soif plus violente encore que sa faim... et d'une folle envie de sucre. Elle dévissa le bouchon et approcha le goulot de ses lèvres, mais son geste resta en suspens. J'ai beau avoir très soif, ce ne serait pas très malin d'en engloutir la moitié d'un coup, se dit-elle. Son séjour dans la forêt risquait de durer un bon moment. Une partie de son être se mit à protester et exigea qu'elle chasse de son esprit cette idée absurde, mais Trisha ne pouvait pas se permettre de lui céder. Une fois sortie des bois, elle pourrait recommencer à penser comme une petite fille, mais pour l'instant il fallait qu'elle s'efforce de raisonner en adulte.

Tu as vu ce qui t'attend, se dit-elle. *Une immense*

vallée où il n'y a rien d'autre que des arbres. Pas
de chemins, pas de feux de camp. Fais pas l'idiote.
Il faut que tu économises tes provisions. C'est ce que
maman te conseillerait, et papa aussi.

Elle décida de se limiter à trois grandes gorgées
de Surge. Elle les avala, éloigna le goulot de ses
lèvres, rota, but encore deux petits coups. Après
avoir soigneusement revissé le bouchon en plastique,
elle débattit intérieurement de l'aliment solide par
lequel il valait mieux commencer.

En fin de compte, elle jeta son dévolu sur l'œuf
dur. Elle l'éplucha, en prenant soin de glisser jusqu'au dernier fragment de coquille dans le petit
sachet en plastique transparent (l'idée ne l'effleura
pas, ni à ce moment-là ni par la suite, qu'en semant
des détritus sur son passage elle aurait facilité la
tâche d'éventuels sauveteurs), et le saupoudra de sel.
Ce geste banal lui arracha un bref sanglot ; elle se
revoyait la veille au soir, dans la cuisine, versant le
sel sur un petit carré de papier sulfurisé et le tordant
ensuite en papillote, ainsi que sa mère le lui avait
enseigné. Elle revoyait l'ombre de sa tête et de ses
mains, soulignée par la lumière du plafonnier, sur le
comptoir en formica. Il lui semblait entendre encore
le son de la télé dans le salon (c'était le journal de
vingt heures), et les craquements du parquet à
l'étage, dans la chambre de Pete. Le souvenir était
d'une précision si hallucinante qu'il prenait presque
les contours d'une vision mystique. C'est sans doute
ce que devait éprouver une personne qui se noie en
se rappelant la tranquillité qui régnait à bord du
navire avant la tempête.

Mais bien qu'elle soit grande pour son âge, Trisha
n'avait que neuf ans, et à neuf ans la faim est plus

forte que la mémoire, plus forte que la peur. Elle acheva de saler son œuf, ravala ses larmes et n'en fit qu'une bouchée. Ah, quel délice ! Elle en aurait volontiers mangé un second, ou même deux autres. Sa mère disait qu'un œuf est une « bombe au cholestérol », mais sa mère n'était pas là, et ce n'est pas du cholestérol qu'on se soucie le plus quand on est perdue dans la forêt, couverte d'égratignures, et qu'on a les paupières tellement gonflées à cause des piqûres de moustiques qu'on a autant de peine à les ouvrir que si on avait les cils enduits de colle de pâte.

Le regard de Trisha resta un moment en arrêt sur le paquet de Twinkies. Elle finit par en fendre la cellophane, et elle en mangea un.

— C'est *sexuel*, dit-elle avec satisfaction (pour Pepsi, il n'existait pas d'épithète plus élogieuse).

Elle s'octroya encore une gorgée d'eau pour le faire descendre et se hâta de ranger le reste de ses provisions avant qu'une de ses mains ne lui porte autre chose à la bouche par traîtrise. Son sac à casse-croûte avait nettement diminué de taille. Après avoir vérifié une dernière fois la bouteille de Surge pour s'assurer qu'elle l'avait bien rebouchée, elle fourra le tout dans son sac à dos. Ses doigts effleurèrent une petite bosse qui faisait saillie sur la paroi latérale du sac, et elle fut illuminée par un élan de joie subite (sans doute attisée par les calories qu'elle venait d'absorber).

Son Walkman ! Elle avait pensé à prendre son Walkman ! Ouais !

Elle ouvrit la fermeture éclair de la poche intérieure et l'en extirpa avec les gestes révérencieux d'un prêtre maniant les saintes espèces. Le fil des écouteurs était entortillé autour de la petite boîte rectangulaire en plastique noir, et les deux minuscules oreillettes en mousse étaient fichées dedans. Le Walkman contenait la cassette de l'album qui était présentement numéro un à leur hit-parade personnel, à Pepsi et à elle (*Tubthumper*, par Chumbawamba), mais Trisha n'avait aucune envie d'écouter de la musique. Elle mit le jack en place, se fourra les écouteurs dans les oreilles, enfonça la touche *radio*, puis la touche *power*.

Elle ne perçut d'abord qu'un lointain crépitement de parasites, car la radio était réglée sur la fréquence de WMGX, la station de Portland. Mais en déplaçant le curseur de la bande FM, elle tomba d'abord sur WOXO, la station de Norway, puis sur WCAS, station on ne peut plus locale qui émettait depuis Castle Rock, la dernière petite ville qu'ils avaient traversée avant de gagner la Piste des Appalaches. Il lui sembla entendre la voix de son frère, suintant de la morgue sarcastique qui lui était venue avec l'adolescence, s'écriant : *Radio WCAS ! Plus pedzouille que moi, tu meurs !* Pour une station de pedzouilles, c'en était une, indiscutablement. Des chanteurs de country geignards genre Mark Chesnutt ou Trace Adkins alternaient avec une speakerine qui diffusait des appels téléphoniques d'auditeurs désireux de vendre des machines à laver, des voitures ou des fusils de chasse. Mais c'était une forme de contact humain, des voix au milieu du désert. Trisha s'assit sur l'arbre abattu, comme envoûtée, agitant distraitement sa casquette en direction de la nuée d'insectes qui tourbillonnait sans relâche autour d'elle. La première fois que la speakerine annonça l'heure, il était trois heures zéro neuf.

A trois heures trente, la Bourse aux Affaires fut brièvement interrompue par un bulletin d'informations d'intérêt local. Des habitants de Castle Rock faisaient circuler une pétition pour obtenir la fermeture d'un bar où des danseuses exhibaient leurs poitrines nues les vendredis et samedis soir, il y avait eu un début d'incendie (qui n'avait fait aucune victime) à la maison de retraite, et le champ de foire rénové de fond en comble serait inauguré le 4 juillet par un feu d'artifice grandiose. On annonçait de la pluie pour cet après-midi, mais le ciel se dégagerait pendant la nuit, et la journée du lendemain serait chaude et ensoleillée, avec une température maximale de trente degrés. Les infos s'arrêtèrent là. Aucune disparition de petite fille ne semblait avoir été signalée. Trisha se demanda s'il valait mieux en être soulagée ou s'en inquiéter.

Elle tendit la main vers la touche d'arrêt, ne voulant pas trop user les piles, mais elle laissa son geste en suspens pour écouter l'ultime annonce de la speakerine :

— N'oubliez pas que ce soir à sept heures, les Red Sox affrontent les Yankees, qui risquent de leur donner du fil à retordre. Restez branchés sur WCAS, qui retransmettra le match en direct. Chez WCAS, ça soxe toujours très fort ! Et maintenant, nous allons retourner à...

... *à la plus sale journée de la vie d'une petite fille,* se dit Trisha tout en éteignant la radio et en réenroulant le fil des écouteurs autour du Walkman. Mais à vrai dire, c'était la première fois qu'un semblant de moral lui était revenu depuis que la sourde palpitation d'angoisse était née au creux de son estomac. Le fait de s'être restaurée devait y être pour quelque chose, mais moins sans doute que la radio, que ces voix humaines bien réelles, qui lui avaient paru si proches.

Les moustiques avaient formé deux essaims sur ses cuisses, et ils essayaient de percer le tissu de son jean. Si elle avait été en short, ses jambes auraient vite ressemblé à des hamburgers crus.

Elle chassa les moustiques d'un revers de la main et se leva. Qu'allait-elle faire, à présent ? A quels expédients peut-on avoir recours quand on est perdu dans les bois ? Le soleil se lève à l'est et il se couche à l'ouest, ça au moins elle en était sûre, mais sa science s'arrêtait à peu près là. Quelqu'un lui avait expliqué un jour que la mousse ne pousse que d'un côté sur les arbres, mais elle ne se souvenait plus duquel — était-ce le nord ou le sud ? Le mieux aurait peut-être été de ne pas bouger d'ici, de se construire une espèce de hutte (moins contre la pluie que contre les insectes, il y avait de nouveau des moustiques sous la capuche de son poncho et ils la rendaient folle), et d'attendre les secours. Si elle avait eu des allumettes, elle aurait pu faire un feu (la pluie l'aurait empêché de s'étendre), et quelqu'un aurait bien fini par en apercevoir la fumée. Et si et si... Avec des « si », on mettrait Boston en bouteille, comme disait son père.

— Une bouteille, dit-elle tout haut. Ça me fait penser à quelque chose.

L'eau ! Pour retrouver son chemin quand on est perdu en forêt, il existe un procédé dans lequel l'eau joue un rôle. C'était quoi, déjà ?

Ça lui revint subitement, et une nouvelle onde de joie déferla en elle, si puissante qu'elle fut prise d'une sorte de vertige. Elle se mit à osciller légèrement d'un pied sur l'autre, comme quelqu'un qui se laisse emporter par le rythme d'une musique qui swingue bien.

Il faut d'abord trouver un cours d'eau. Ce n'est pas sa mère qui le lui avait enseigné. Elle l'avait lu dans l'un des volumes de la série *La Petite Maison dans la prairie*, il y a bien longtemps (elle ne devait pas avoir plus de sept ans à l'époque). On trouve un cours d'eau, on le suit, et tôt ou tard il finit par vous mener hors de la forêt, ou par vous conduire à un cours d'eau plus important. Si on tombe sur un deuxième cours d'eau, on le suit jusqu'à ce qu'il vous mène hors de la forêt ou à un cours d'eau encore plus important. Les cours d'eau finissent forcément par mener hors de la forêt, car tous les cours d'eau mènent à la mer, et il n'y a pas de forêt au bord de la mer, il n'y a que du sable, des rochers, quelquefois un phare. *Mais où est-ce que je vais trouver un cours d'eau ?* se demanda Trisha. *C'est simple comme bonjour,* lui répondit sa voix intérieure. *Tu n'as qu'à avancer le long de la falaise, celle dont tu as failli tomber, banane.* En suivant la falaise, elle était sûre d'aller toujours dans la même direction. Tôt ou tard elle tomberait sur un ruisseau, et comme dit l'adage les petits ruisseaux font les grandes rivières.

Elle remit son sac sur ses épaules (par-dessus le poncho, cette fois) et s'approcha prudemment de la falaise et du frêne abattu. A présent, elle considérait sa fuite éperdue de tout à l'heure avec le mélange de gêne et d'attendrissement qu'éprouve un adulte en se souvenant de ses bêtises d'enfant. Pourtant, elle resta à distance respectueuse du bord. Qui sait ? Peut-être qu'elle aurait eu le vertige, peut-être qu'elle serait encore tombée dans les pommes. Peut-être même qu'elle aurait vomi, et ç'aurait été trop bête de vomir alors qu'il lui restait si peu de provisions.

Elle bifurqua vers la gauche et se mit à marcher parmi les arbres. Le précipice était sur sa droite à une dizaine de pas. De temps en temps, elle se forçait à s'en approcher pour s'assurer qu'elle ne s'égarait pas, que la falaise et son panorama étaient toujours là. L'oreille dressée, elle guettait des voix au loin, mais sans y croire vraiment. De quel côté se trouvait la piste ? Elle n'en avait plus la moindre idée. Seul un hasard inespéré aurait pu lui permettre de retomber dessus. Elle guettait aussi le son d'un éventuel cours d'eau, et à la fin elle l'entendit.

Si jamais c'est une cascade qui dévale le long de la falaise, ça ne m'avancera à rien, se dit-elle. Elle décida qu'il valait mieux s'approcher du bord pour voir comment les choses se présentaient avant d'avoir atteint le cours d'eau, histoire de ne pas être trop désappointée.

A cet endroit il y avait moins d'arbres, et l'espace qui séparait le bord de la falaise de la lisière des bois était couvert de buissons irrégulièrement espacés. Dans un mois, ils ploieraient sous le poids d'innombrables myrtilles, mais pour l'instant les myrtilles n'étaient encore que de minuscules boutons verts, rigoureusement immangeables. En revanche, les baies de gaulthérie que Trisha avait aperçues un peu plus tôt étaient mûres à point. *Tâche de t'en souvenir*, se dit-elle. *Ça pourra peut-être te servir.*

Entre les buissons de myrtilles, le sol inégal était jonché de rochers émiettés qui craquaient comme de la vaisselle brisée sous les semelles de ses Reebok.

Elle avança d'un pas circonspect à travers l'éboulis ; quand elle ne fut plus qu'à quatre ou cinq pas du bord, elle se mit à plat ventre et acheva sa progression en rampant. Elle avait beau se dire *Je n'ai rien à craindre, je sais que le vide est là, je n'ai aucune raison d'avoir peur,* son cœur continuait à cogner comme un sourd. Quand elle arriva au bord, elle ne put retenir un éclat de rire tant sa surprise était grande : le gouffre avait pratiquement disparu.

La vue sur la vallée était toujours très étendue, mais elle n'allait pas tarder à se rétrécir, car la hauteur de la falaise n'avait pas cessé de diminuer. A force de tendre l'oreille et de concentrer toutes ses pensées sur une seule idée (celle de garder la tête froide, de ne pas fondre encore une fois les plombs), Trisha ne s'en était même pas aperçue. Elle rampa encore un peu, écarta un dernier buisson et regarda dans le vide.

La falaise ne faisait plus que six ou sept mètres, et l'à-pic avait fait place à une pente raide, jonchée de rochers éboulés. Au fond, il y avait des arbres rabougris, d'autres buissons de myrtilles, des ronces enchevêtrées et des amas de roches glaciaires fracassées. L'orage s'était calmé, le tonnerre ne faisait plus entendre que des borborygmes occasionnels, mais un léger crachin s'abattait encore, et les amas de rocs noirs et luisants avaient l'aspect rébarbatif de crassiers affaissés autour d'une mine.

Trisha rampa en arrière, se remit debout, puis continua à marcher en direction du cours d'eau invisible en louvoyant entre les buissons. Les effets de la fatigue commençaient à se faire sentir, elle avait des courbatures dans les jambes, mais à tout prendre, ça n'allait pas si mal que ça. Elle avait peur, certes, mais ce n'était plus de la terreur aveugle comme tout à l'heure. On allait la retrouver. On retrouve toujours les gens qui se perdent dans les bois. On organise de gigantesques battues, avec des avions, des hélicoptères et des maîtres-chiens, et elles ne s'arrêtent plus tant qu'on n'a pas retrouvé la piste de la personne disparue.

Qui sait ? Peut-être que je vais me sauver toute seule. Peut-être que je vais trouver une cabane dans la forêt. Une cabane inoccupée, dont la porte sera fermée à double tour. Je briserai une vitre pour m'introduire à l'intérieur, et je n'aurai plus qu'à décrocher le téléphone...

Trisha se vit pénétrant par effraction dans un pavillon de chasse qui n'avait pas servi depuis l'automne précédent. Elle vit les meubles dissimulés sous des housses de cretonne à fleurs délavée, la peau d'ours étalée sur le plancher mal équarri. Elle sentait l'odeur de la poussière, des cendres refroidies oubliées au fond du poêle. La vision était d'une précision si hallucinante qu'il lui sembla même percevoir un vague remugle de café. La cabane était vide, mais le téléphone fonctionnait. C'était un téléphone à l'ancienne mode, avec un combiné si lourd qu'elle était obligée de le tenir à deux mains, mais il marchait, et elle s'imagina disant :

— Allô, maman ? C'est Trisha. Je ne sais pas exactement où je suis, mais je vais très b...

Elle était tellement absorbée par sa cabane imaginaire et son coup de fil imaginaire qu'elle fut à deux doigts de tomber dans le petit ruisseau qui jaillissait des bois et dégringolait le long de la pente jonchée de roches éboulées.

Se rattrapant de justesse aux branches d'un aulne,

elle s'abîma dans la contemplation du ruisseau, un début de sourire aux lèvres. Jusque-là, elle avait eu une rude journée, pour ne pas dire épouvantable, mais la chance semblait enfin revenue, et ça lui donnait envie de pousser de bruyants hourras. Elle s'avança jusqu'à la limite supérieure de la pente. Le ruisseau cascadait à toute allure, avec des tourbillons d'écume, se brisant çà et là sur un rocher en soulevant des embruns dans lesquels des arcs-en-ciel se seraient sans doute formés s'il y avait eu du soleil. Les berges, hérissées de rochers instables et humides, semblaient glissantes, traîtresses. Mais elles étaient piquetées d'un assez grand nombre de buissons et d'arbustes. Si Trisha dérapait, elle pourrait se raccrocher à un arbuste comme elle s'était raccrochée à l'aulne pour ne pas tomber à l'eau.

— L'eau mène aux hommes, dit-elle tout haut avant d'entamer sa descente.

Elle prit par le côté droit et descendit en biais, par petits bonds. Au début, les choses se passèrent plutôt bien, alors même que la pente était plus abrupte qu'elle ne l'avait cru et que le sol se dérobait sous elle à chaque pas. Son sac à dos, dont le poids lui avait été quasiment imperceptible jusque-là, lui faisait à présent un peu l'effet d'une de ces encombrantes hottes dont les squaws se harnachent pour transporter leur bébé. Il glissait sans arrêt d'un côté ou de l'autre, et elle était obligée de battre l'air de ses bras pour ne pas perdre l'équilibre. Néanmoins, elle ne s'en sortait pas trop mal, heureusement du reste, car lorsqu'elle s'arrêta à mi-pente, le pied droit coincé entre des rochers qui avaient cédé sous son pas, elle s'aperçut qu'elle ne pouvait plus retourner en arrière. L'escalade aurait été au-dessus de ses forces. Elle devait gagner la vallée, elle n'avait plus le choix.

Elle reprit sa descente. Quelques mètres plus bas, un insecte volant — de grosse taille, celui-là — lui fonça dans le visage. Une guêpe ! Trisha poussa un grand cri et agita les bras pour la chasser. Son sac à dos lui glissa brutalement sur le flanc, son pied droit se mit à patiner et tout à coup elle perdit l'équilibre. Elle se cassa la figure, heurtant le sol rocailleux de l'épaule avec tant de force que ses dents s'entrechoquèrent, et la glissade commença.

— *Putain de chierie de merde !* hurla-t-elle en essayant de se retenir.

Elle ne parvint qu'à desceller une roche branlante qu'elle entraîna dans sa chute et à s'entamer douloureusement la paume avec un tesson de quartz. Elle voulut se raccrocher à un buisson, mais ce n'était qu'une petite touffe idiote, qui lui resta dans la main. Son pied buta sur quelque chose, sa jambe droite se plia douloureusement, elle fut soudain projetée en l'air, et le monde se mit à tourbillonner autour d'elle tandis qu'elle exécutait un double saut périlleux qui n'était pas du tout prévu au programme.

Elle atterrit sur le dos et continua à glisser dans cette position, jambes écartées, battant l'air de ses bras, poussant des hurlements stridents. Son poncho et son maillot retroussés lui découvraient les omoplates. Des roches aiguës lui lacéraient le dos. Elle tenta de freiner avec les pieds. Son pied gauche entra en collision avec une lame de schiste qui saillait verticalement du sol, et le choc la fit dévier vers la droite. Elle fit une suite de tonneaux, roulant d'abord sur le ventre, puis sur le dos, puis de nouveau sur le ventre. Son sac lui mordait dans les chairs et lui rebondissait sur les épaules quand elle retombait à plat ventre. Le ciel était en bas, l'horrible amas de roches éboulées en haut, puis ils changeaient de place, comme dans un quadrille de western — hop-la ! mesdames, changez de cavalier !

Trisha parcourut les dix derniers mètres sur le flanc gauche, le bras tendu en avant, le visage niché au creux de son coude. Ses côtes heurtèrent un objet dur, et elle se dit qu'elle avait dû se faire un sacré bleu. Puis, avant même qu'elle ait eu le temps de lever la tête, une douleur aiguë lui vrilla la pommette gauche, juste au-dessous de l'œil. Elle poussa un cri strident et se redressa brusquement sur les genoux en s'assenant une claque sur la joue. Elle écrasa la guêpe (car c'était une guêpe, bien sûr) au moment où elle enfonçait son dard pour la seconde fois ; simultanément, ses yeux s'ouvrirent et elle les vit, tout autour d'elle. De gros insectes jaune et brun, véritables usines à venin volantes, dont les queues menaçantes pendaient lourdement vers le sol.

Sa glissade l'avait entraînée jusqu'à un arbre mort qui se dressait au bas de la pente, à quelques mètres de la cascade. Sur la fourche de l'arbre mort, à la hauteur exacte des yeux d'une petite fille de neuf ans grande pour son âge, il y avait un nid gris pâle, qui semblait fait de papier mâché. Ses flancs étaient couverts de guêpes à l'air très agité qui rampaient en tous sens. D'autres jaillissaient d'un orifice en son sommet.

Un aiguillon transperça l'arrière du cou de Trisha, du côté gauche, sous la visière de sa casquette. Un autre lui embrasa le bras droit, juste au-dessus du coude. Hurlant à tue-tête, folle de terreur, elle s'enfuit à toutes jambes. Un dard s'enfonça dans sa nuque, un autre dans ses reins, au-dessus de son jean, à l'endroit où son maillot toujours retroussé et son poncho lacéré avaient laissé sa peau à découvert.

Elle détala vers le ruisseau sans dessein particulier ; elle n'avait pris cette direction que parce que le terrain était relativement dégagé de ce côté-là. Au début, elle faisait des écarts pour éviter les fourrés. Quand la végétation devint plus dense, elle fonça droit devant. Arrivée au bord du ruisseau, elle s'arrêta, à bout de souffle, les larmes aux yeux, jetant derrière elle des regards terrifiés. Les guêpes avaient disparu, mais le temps qu'elle parvienne à les semer, elles avaient causé de sérieux dégâts. Sa paupière gauche avait tellement enflé que l'œil était quasiment fermé.

Peut-être que le choc va me tuer, se dit-elle, mais la terreur l'avait laissée tellement gourde qu'au fond elle ne s'en souciait pas vraiment. Elle s'assit au bord du petit ruisseau qui était la cause de tous ses ennuis, et s'abandonna à ses sanglots, en reniflant bruyamment. Quand elle se sentit un peu rassérénée, elle décrocha son sac de ses épaules. De violents spasmes la secouaient ; à chaque convulsion, son corps se tendait comme une corde de violon et de brûlantes pointes de douleur irradiaient de tous les endroits où elle avait été piquée. Elle prit son sac entre ses bras et le berça contre sa poitrine, comme une poupée, en pleurant de plus belle. Et tandis qu'elle le berçait ainsi, elle pensa à Mona, sa chère vieille Ramona-Grosse-Bise aux grands yeux couleur myosotis, qui était restée sur le siège arrière de la Caravan. Quand la discorde s'était installée entre ses parents, et quand la procédure de divorce avait commencé pour de bon, c'est auprès de Mona qu'elle avait été chercher un réconfort que par moments même Pepsi n'était plus capable de lui apporter. Mais à côté de ce qui lui arrivait maintenant, le divorce de ses parents n'avait été que de la petite bière. Deux grandes personnes qui n'arrivent plus à s'entendre, c'est moche, d'accord, mais il existe des problèmes autrement plus graves. Les guêpes, par exemple. Trisha aurait donné n'importe quoi pour que Mona soit là, avec elle.

Au moins, les piqûres n'allaient pas la tuer. Si elle avait dû en mourir, leur effet aurait été foudroyant. Un jour, elle avait entendu sa mère et leur voisine d'en face, Mme Thomas, parler d'un homme qui était allergique aux piqûres de guêpes.

— Dix secondes après que cette sale bête l'a piqué, ce pauvre Frank s'est mis à enfler comme un ballon, avait dit Mme Thomas. S'il avait pas eu sa petite trousse avec la seringue apodermique, y serait mort d'étouffement, ça fait pas un pli.

Trisha n'avait aucune sensation d'étouffement, mais les piqûres lui faisaient un mal de chien, et elles avaient bel et bien enflé comme des ballons. Celle qu'elle avait au-dessous de l'œil gauche avait formé une espèce de petit volcan, qui la brûlait atrocement. Elle en distinguait la pointe rougie, et quand elle l'effleura prudemment du doigt, une onde de douleur lui vrilla l'intérieur du crâne, lui arrachant un gémissement. Elle ne pleurait plus, mais des larmes continuaient de sourdre de son œil gauche mi-clos, il n'y avait pas moyen de les retenir.

Trisha s'ausculta avec des gestes lents et précautionneux. Elle décela une bonne demi-douzaine de piqûres (juste au-dessus de la hanche gauche, la douleur était si vive qu'elle se dit qu'elle avait dû y être piquée deux fois, peut-être même trois). Elle avait le dos couvert d'écorchures, et des traînées de sang dessinaient un entrelacs compliqué sur son avant-bras gauche, qui avait encaissé un maximum de chocs durant la dernière partie de sa glissade. En plus, l'estafilade de sa joue s'était remise à saigner.

C'est pas juste, se dit-elle. *C'est pas j...*

Là-dessus, une idée épouvantable lui vint. Plus qu'une idée, même, une certitude. Dans la poche latérale de son sac, son Walkman avait dû se casser. Il avait dû être réduit en miettes. Comment aurait-il pu résister à une chute pareille ?

De ses doigts ensanglantés et tremblants, Trisha s'escrima un long moment sur les lanières de fermeture de son sac avant de parvenir enfin à les dégager. Son Game Boy était en pièces. Il ne subsistait de l'écran où couraient d'habitude de petits bidules électroniques que quelques infimes éclats de verre d'un brun jaunâtre. Le boîtier blanc était tout fissuré, et en éclatant le sachet de chips l'avait recouvert de miettes graisseuses.

Sa gourde en plastique et sa bouteille de Surge étaient un peu cabossées, mais elles avaient tenu bon. Le sac à casse-croûte ressemblait un peu à ce qui reste d'un hérisson écrabouillé par un camion, et des miettes de chips y adhéraient aussi. Trisha ne se donna même pas la peine de l'ouvrir pour en vérifier le contenu. *Mon Walkman*, se disait-elle en tirant sur la fermeture éclair de la poche latérale, sans se rendre compte qu'elle sanglotait. *Mon pauvre petit Walkman.* Après tout ce qu'elle venait de subir, l'idée d'être privée de son dernier lien avec l'humanité lui semblait insupportable.

Trisha plongea une main dans la poche latérale de

son sac et en extirpa le Walkman. Miraculeusement, il était intact. Le fil des écouteurs, qu'elle avait soigneusement enroulé autour du boîtier, s'en était détaché et avait formé des nœuds, mais les dégâts s'arrêtaient là. Son regard incrédule passait alternativement du Walkman qu'elle tenait à la main au Game Boy qu'elle avait posé par terre à côté d'elle. Comment se pouvait-il que l'un soit intact, alors que l'autre avait explosé en mille morceaux ? Elle n'arrivait pas à y croire.

Tu as raison de ne pas y croire, déclara la voix froide et haineuse au fond de sa tête. *Il* paraît *intact, mais en réalité il ne marche plus.*

Trisha débarrassa le fil de ses nœuds, se ficha les deux petits écouteurs dans les oreilles, et posa l'index sur la touche *power*. Elle avait oublié les piqûres de guêpes, les morsures de moustiques, ses coupures et ses égratignures. Elle ferma ses paupières enflées, et se retrouva dans le noir.

— Je vous en prie, mon Dieu, dit-elle, s'adressant aux bienfaisantes ténèbres, faites que mon Walkman ne soit pas cassé.

Ensuite elle enfonça la touche. La voix d'une speakerine se mit à nasiller, et elle eut la sensation que la radio émettait du fond de son crâne.

— Voici un communiqué qui vient de nous parvenir à l'instant, disait la voix. Une habitante de Sanford qui faisait une randonnée avec ses deux enfants sur la section de la Piste des Appalaches qui passe à proximité de Castle Rock a signalé la disparition de sa fille de neuf ans. Elle s'appelle Patricia McFarland, et on présume qu'elle s'est égarée dans la forêt, quelque part à l'ouest du village de Motton.

Trisha rouvrit les yeux, et quand la speakerine se

tut, elle continua d'écouter la radio pendant dix bonnes minutes, se gavant de musique country et d'un reportage en direct sur une course de stock-cars, comme un drogué qui ne peut pas se passer de sa dose. Elle était perdue dans la forêt. C'était officiel. Bientôt, *ils* passeraient à l'action, ce « ils » impersonnel désignant dans son esprit les gens qui sont prêts à tout moment à sauter à bord d'un hélicoptère ou à lancer leurs chiens sur une piste. Sa mère devait être aux cent coups. A cette idée, Trisha éprouva une drôle de petite jubilation sournoise.

Je n'étais pas surveillée, se dit-elle, certaine d'avoir la morale de son côté. *Je ne suis qu'une enfant, et les enfants doivent faire l'objet d'une surveillance constante. Si elle me fait des reproches, je n'aurai qu'à lui dire : « Comme vous n'arrêtiez pas de vous disputer, mes nerfs ont fini par lâcher. »*

Cette phrase semblait sortir d'un roman de V.C. Andrews. Elle aurait sûrement enchanté Pepsi.

A la fin, elle éteignit le Walkman, réenroula le fil des écouteurs, déposa un baiser sonore sur le boîtier en plastique noir, et le reglissa amoureusement dans la poche latérale de son sac. Son regard s'arrêta sur son sac à casse-croûte écrabouillé, mais elle n'eut pas le cœur de l'ouvrir pour vérifier l'état du sandwich au thon et du dernier Twinkie qui lui restait. Ça l'aurait trop déprimée. Encore une chance qu'elle ait mangé son œuf dur avant qu'il ne se soit transformé en œuf mimosa. Cette idée aurait dû la faire pouffer, mais apparemment sa réserve de rires était tarie. *Trisha,* lui disait sa mère, *il y a des gens qui sont des puits de science. Toi, tu es un puits de rires sans fond.* Le puits de rires semblait à sec, du moins pour l'instant.

Assise sur la berge du minuscule ruisseau, qui à cet endroit ne faisait guère plus d'un mètre de large, Trisha mastiqua ses chips, morose. Elle nettoya le fond du sachet éclaté, détacha un par un les petits fragments qui adhéraient au sac en papier, racla les miettes qui avaient glissé jusqu'au fond de son sac à dos. Un gros insecte lui passa sous le nez en bourdonnant. Elle se rétracta, poussa un cri et leva une main pour s'en protéger le visage, mais ce n'était qu'un taon.

Avec les gestes las d'une vieille ouvrière à la fin d'une dure journée de travail (sa fatigue était si grande qu'elle se sentait tout à fait dans la peau du personnage), Trisha remisa toutes ses affaires dans son sac, même le Game Boy en morceaux, puis se remit debout. Avant de refermer le sac, elle ôta son poncho et l'examina longuement, en le tenant à bout de bras. Il ne l'avait guère protégée pendant sa chute. Il était tout lacéré, et en d'autres circonstances son aspect aurait pu lui paraître comique — les lanières de plastique bleu faisaient un peu penser à une jupe de danseuse hawaïenne —, mais elle conclut qu'il valait sans doute mieux le garder. Il lui servirait au moins de protection contre ces satanés insectes, qui avaient reformé leur nuée autour de sa tête. Les moustiques étaient plus nombreux que jamais. Étaient-ce ses avant-bras égratignés qui les attiraient ainsi ? Les moustiques ont-ils de l'odorat ? Cette idée lui fit froncer le nez.

— Beurk, quelle horreur ! s'écria-t-elle, en agitant sa casquette pour éloigner ces sales bestioles.

Elle se dit qu'elle aurait dû s'estimer heureuse de ne pas s'être cassé le bras ou fracturé le crâne, et de ne pas être allergique aux piqûres de guêpes comme l'ami de Mme Thomas, mais c'est dur de s'estimer heureuse quand on est morte de peur, couverte d'écorchures, enflée de partout, et qu'on vient de se casser la figure en beauté.

Au moment où elle s'apprêtait à enfiler son poncho (le tour du sac à dos ne viendrait qu'ensuite), ses yeux tombèrent sur le ruisseau. Sur les berges, juste au-dessus de l'eau, la terre était molle et détrempée. Trisha se laissa tomber sur un genou (le frottement de son jean sur les piqûres de guêpes lui arracha une grimace), et elle préleva une poignée de vase, qui était d'un brun grisâtre et d'une consistance onctueuse. Est-ce que ça valait le coup d'essayer ?

— En tout cas, ça me fera pas de mal, soupira-t-elle.

Se passant la main dans le dos, elle enduisit de boue le renflement au-dessus de sa hanche. Elle éprouva une bienfaisante sensation de fraîcheur et la douleur s'atténua aussitôt. Méticuleusement, elle tartina de boue toutes ses piqûres, y compris celle qui lui avait fait démesurément gonfler la paupière gauche. Après s'être essuyé les mains sur son jean (dont l'état s'était aussi sérieusement dégradé que celui de ses mains en l'espace de quelques heures), elle enfila son poncho en loques et se passa les sangles du sac à dos autour des épaules. Par bonheur, il ne comprimait aucun des endroits où elle avait été piquée. Elle se remit en marche, avançant toujours le long du ruisseau, et au bout de cinq minutes se retrouva dans le sous-bois.

Elle marcha ainsi pendant peut-être quatre heures, ne percevant que des gazouillis d'oiseaux et le bourdonnement continuel des moucherons et des moustiques. Le crachin ne lui laissa pratiquement pas de répit. A un moment, il se mit à pleuvoir si fort qu'elle fut contrainte de s'abriter sous un arbre. Cette fois au moins, l'ondée ne fut pas accompagnée d'éclairs et de coups de tonnerre.

Tandis que la journée la plus horrible de son existence se muait inexorablement en nuit, Trisha avait une conscience plus aiguë que jamais de son état de petite citadine. Par moments, il lui semblait que la forêt se refermait sur elle comme un poing. Quand elle traversait de vastes pinèdes où les vieux arbres majestueux s'espaçaient régulièrement, la forêt prenait des dehors aimables ; pour un peu, elle se serait crue dans un dessin animé de Walt Disney. Puis le poing se refermait brutalement et elle se retrouvait prise dans des enchevêtrements sournois d'arbrisseaux et de fourrés épais (pour la plupart hérissés d'épines), se débattant pour échapper aux branches entrelacées qui essayaient de lui égratigner les bras et les yeux. Il lui semblait que ces buissons et ces branches avaient été placés là dans l'unique dessein de lui barrer la route. A mesure que sa fatigue grandissait, elle se mit à leur attribuer une sorte d'intelligence, une volonté perfide de faire le plus de mal possible à la petite intruse en capote bleue déguenillée. Peu à peu, l'affreuse vérité lui apparut : leur désir de l'égratigner (ou même, avec un peu de chance, de lui crever un œil) était en fait très subalterne. Ces satanés fourrés cherchaient surtout à l'égarer, à l'éloigner du ruisseau, à l'empêcher de trouver une issue, à lui interdire de rejoindre ses semblables.

Quand le poing menaçait de l'écraser, quand les halliers se faisaient trop impénétrables, Trisha se résignait à faire un détour, quitte à perdre le ruisseau de vue. Mais elle continuait à se guider sur son bruissement. S'il devenait trop ténu, elle renonçait à chercher plus longtemps une brèche dans l'infranchissable muraille de branches, se mettait à plat ventre et se glissait dessous en rampant sur les coudes. Rien n'était plus pénible que de ramper dans ces espèces de fondrières gluantes (dans les pinèdes, le sol était sec et confortablement tapissé d'aiguilles ; sous les broussailles enchevêtrées, il était toujours détrempé). Son sac à dos s'accrochait aux branches et aux ronces ; parfois il restait coincé pour de bon. Et même au milieu de la végétation la plus dense, la nuée de moucherons lui tournoyait sans relâche autour de la tête.

Trisha voyait bien ce qui rendait sa situation si pénible, si décourageante, mais elle n'aurait su le formuler avec des mots. Cela faisait entrer en jeu trop de choses dont elle ignorait le nom. Grâce aux leçons de sa mère, elle en avait retenu quelques-uns : elle avait appris à reconnaître les bouleaux, les hêtres, les aulnes, les épicéas, les pins ; elle était capable d'identifier le martèlement sourd du bec d'un pivert, le croassement d'un corbeau, le crissement d'un criquet au crépuscule, semblable à celui d'une porte aux gonds mal huilés... mais comment aurait-elle pu nommer tout le reste ? Si sa mère le lui avait appris un jour, elle l'avait oublié. Mais sa mère ne lui avait sans doute pas appris tant de choses que ça. Sa mère n'était qu'une citadine du Massachusetts transplantée depuis peu dans le Maine, qui aimait se balader dans les bois et avait potassé quelques bouquins de la série des guides du naturaliste. Par exemple, que pouvaient bien être ces buissons épais aux feuilles d'un beau vert brillant (je vous en prie, petit Jésus, faites qu'ils ne soient pas vénéneux) ? Ou ces petits arbres à l'air malingre, avec leur écorce d'un gris poussiéreux ? Ou ces autres, là, avec leurs longues feuilles fines et pendantes ? Les bois autour de Sanford, ceux dans lesquels sa mère se promenait, tantôt avec Trisha et tantôt sans elle, étaient des bois pour de rire. Ici, c'était une forêt pour de vrai.

Trisha essaya de s'imaginer des centaines de sauveteurs convergeant sur elle de toutes parts. Son imagination était assez fertile, si bien qu'au début cela ne lui coûta pas trop d'efforts. Elle eut la vision de grands autocars scolaires jaunes, avec des panneaux de destination annonçant SPÉCIAL BATTUE, venant se ranger dans toutes les aires de stationnement de la section de la Piste des Appalaches qui traversait la partie occidentale du Maine. Leurs portières s'ouvraient, et il en jaillissait des flots d'hommes en uniforme kaki. Tous avaient des talkies-walkies accrochés à la ceinture ; quelques-uns tenaient des chiens en laisse. Un très petit nombre d'entre eux étaient munis de mégaphones. C'est le son de ces mégaphones qui lui parviendrait d'abord. Des voix de tonnerre, pareilles à la voix de Dieu, lui criant : « PATRICIA MCFARLAND, TU ES LÀ ? SI TU M'ENTENDS, DIRIGE-TOI VERS LE SON DE MA VOIX ! »

Mais tandis que les ombres de la forêt se faisaient plus profondes, s'enchaînant peu à peu les unes dans les autres, elle ne perçut que le bruissement du ruisseau (dont la largeur n'avait pas varié d'un poil depuis qu'elle avait dégringolé cul par-dessus tête le long de sa berge) et le son de sa propre respiration. La vision des hommes en uniforme kaki s'estompa graduellement, puis elle s'effaça.

Je ne vais quand même pas passer la nuit ici, songea-t-elle. *Je ne vais pas passer une nuit entière au fond des bois.*

Elle sentit que la panique essayait de nouveau de s'emparer d'elle. Elle accélérait les battements de son cœur, lui asséchait la bouche, faisait palpiter ses yeux dans leurs orbites. Elle était perdue dans les bois, cernée par des arbres dont elle ignorait les noms, seule au milieu d'un univers où son vocabulaire de petite citadine ne lui était d'aucun secours, et ne disposait par conséquent que d'une gamme extrêmement réduite de réactions, toutes de l'espèce la plus rudimentaire. En deux temps trois mouvements, la petite fille des villes s'était muée en petite fille des cavernes.

Trisha avait peur du noir. Même chez elle, dans sa chambre, malgré la lueur du réverbère du coin de la rue qui s'insinuait entre les rideaux. Si elle passait la nuit ici, elle allait mourir de peur.

Sauve-toi, lui soufflait sa voix intérieure. Les cours d'eau qui mènent inéluctablement aux hommes, ça devait être une connerie que l'auteur de *La Petite Maison dans la prairie* avait inventée pour faire plaisir à ses crétins de lecteurs. Trisha avait fait des kilomètres et des kilomètres le long de ce ruisseau, sans rien rencontrer d'autre que des insectes. Elle n'avait plus envie que de le planter là et de détaler en prenant la direction dans laquelle la course serait la moins malaisée. De cavaler pour trouver des gens avant la tombée de la nuit. Mais comme l'idée était vraiment tordue, ça ne l'avançait pas à grand-chose. Ça n'empêchait pas ses yeux de palpiter douloureusement (en plus, les piqûres s'étaient mises à palpiter aussi), ça n'atténuait en rien le désagréable goût métallique que la peur lui faisait monter dans la bouche.

Après s'être frayé un passage à travers un bosquet d'arbres tellement emmêlés qu'on aurait dit qu'ils n'en formaient plus qu'un, Trisha se retrouva dans une petite clairière en demi-lune. A cet endroit, le ruisseau bifurquait brusquement vers la gauche. La clairière enclose de buissons et d'arbrisseaux touffus avait un aspect étrangement idyllique. Elle était même pourvue d'un tronc abattu qui pourrait faire office de banc.

Trisha approcha du tronc, s'assit dessus, ferma les yeux et essaya de prier Dieu afin qu'Il lui envoie des sauveteurs au plus vite. Prier Dieu que son Walkman ne soit pas cassé ne lui avait posé aucun problème, car ça lui était venu spontanément. Mais là, c'était une autre paire de manches. Comme ses parents ne fréquentaient l'église ni l'un ni l'autre (bien qu'ayant été élevée dans la foi catholique, sa mère ne pratiquait plus depuis belle lurette, et son père, à sa connaissance, n'avait jamais eu aucune religion), elle s'aperçut que sur ce terrain-là aussi elle était perdue, que son vocabulaire était trop pauvre. Elle récita le Notre Père, mais les paroles qui s'échappaient de ses lèvres lui parurent plates, peu convaincantes. Dans la situation où elle était, elle aurait trouvé à peu près autant d'utilité à un ouvre-boîte électrique. Rouvrant les yeux, elle jeta un regard circulaire sur la petite clairière, et ses mains jointes, couvertes d'écorchures, se crispèrent un peu plus : pendant qu'elle priait, le peu de jour qui restait avait encore décliné.

Trisha ne se souvenait pas d'avoir jamais abordé ces questions-là avec sa mère, mais voilà à peine un mois de ça elle avait demandé à son père s'il croyait en Dieu. Ils étaient dans le jardin de derrière de sa petite maison de Malden, dégustant les cornets qu'ils venaient d'acheter au marchand de glaces ambulant qui passait quotidiennement à bord de sa fourgonnette blanche munie d'une clochette tintinnabulante (en pensant au marchand de glaces de Malden, Trisha fut prise d'une nouvelle envie de pleurer). Pete était allé au parc, pour faire les quatre cents coups avec ses vieux copains.

— Dieu..., avait dit papa (savourant lentement le mot, comme s'il avait été en train de tester un nouveau parfum de glace, vanille-dieu au lieu de vanille-fraise). Qu'est-ce qui te prend de me poser des questions pareilles, ma puce ?

Trisha avait secoué la tête, car elle n'en savait rien. Mais maintenant qu'elle était assise sur son tronc abattu, par ce crépuscule d'été bourdonnant d'insectes, une idée effrayante lui germa dans la tête : se pouvait-il que la question lui soit venue aux lèvres parce qu'elle avait eu, tout au fond d'elle, une obscure prescience de ce qui allait lui arriver ? Parce qu'ayant pressenti qu'elle aurait besoin de croire un peu en Dieu pour s'en sortir, elle avait décidé de lancer une sorte de fusée de détresse ?

— Dieu, avait répété Larry McFarland en léchant sa glace. Eh bien, vois-tu, Dieu...

Il avait laissé sa phrase en suspens. Assise en face de lui à la table de pique-nique, Trisha était restée silencieuse, promenant son regard sur la minuscule pelouse (qui aurait bien eu besoin d'un coup de tondeuse), le laissant réfléchir tout son soûl. A la fin, il lui avait dit :

— Moi, tu sais, je ne crois qu'en une seule chose. Je crois en l'Imperceptible.

— Le *quoi* ?

Trisha l'avait regardé en se demandant s'il se payait sa tête, mais il avait l'air on ne peut plus sérieux.

— L'Imperceptible. Tu te souviens, quand on habitait Fore Street ?

Trisha se souvenait de la maison de Fore Street, bien sûr. Fore Street n'était qu'à deux cents mètres de là. C'était la dernière rue avant Lynn. La maison était plus grande que celle-ci. La pelouse y était plus grande aussi, et papa la tondait régulièrement. En ce temps-là, Sanford c'était chez papy et mamie, Sanford, c'était les vacances d'été, Trisha ne voyait Pepsi Robichaud que l'été et rien n'était plus drôle que d'imiter le bruit d'un pet en se glissant une main sous l'aisselle (hormis un véritable pet, bien sûr). Dans la maison de Fore Street, la cuisine ne sentait pas la vieille bière, comme ici. Trisha avait hoché la tête. Oui, elle s'en souvenait très bien.

— La maison était chauffée à l'électricité. Il y avait des bouches de chauffage dans le plancher, et elles bourdonnaient sans arrêt, même l'été, quand le chauffage ne marchait pas, tu te souviens ?

Trisha avait secoué négativement la tête, et son père avait hoché la sienne, comme s'il s'était attendu à cette réaction.

— C'est parce que tu t'y étais habituée, dit-il. Mais crois-moi, Trisha, ce bourdonnement ne cessait jamais. Même une maison qui n'a pas de bouches de chauffage bruit tout le temps. Le frigo ronronne. La plomberie gargouille. Le parquet craque. Des voitures passent dans la rue. Comme nous entendons ces bruits en permanence, c'est comme si nous ne les entendions pas du tout. Ils deviennent...

Il avait eu le geste qui signifiait qu'il fallait qu'elle termine une phrase à sa place. Un geste que Trisha connaissait depuis sa plus tendre enfance, depuis le temps où son père la prenait sur ses genoux pour lui faire apprendre son alphabet. Un geste qu'elle chérissait par-dessus tout.

— ... imperceptibles, dit-elle.

Elle savait que c'est ce mot-là qu'il voulait entendre, même si elle n'en comprenait pas vraiment le sens.

— Tout juste ! s'écria-t-il en agitant son cornet de glace dans l'air.

Des gouttes de glace à la vanille éclaboussèrent son pantalon de toile beige, et Trisha se demanda combien de bières il s'était enfilées depuis le début de la journée.

— Tu vois, ma puce, c'est ça, l'Imperceptible ! Je ne crois pas en un Dieu doué d'intelligence qui dirigerait le vol de tous les oiseaux d'Australie et de tous les hannetons des Indes, en un Dieu qui inscrirait tous nos péchés dans son grand Livre d'or pour nous demander des comptes après notre mort. Je refuse de croire en un Dieu qui aurait créé des méchants uniquement pour les envoyer rôtir dans un enfer inventé par Lui dans ce dessein exprès, mais je suis bien obligé de croire en *quelque chose*.

Son regard s'était promené sur son jardin de derrière, le gazon envahi d'herbes folles qui pelait par endroits, le petit portique qu'il avait installé pour ses enfants (Pete avait passé l'âge, et Trisha aussi en fait, même si elle continuait d'user de la balançoire et du toboggan lors de ses séjours à Malden pour faire plaisir à son père), les deux nains de jardin (dont l'un disparaissait presque sous une exubérante touffe de folle avoine), la clôture qui aurait eu grand besoin d'être repeinte. Dans cet instant, Trisha avait trouvé que son père avait l'air vieux. Un peu hagard. Un peu égaré. (*Il avait un peu la tête de quelqu'un qui s'est perdu dans les bois*, se disait-elle à présent, assise sur son tronc abattu, son sac à dos coincé entre ses Reebok.) Ensuite, il avait hoché la tête et ses yeux s'étaient reposés sur elle.

— Oui, il doit y avoir quelque chose. Une force énigmatique qui œuvre insensiblement en faveur du bien. Tu sais ce que ça veut dire, énigmatique ?

Trisha avait fait oui de la tête. Elle ne le savait pas vraiment, mais elle ne tenait pas à ce qu'il s'arrête pour lui donner des éclaircissements. C'était un de ces jours où elle n'avait pas envie que son père joue les maîtres d'école. Elle voulait bien qu'il lui apprenne des choses, pas qu'il lui fasse la leçon.

— Je crois qu'il existe une force qui empêche les adolescents ivres (ou du moins la plupart d'entre eux) de se planter en voiture quand ils reviennent du bal de fin d'études de leur lycée ou de leur premier concert de rock. Qui empêche les avions de se casser la gueule même en cas de grave défaillance mécanique. Il y a bien quelques catastrophes, mais elles sont rares. Le seul fait qu'on n'ait pas lâché une seule bombe atomique sur des gens depuis 1945 prouve bien qu'il y a *quelque chose* qui nous protège. Tôt ou tard, ça finira par arriver, bien sûr. N'empêche qu'un demi-siècle... ça fait un sacré bout de temps.

Il était resté silencieux un instant, considérant d'un œil songeur les trognes joviales et vides de ses nains de jardin.

— Il y a quelque chose qui nous empêche de

mourir subitement dans notre sommeil. Le Dieu plein d'amour, à qui rien n'échappe, il me faudrait des preuves tangibles pour croire à son existence. Mais je crois qu'il existe une force.

— L'Imperceptible ?

— Tu m'as compris.

Trisha avait compris son idée, mais elle ne lui avait pas plu. Ça lui faisait trop penser à une lettre dont on s'imagine qu'elle va contenir un message personnel et important, et qui s'avère n'être qu'une simple circulaire.

— Et à part ça, tu crois en quelque chose, papa ?

— Oh, je crois aux mêmes choses que n'importe qui. Je crois que la mort et les impôts sont inévitables, et que tu es la plus jolie petite fille du monde.

— Arrête, papa !

Elle avait ri et gigoté quand il l'avait serrée sur son cœur en lui embrassant les cheveux. Elle aimait les câlins, mais son haleine sentait la bière, et ça lui plaisait moins.

Il l'avait lâchée, s'était relevé.

— Je crois aussi qu'il est l'heure de boire une petite bière. Tu veux un thé glacé ?

— Non merci, avait dit Trisha, et au moment où il s'éloignait, mue par ce qui semblait bien être une sorte de prescience, elle avait ajouté :

— C'est vrai, tu ne crois à rien d'autre ? Sérieux ?

Le sourire de son père s'était effacé, faisant place à une expression pleine de gravité. Il avait réfléchi un bon moment, sans prendre garde à la glace qui lui dégoulinait sur la main (Trisha se souvenait d'avoir été flattée qu'il se creuse ainsi les méninges à cause d'elle). Quand il avait relevé les yeux, le sourire lui était revenu.

— Je crois que grâce à ton Tom Gordon chéri, les Red Sox vont gagner tous leurs matches cette année, avait-il dit. Je crois qu'à l'heure actuelle il n'existe pas de meilleur lanceur que lui. Je crois que s'il conserve sa forme pendant toute la saison, il va être une des stars de la finale au mois d'octobre prochain. Ça te suffit ?

— *Ouais !* s'était exclamée Trisha en riant, perdant soudain tout son sérieux... car Tom Gordon était bel et bien son idole, et elle était ravie que son père le sache et qu'il lui en parle gentiment au lieu de se moquer d'elle. Elle s'était jetée dans ses bras et l'avait étreint avec force, sans se soucier de la glace qui dégoulinait sur le devant de son maillot. Qu'importent les taches de glace à la vanille, quand on s'aime ?

Et à présent, assise dans sa clairière que la pénombre envahissait peu à peu, au milieu d'une immense forêt qui gouttait en produisant d'innombrables *plic-plic* et dont les arbres prendraient bientôt des formes étranges et menaçantes, tendant l'oreille dans l'espoir de capter des appels au mégaphone (« DIRIGE-TOI VERS LE SON DE MA VOIX ! ») ou de lointains aboiements de chiens, Trisha se disait : *Je ne peux pas prier l'Imperceptible, c'est impossible.* Qui prier, alors ? Tom Gordon ? Non, ça aurait été ridicule. En revanche, rien ne lui interdisait d'écouter la retransmission du match, d'autant qu'il jouait contre les Yankees. Chez WCAS, ils soxaient très fort. Eh bien, elle allait soxer avec eux. Il fallait économiser les piles, soit, mais si elle écoutait la radio pendant dix minutes, ça n'allait pas les épuiser. D'ailleurs, qui sait ? peut-être que les mégaphones et les aboiements se feraient entendre avant la fin de la partie.

Trisha ouvrit son sac à dos, extirpa le Walkman de la poche latérale avec des gestes révérencieux et se ficha les écouteurs dans les oreilles. Elle eut un instant d'hésitation, sûre tout à coup que la radio ne marcherait pas, qu'un fil avait été délogé pendant sa chute, un fil d'une importance vitale, que ce coup-ci elle n'obtiendrait que le silence en enfonçant la touche *power*. L'idée était absurde, sans doute, mais au terme de cette journée où tout avait été de mal en pis elle lui semblait horriblement plausible.

Allez, un peu de courage, appuie sur le bouton.

Elle enfonça la touche, et ô miracle la voix de Jerry Trupiano se mit à lui résonner dans la tête. Plus merveilleux encore, elle percevait en arrière-fond le grondement de la foule massée sur les gradins du stade de Fenway Park. Seule et perdue au milieu d'une forêt obscure et humide, elle captait le son de trente mille personnes. Pour un miracle, c'en était un.

— ... son bras se détend vers l'arrière, disait Trupiano. Il tourne plusieurs fois le poignet... Ça y est, c'est parti ! Et... oui ! Bernie Williams est out ! Martinez l'a feinté ! Sa balle était si bien coupée que Bernie n'a même pas eu le temps de réagir ! Ah, les enfants, quel beau lancer ! La première mi-temps de la troisième manche vient de s'achever, et le score est inchangé. Deux pour les Yankees, zéro pour les Red Sox.

Une voix de femme se mit à pépier qu'en cas de pare-brise défectueux il fallait composer le 800-54-GÉANT, mais Trisha ne lui prêta qu'une attention distraite. Si la troisième manche avait commencé, c'est qu'il devait être au moins huit heures. Ça lui semblait sidérant, mais la lumière avait tellement décliné qu'au fond elle n'avait pas de mal à y croire. Quoi, déjà dix heures à l'écart du monde ! Ça lui paraissait gigantesque. Pourtant, elle avait à peine senti l'écoulement du temps.

Trisha agita les mains pour chasser les insectes (ce geste était devenu si machinal qu'elle ne s'aperçut même pas qu'elle le faisait), puis elle ouvrit son sac à casse-croûte et en inspecta le contenu. Le sandwich au thon n'était pas en si piteux état que ça. Bien que tout raplapla et fendu en plusieurs endroits, il ressemblait encore à un sandwich. Son emballage de film étirable en plastique l'avait protégé du pire. Par contre, son dernier Twinkie s'était mué en ce que Pepsi Robichaud aurait appelé une « molle foirade ».

Tout en écoutant la retransmission du match, Trisha mangea la moitié du sandwich au thon, en mastiquant posément. Son appétit lui revenait peu à peu, et elle aurait volontiers englouti l'autre moitié, mais elle se força à la remettre dans le sac en papier et se rabattit sur le Twinkie écrabouillé, usant de son index pour recueillir jusqu'à la dernière miette de génoise gluante de crème blanchâtre (c'est dégueu, mais c'est délicieux, se dit-elle comme chaque fois qu'elle en mangeait). Quand elle eut raclé tout ce qu'elle pouvait avec son doigt, elle retourna le papier et le lécha. *Je suis une vraie morfale*, se dit-elle en remisant soigneusement l'emballage du Twinkie dans son sac à casse-croûte. Elle s'octroya trois grandes gorgées supplémentaires de Surge, puis explora le fond de son sac à dos du bout de son doigt crasseux dans l'espoir d'y trouver encore quelques miettes de chips tandis que les Red Sox et les Yankees achevaient la troisième manche et entamaient la quatrième.

Au début de la cinquième manche, les Yankees menaient toujours par quatre à un, et Jim Corsi avait pris la place de Martinez. Larry McFarland nourrissait une profonde aversion envers Jim Corsi. Un jour, alors que Trisha et lui parlaient base-ball au téléphone, il s'était exclamé :

— Corsi est un véritable fléau pour les Red Sox !

C'était tellement pompeux que Trisha avait été prise d'un accès d'hilarité irrépressible. Au bout d'un instant, son fou rire s'était communiqué à son père, et par la suite cette phrase était devenue entre eux comme une sorte de mot de passe : « Eh, papa ! Corsi est un véritable fléau pour les Red Sox ! »

Mais durant la première mi-temps de la sixième manche, Corsi ne fit pas honneur à sa réputation. Il rata la balle trois fois de suite, et les Yankees perdirent le point. Trisha savait qu'il n'y avait pratiquement aucune chance que Tom Gordon soit appelé à lancer dans une partie où les Red Sox avaient un tel retard à combler. Elle aurait dû éteindre la radio, car il fallait économiser les piles, mais l'idée de perdre le contact avec Fenway Park lui était insupportable. Elle n'écoutait que d'une oreille distraite les commentaires de Jerry Trupiano et de son acolyte, Joe Castiglione, concentrant le plus gros de son attention sur le brouhaha de la foule, qui lui rappelait un peu le bruit de la mer dans un coquillage. Elle sentait la présence de tous ces gens rassemblés dans le stade, mangeant des hot-dogs, éclusant des bières, se pressant autour des stands pour acheter des souvenirs, des glaces ou de grands gobelets de soupe aux clams, suivant des yeux les mouvements de Darren Lewis tandis qu'il prenait place dans le rectangle du batteur, son ombre s'étirant démesurément derrière lui sous les feux aveuglants des projecteurs. Trisha ne pouvait se résoudre à échanger la lointaine rumeur de ces trente mille voix contre le bourdonnement des moustiques (plus innombrables que jamais dans la pénombre grandissante), le *plic-plic* de la pluie s'égouttant des arbres, le crincrin éraillé des criquets... et Dieu sait quels autres bruits.

Ceux qu'elle redoutait par-dessus tout.

Les autres bruits de la nuit.

Lewis gagna la première base sans difficulté, mais au coup suivant Mo Vaughn renvoya une balle à laquelle le lanceur n'avait pas donné autant d'effet qu'il aurait fallu.

— *Ça y est, les enfants, la balle est repartie !* psalmodia la voix de Jerry Trupiano. *Elle retombe sur l'enclos des Red Sox !* Quelqu'un, il me semble qu'il s'agit de Rich Garces, vient de la rattraper au vol. *Encore un home run pour Mo Vaughn !* Son douzième depuis le début de la saison. Les Yankees n'ont plus qu'un point d'avance.

Assise sur son tronc d'arbre, Trisha applaudit en riant, puis rabattit fièrement sur son front la visière que Tom Gordon avait signée de sa main. Il faisait nuit noire à présent.

Au début de la huitième manche, Nomar Garciaparra expédia une balle dans le filet de protection qui surmonte la haute muraille latérale que les Bostoniens connaissent sous le sobriquet de « Monstre vert ». Les Red Sox avaient pris l'avantage, cinq à quatre, et Tom Gordon entra en jeu dans la neuvième manche.

Trisha se laissa glisser à terre. L'écorce du tronc abattu frotta ses reins boursouflés de piqûres de guêpes, mais elle y fit à peine attention. Son maillot et les lambeaux de son poncho bleu s'étaient retroussés, et les moustiques se jetèrent voracement sur son dos dénudé, mais elle ne s'en aperçut pas. Posant un regard hypnotisé sur l'eau noire du ruisseau où dansaient encore d'ultimes lueurs argentées, elle s'assit sur le sol détrempé, pressant machinalement ses lèvres de ses doigts anxieux. Tout ce qui comptait pour elle à présent, c'était que Tom Gordon défende jusqu'au bout ce point d'avance crucial, qu'il permette aux Red Sox de l'emporter sur les tout-puissants Yankees, qui hormis leurs deux revers face aux California Angels au début de la saison n'avaient pas perdu un match cette année.

— Vas-y, Tom, murmura-t-elle.

Dans une chambre d'hôtel de Castle View, sa mère folle d'angoisse souffrait mille morts. A Boston, son père venait d'embarquer dans un vol Delta à destination de Portland, d'où il viendrait rejoindre Quilla et Pete. Devant le siège central de la police d'État du comté de Castle, transformé en Q.G. de l'Opération Patricia, des équipes de sauveteurs en tout point semblables à celles qu'avait imaginées la petite fille perdue, rentrées bredouilles de leurs premières incursions en forêt, se rassemblaient pour faire un premier point. Cinq équipes de télévision, trois en provenance de Portland et deux de Portsmouth, faisaient le pied de grue dans la rue autour de leurs fourgonnettes. Une quarantaine de coureurs des bois aguerris (dont certains étaient bel et bien accompagnés de chiens) poursuivaient leurs recherches dans la forêt autour de Motton et des trois localités sans statut communal qui s'étendaient le long de la frontière du New Hampshire, classées sous les noms de DA-90, DA-100 et DA-110. Les hommes qui étaient restés en forêt étaient tous d'avis que Patricia McFarland devait être quelque part dans les environs immédiats de Motton ou de la DA-90. Elle n'était qu'une petite fille, après tout, et ne s'était sans doute pas éloignée tant que ça de l'endroit où on l'avait aperçue pour la dernière fois. Ces pisteurs chevronnés, gardes-chasse ou forestiers de profession, seraient restés comme deux ronds de flan si on leur avait appris que Trisha se trouvait à près de quinze kilomètres à l'ouest de la zone sur laquelle ils avaient décidé de concentrer leurs recherches.

— Vas-y, Tom, murmurait-elle. Allez, vas-y, quoi. Un, deux, trois, tu lances. Tu sais ce que tu as à faire !

Mais ce soir-là, on aurait dit que le cœur n'y était pas. Gordon ouvrit la neuvième manche en concédant quatre balles de suite à Derek Jeter, l'angélique mais impitoyable bloqueur des Yankees. Trisha se souvint de ce que son père lui avait expliqué un jour : quand un batteur avance de deux bases dès le début d'une manche, son équipe a soixante-dix pour cent de chances de plus de marquer.

S'ils gagnent, si Tom leur sauve la mise, je serai sauvée aussi. Cette pensée l'illumina soudain, comme si un feu d'artifice s'était déclenché dans sa tête.

C'était idiot, bien sûr, elle était aussi gogole que son père quand il touchait du bois avant une balle de match (il ne pouvait jamais s'en empêcher), mais dans la nuit de plus en plus profonde, qui venait d'engloutir les ultimes lueurs d'argent du ruisseau, ça lui semblait d'une évidence irréfutable, et même aveuglante. Si Tom Gordon leur sauvait la mise, il lui sauverait la mise aussi.

Paul O'Neill tenait la batte. Il manqua son coup, et Bernie Williams prit sa place. « Bernie est un cogneur redoutable », fit observer Joe Castiglione, et l'instant d'après Williams mit dans le mille, faisant avancer Derek Jeter jusqu'à la troisième base.

— Pourquoi t'as dit ça, Joe ? gémit Trisha. T'aurais pas pu fermer ta gueule ?

Plus qu'une base à couvrir, et c'était dans la poche. Dans les gradins, les premiers vivats éclatèrent. Trisha imagina les fans des Yankees penchés en avant sur leurs sièges.

— Vas-y, Tom, murmura-t-elle. Allez, vas-y.

La nuée de moucherons tourbillonnait toujours autour de sa tête, mais elle ne lui prêtait plus aucune attention. Une vague de désespoir monta en elle, aussi dure et glaciale que la voix haineuse qu'elle s'était découverte au fond de sa tête. Les Yankees étaient trop forts. Il leur suffirait d'avancer d'une base pour égaliser. Si le batteur marquait un home run, ils étaient sûrs de l'emporter. Tino Martinez venait de prendre la batte, et c'était une vraie bête. En plus, son successeur désigné était leur frappeur le plus redoutable, l'immonde Darryl Strawberry. Trisha l'imaginait accroupi sur l'aire d'échauffement, faisant des moulinets avec sa batte en attendant d'entrer en lice.

Gordon infligea deux strikes successifs à Martinez, puis lança sa troisième balle en lui conférant un maximum d'effet.

Strike ! hurla Joe Castiglione. *Il l'a sorti !*

On aurait dit qu'il n'arrivait pas à y croire.

— Ah, les enfants, quelle balle sublime ! Martinez l'a loupée de vingt bons centimètres !

— Tu peux même dire quarante, renchérit Jerry Trupiano.

— Bon, récapitulons à présent, dit Joe.

En arrière-plan, Trisha entendit la rumeur s'enfler dans les gradins. Les supporters donnaient de la voix. Ils se mirent à taper dans leurs mains en cadence, se dressant par vagues comme des fidèles qui entonnent un cantique à la fin du service.

— Martinez est éliminé, les Red Sox conservent leur point d'avance, c'est Tom Gordon qui occupe la plaque du lanceur, mais...

— Non, le dis pas ! murmura Trisha, les mains toujours placées de part et d'autre de sa bouche. Ne prononce pas ce mot-là, tu m'entends ?

Mais ses protestations restèrent vaines.

— ... le redoutable Darryl Strawberry vient de prendre place sur le rectangle du batteur.

Ce coup-ci, ils avaient perdu la partie, c'est sûr. D'un seul mot, ce satané Joe Castiglione avait tout fichu en l'air. Pourquoi ne s'était-il pas contenté de donner le nom de Strawberry ? Pourquoi avait-il fallu qu'il lui accole une pareille épithète, cet idiot-là ? Il suffit qu'on dise qu'ils sont redoutables pour qu'ils le deviennent, tout le monde le sait bien.

— Bon, à présent attachez vos ceintures, dit Joe. Strawberry s'est mis en position. Derek Jeter sautille sur place autour de la troisième base. Il essaye d'attirer l'attention de Gordon, mais en vain. Gordon ne quitte pas la zone de frappe des yeux. Veritek lui donne le signal. Gordon s'immobilise. Ça y est, il lance... *Strawberry lève sa batte ! Il rate la balle ! Strike !* Strawberry secoue la tête d'un air dégoûté...

— Pourquoi il fait cette tête-là ? intervint Jerry Trupiano. C'était une belle balle, et Trisha, assise au milieu des ténèbres bourdonnantes d'insectes de sa petite clairière du bout du monde, pensa : *Ferme-la, Jerry. Arrête ton cirque, ne serait-ce qu'une minute.*

— Strawberry fait un pas hors du plateau... se dérouille les jambes... reprend sa place. Gordon regarde Bernie Williams, qui se tient sur la première base... il se met en position... ça y est, il lance. Trop bas. La balle passe à côté de la zone de strike.

Trisha poussa un gémissement. Ses doigts appuyaient avec tant de force sur les commissures de ses lèvres que sa bouche formait une espèce de rictus hébété. Son cœur battait à tout rompre.

— C'est reparti, dit Joe. Gordon est prêt. Il lance. La balle part comme un boulet. Strawberry la frappe, *elle s'envole vers la partie droite du terrain, c'est une balle très haute, si elle retombe où il faut c'est dans la poche, va-t-elle rester en territoire régulier ? Elle redescend... dévie de sa course... dévie encore...*

Le souffle coupé, Trisha attendait le verdict.

— Fausse balle, dit Joe, et elle poussa un grand soupir. Mais Strawberry n'a manqué le home run que d'un cheveu. La balle n'a pas dû dépasser la ligne de plus de deux mètres.

— Moi, je dirais plutôt un mètre, rectifia Trupiano.

— Ferme ta boîte à camembert, murmura Trisha. Vas-y, Tom, vas-y, mets-leur la pile.

Ça allait tourner court, elle en était sûre à présent. Tom avait frôlé la victoire, mais il n'irait pas plus loin.

Elle le voyait comme s'il avait été là, devant elle. Il n'était pas grand et dégingandé comme Randy Johnson, ni petit et râblé comme Rich Garces. Il était de taille moyenne, svelte... et incroyablement beau gosse. Surtout avec sa casquette enfoncée sur le crâne, la visière lui ombrant le haut du visage. Mais d'après son père, presque tous les joueurs de base-ball étaient beaux gosses. « C'est génétique chez eux », lui avait-il expliqué, avant d'ajouter : « Évidemment, pour la plupart ils n'ont rien dans la cafetière, alors ils méritent bien cette petite compensation. » Mais ce n'est pas parce que Tom Gordon était beau gosse que Trisha s'était entichée de lui. Ce qui l'avait d'abord frappée, la cause première de son admiration, c'était l'immobilité dans laquelle il se figeait avant de lancer. Il ne tournait pas autour de la plaque en bombant le torse, comme certains autres lanceurs, ne s'accroupissait pas pour faire mine de rattacher ses lacets, ne puisait pas dans le sac de pâte de résine avant de le laisser retomber au sol en soulevant un petit nuage de poussière crayeuse. Non, le numéro 36 ne faisait rien de tout ça. Sanglé dans son uniforme d'un blanc immaculé, aussi immobile qu'une statue, il attendait simplement que le batteur arrête ses simagrées. Et puis bien sûr, il y avait le geste qu'il faisait chaque fois qu'il venait d'assurer la victoire de son équipe, juste avant de quitter la plaque. Le geste que Trisha aimait par-dessus tout.

— Le bras de Gordon se détend... la balle part... Ça y est, elle est passée ! Veritek l'a bloquée du torse, le point leur revient. Ils ont égalisé.

— Qui l'eût cru ? s'écria Trupiano.

Joe Castiglione ne se donna même pas la peine de le rembarrer.

— Gordon se concentre. Prend sa respiration. Strawberry lève sa batte. Le bras de Gordon tournoie... la balle s'envole... *out !*

Une tempête de huées s'engouffra dans les oreilles de Trisha telle une bourrasque furieuse.

— On dirait que la décision de l'arbitre ne fait pas plaisir à tout le monde, Joe, fit observer Trupiano.

— Sans doute, mais Larry Barnett se tient derrière la plaque de but et c'est à lui de trancher. Il a tranché pour le *out*. Darryl Strawberry est à trois contre deux. Balle de match.

A l'arrière-plan, les supporters des Red Sox claquaient toujours des mains en cadence. Le claquement s'enfla, se mua en tonnerre. Les cris et les acclamations fusaient de partout, emplissant la tête de Trisha. Sans même s'en rendre compte, elle tendit la main vers le tronc abattu, frappa l'écorce de ses jointures pliées. Touche du bois et croise les doigts.

— Sur les gradins, les trente mille spectateurs se sont dressés comme un seul homme, dit Joe Castiglione. Ce soir, personne n'est parti avant la fin.

— Il y a quand même eu deux ou trois défections, dit Trupiano, mais Trisha n'y fit même pas attention, et Joe Castiglione non plus.

— Gordon se met en position.

Trisha l'imagina, les deux mains jointes devant la poitrine, le buste tordu vers l'arrière, regardant la plaque de but par-dessus son épaule gauche.

— Gordon s'apprête à lancer.

Là aussi, elle vit tout : elle le vit ramener son pied gauche vers son pied droit fermement planté dans le sol, tandis que ses mains (l'une gantée, l'autre tenant la balle) remontaient vers sa gorge. Elle vit même que Bernie Williams partait au galop vers la deuxième base, mais que Tom Gordon ne lui prêtait aucune attention. Même en plein élan, il semblait immobile, et son regard restait fixé sur l'épais gant de cuir de Jason Veritek, suspendu dans l'air à quelques centimètres du sol, juste derrière la plaque.

— Ça y est, Gordon a lancé la balle de match, et...

Une énorme clameur de joie éclata soudain sur les gradins, et Trisha comprit.

— *Elle a passé !* glapit Joe Castiglione, au bord de l'hystérie. *C'est incroyable ! Il a coupé sa balle de match, et Strawberry a été pris de court ! Cinq à quatre ! Les Yankees l'ont dans le chou ! Les Red Sox ont gagné ! C'est la dix-huitième fois que Tom Gordon leur sauve la mise !*

Sa voix retrouva son registre habituel, et il continua :

— Les autres membres de l'équipe victorieuse se précipitent sur Gordon. C'est Mo Vaughn qui dirige la charge, poing levé, mais avant que ses camarades arrivent à sa hauteur, Gordon exécute rapidement le geste qui est en quelque sorte devenu sa marque de fabrique, le geste que tous les supporters des Red Sox connaissent bien.

Trisha fondit en larmes. Elle éteignit le Walkman, puis elle resta assise sur le sol détrempé, le dos appuyé au tronc abattu, les lambeaux du poncho bleu pendant entre ses jambes écartées comme une jupe de danseuse hawaïenne. Elle pleurait à chaudes larmes, plus fort qu'elle n'avait pleuré lorsqu'elle avait compris qu'elle était perdue, mais cette fois c'était des larmes de soulagement. Elle était perdue, mais on allait bientôt la retrouver. Elle en avait la certitude. Puisque Tom Gordon les avait sauvés, elle serait sauvée aussi.

Tout en pleurant, elle ôta son poncho, l'étala sous le tronc abattu, en l'enfonçant au maximum, puis se glissa jusqu'au plastique en se tortillant comme un ver. Elle fit tout cela machinalement, presque sans réfléchir. En pensée, elle était toujours à Fenway Park, elle voyait l'arbitre lever le bras pour signifier sa défaite à Strawberry, elle voyait Mo Vaughn se ruer sur Gordon pour l'embrasser, elle voyait Nomar Garciaparra, John Valentin et Mark Lemke s'élancer à sa suite. Juste avant qu'ils arrivent à sa hauteur, Gordon avait exécuté son geste fameux, le geste de la victoire. Comme toujours, il avait levé le bras droit et pointé rapidement l'index vers le ciel.

Trisha rangea soigneusement le Walkman dans la poche latérale de son sac. Avant de reposer la tête sur son bras, elle le leva brièvement, pointant l'index vers le ciel, comme Tom Gordon. Pourquoi s'en serait-elle privée ? Après tout, *quelque chose* lui avait permis de se sortir à peu près indemne de cette épouvantable journée. Et montrer le ciel du doigt lui donnait la sensation que le quelque chose en question avait un rapport avec Dieu. La chance, on ne peut pas la montrer du doigt. L'Imperceptible non plus.

Son geste lui fit du bien et du mal en même temps. Du bien, parce qu'il lui donnait plus l'impression de prier que si elle avait récité n'importe quelle litanie apprise par cœur. Du mal, parce qu'il lui faisait éprouver une solitude plus intense que jamais ; dans l'instant où elle avait montré le ciel du doigt comme Tom Gordon, son sentiment d'être coupée du monde avait pris une acuité jusque-là insoupçonnable. Ces voix qui lui avaient empli la tête, jaillissant en un flot impétueux des minuscules écouteurs de son Walkman, il lui semblait maintenant les avoir entendues en rêve, il lui semblait que c'étaient des voix de fantômes. Un frisson glacé lui remonta le long de l'échine. Quelle idée aussi de penser à des fantômes quand on est blottie sous un arbre abattu, au milieu d'une forêt ténébreuse ! Sa mère lui manquait, et son père encore plus. Son père l'aurait tirée de ce mauvais pas. Il l'aurait prise par la main et l'aurait entraînée vers la sortie. Et si elle s'était fatiguée de marcher, il l'aurait portée. Il était rudement costaud. Quand Pete et elle passaient le week-end chez lui et que la soirée du samedi s'était prolongée jusqu'à pas d'heure, il la prenait encore dans ses bras pour la porter dans sa chambre. Trisha avait neuf ans à présent, et elle était grande pour son âge, mais ça ne suffisait pas à l'en dissuader. Lors de leurs week-ends à Malden, c'était le moment qu'elle préférait.

Elle s'aperçut, avec un mélange de stupeur et d'accablement, que même son enquiquineur de frère et ses rouspétances continuelles lui manquaient.

Secouée de gros sanglots, avalant à chaque hoquet de grandes goulées d'air mêlées de larmes, Trisha sombra peu à peu dans le sommeil. Les insectes qui tourbillonnaient autour d'elle dans le noir la serraient de plus en plus près. A la fin, ils s'agglutinèrent sur les parties exposées de sa peau, se gorgeant de son sang et de sa sueur.

Un souffle d'air traversa la forêt, secouant les feuilles, faisant choir les dernières gouttes de pluie qui s'y accrochaient encore. Au bout d'un instant, le souffle retomba. Puis l'air fut perturbé à nouveau. Des brindilles se brisèrent en crépitant, couvrant brièvement l'imperceptible *plic-plic* des gouttes. Le bruit s'interrompit, et il y eut un silence, suivi d'un frémissement de branches, accompagné d'une sorte de halètement rauque. Un corbeau cria une fois, comme pour lancer l'alerte. Les bruits cessèrent, puis ils reprirent, se rapprochant de l'anfractuosité où Trisha dormait, la tête appuyée sur un bras.

Quatrième manche
(deuxième mi-temps)

Trisha et son père étaient seuls dans le jardin de derrière de la petite maison de Malden, assis sur des chaises de jardin un peu trop rouillées, face à une pelouse un peu trop hirsute. Elle avait l'impression que, derrière leurs touffes de folle avoine, les nains de jardin l'observaient en souriant sournoisement dans leurs barbes. Elle pleurait parce que son père était méchant avec elle. Son père n'était jamais méchant avec elle, il lui faisait tout le temps des câlins en lui picorant la tête de baisers et en l'appelant « mon poussin » ou « ma puce », mais ce coup-ci il s'était mis à l'engueuler comme du poisson pourri parce qu'elle refusait d'aller lui chercher une bière fraîche, refusait d'ouvrir la lourde porte à pan incliné sous la fenêtre de la cuisine pour descendre les quatre marches qui menaient à la cave. Elle était si bouleversée que son visage et ses bras la démangeaient, comme si elle avait eu une brusque éruption d'urticaire.

— Fais risette à papa, ma poulette, dit-il en se penchant vers elle, lui projetant son souffle dans la figure.

Qu'avait-il besoin d'une autre bière ? Il était déjà ivre, son haleine sentait la levure et le cadavre de souris.

— Tu veux que je te dise ? Tu n'es qu'une poule mouillée. Tu n'as pas une seule goutte d'eau glacée dans les veines !

En larmes, mais bien décidée à lui prouver qu'elle avait de l'eau glacée dans les veines (peut-être pas tant que ça, mais quand même), Trisha s'extirpait de sa chaise de jardin rouillée et s'approchait de la porte (encore plus rouillée) de la cave. A présent, elle avait des démangeaisons sur tout le corps, elle ne voulait pas ouvrir cette porte parce qu'il y avait quelque chose d'horrible de l'autre côté, même les nains de jardin le savaient, leurs sourires fourbes ne laissaient aucun doute à ce sujet. Pourtant, elle tendit la main vers la poignée et la saisit, tandis que derrière elle son père lui criait d'une affreuse voix sardonique qu'elle ne reconnaissait pas : *Vas-y, ma poulette, vas-y, ma crotte en sucre, vas-y, ma louloute, tu tiens le bon bout !*

Soulevant le lourd panneau, Trisha s'apercevait que les marches qui menaient à la cave n'étaient plus là. A la place de l'escalier, il n'y avait plus qu'un énorme nid de guêpes aux flancs incroyablement rebondis. Des centaines de guêpes s'en échappaient, jaillissant d'un orifice noir semblable à l'œil d'une tête de mort ricanante, non, pas des centaines, des *milliers*, des milliers d'usines à venin à la queue pendante qui fonçaient sur elle. Elle ne pouvait pas leur échapper, elles allaient toutes la piquer simultanément, elle allait en mourir, et elles grouilleraient sur sa peau, s'insinueraient dans ses yeux, s'insinueraient dans sa bouche, lui enfonceraient leurs dards empoisonnés dans la langue avant de s'engouffrer dans son gosier...

Trisha crut qu'elle hurlait, mais quand son crâne entra en collision avec le tronc et qu'une pluie de débris de mousse et d'écorce s'abattit sur ses cheveux trempés de sueur, elle se réveilla en sursaut et n'entendit qu'une suite de miaulements étranglés de chaton malade. Sa gorge nouée ne laissait plus passer le moindre cri.

L'espace d'un instant, elle fut complètement désorientée, se demandant pourquoi son lit était si dur et comment elle avait fait pour se cogner la tête... se pouvait-il qu'en dormant elle se soit glissée *sous le lit* à son insu ? Le rêve auquel elle venait d'échapper l'avait tellement secouée qu'elle avait le corps entier couvert de chair de poule. Ah, l'horrible cauchemar !

Son crâne heurta de nouveau le tronc et la mémoire lui revint. Elle n'était pas dans son lit, ni même dessous. Elle était dans la forêt. Perdue dans la forêt. Elle dormait sous un arbre abattu, et elle avait toujours une sensation de fourmillement sur la peau. Ce n'était pas parce qu'elle avait peur, c'était à cause des...

— Fichez le camp, saletés de bestioles ! glapit-elle d'une voix suraiguë en agitant rapidement les mains devant ses yeux.

Les moucherons et les moustiques quittèrent son visage et reformèrent leur nuage. La sensation de fourmillement disparut, mais l'infernale démangeaison subsista. Guêpes ou pas, elle avait été piquée d'importance. Pendant son sommeil, tous les insectes qui passaient par là s'étaient offert un petit casse-croûte à ses dépens. Tout son corps la démangeait furieusement. Et elle avait une furieuse envie de faire pipi.

Elle sortit de sous son tronc en rampant, le souffle court, une grimace dégoûtée aux lèvres. Sa chute le long de l'escarpement rocheux lui avait laissé des courbatures partout, surtout à la nuque et à l'épaule gauche. Son bras et sa jambe gauche, qui avaient supporté son poids pendant qu'elle dormait, étaient tout engourdis. Tu as la jambe en plomb, aurait dit sa mère. Les grandes personnes (celles de sa famille en tout cas) utilisent ce genre d'analogies à tout bout de champ : on a les jambes en plomb, on est gai comme un pinson, excité comme une puce, sourd comme un pot, il fait noir comme dans un four, aussi mort qu'un...

Non, celle-là, mieux valait l'oublier pour l'instant.

Trisha essaya de se mettre debout et, n'y parvenant pas, se propulsa à quatre pattes à travers la petite clairière en demi-lune. Le mouvement aidant, son bras et sa jambe engourdis se ranimèrent un peu, avec de désagréables picotements. Ces picotements qu'on compare à des fourmis.

— Enfer et damnation ! éructa-t-elle, simplement pour entendre le son de sa propre voix. Il fait noir comme dans un four !

Mais en arrivant au bord du ruisseau, elle se rendit compte que ce n'était pas vrai du tout. La lune baignait la clairière d'une clarté blanche et froide, assez vive pour que Trisha projette une ombre bien nette à côté d'elle et pour que son petit ruisseau chatoie de lueurs assourdies. L'espèce de galet d'argent imparfaitement rond qui flottait dans le ciel au-dessus d'elle était d'une blancheur éblouissante. Pourtant, Trisha leva vers lui son visage boursouflé et le fixa d'un œil solennel et grave. Ce soir, la lune brillait si fort que les étoiles s'étaient cachées ; seuls les astres les plus étincelants avaient osé se montrer. En la contemplant ainsi, Trisha se sentit plus seule au monde que jamais. Elle s'était persuadée qu'elle serait sauvée simplement parce que Tom Gordon avait assuré la victoire aux Red Sox au début de la neuvième manche, mais à présent sa certitude l'avait fuie. Autant toucher du bois, jeter du sel par-dessus son épaule, ou se signer, comme Nomar Garciaparra ne manquait jamais de le faire avant de gagner la plaque du batteur. Dans la forêt, il n'y a pas de caméras, pas de foule en délire. On ne vous repasse pas l'image au ralenti. Face à cette lune d'une beauté glaciale, Trisha se disait que finalement l'hypothèse la plus plausible était celle de l'Imperceptible, celle d'un Dieu qui ne savait même pas qu'Il était Dieu, un Dieu qui ne s'intéressait pas aux petites filles perdues, un Dieu indifférent à tout, un Dieu dont l'esprit engourdi par l'ivresse ressemblait à un nuage d'insectes tourbillonnant sans relâche, un Dieu dont la lune aurait été l'œil vide et hébété.

Trisha se pencha au-dessus du ruisseau pour asperger d'eau fraîche son visage douloureux. La vision de son reflet lui arracha un gémissement. La piqûre de sa pommette gauche avait encore enflé (peut-être l'avait-elle grattée ou heurtée par mégarde dans son sommeil), et bourgeonnait à travers la boue dont elle l'avait enduite comme un volcan soudain réveillé jaillissant de la lave solidifiée de sa précédente éruption. Son œil bouffi et déformé avait pris un aspect monstrueux ; on aurait dit l'œil d'un de ces attardés mentaux dont on se détourne machinalement quand on les croise dans la rue. Le reste de son visage n'était pas beau à voir non plus, atrocement boursouflé aux endroits où les guêpes l'avaient

piquée, et simplement enflé à ceux où d'innombrables moustiques l'avaient dévorée pendant son
sommeil. La surface de l'eau était relativement étale.
Dans son mouvant miroir, elle vit un moustique
encore accroché à son visage, juste au-dessous de
l'œil droit, tellement léthargique qu'il n'avait même
pas eu le réflexe de dégager sa trompe de sa chair.
Une autre de ces analogies qu'affectionnent les
grandes personnes lui vint à l'esprit : *Toi, tu as eu
les yeux plus grands que le ventre*, se dit-elle.

Elle écrasa le moustique, qui éclata, lui éclaboussant l'œil de son propre sang. Malgré la vive sensation de brûlure, Trisha se retint de crier, mais un
grognement de dégoût fusa d'entre ses lèvres serrées. Elle regarda d'un œil incrédule le sang qui lui
tachait les doigts. Comment était-il possible qu'un
seul moustique soit capable d'en absorber autant ?

Plongeant ses mains en coupe dans le ruisseau,
elle se débarbouilla à l'eau fraîche. Elle fit bien
attention à ne pas en avaler, car elle se souvenait
vaguement d'avoir entendu dire un jour qu'en forêt
les ruisseaux contiennent des germes, mais le contact
de l'eau sur sa peau enflée et brûlante était délicieux,
on aurait dit du satin froid. Elle en puisa encore,
s'en humecta le cou, trempa ses avant-bras dedans.
Ensuite, elle racla une bonne poignée de boue et
entreprit d'en tartiner non seulement les endroits où
elle avait été piquée, mais toutes les parties exposées
de sa peau, du col arrondi de son maillot 36 GORDON
à la racine de ses cheveux. Ça lui fit penser à un
épisode de la série *I Love Lucy* qu'elle avait vu dans
une émission spécialisée dans la rediffusion des
feuilletons classiques. Lucy et Ethel sont dans un
salon de beauté, le visage dissimulé par un de ces

hideux masques de boue qui faisaient rage en 1958. Ricky s'amène, les regarde l'une après l'autre, s'exclame : « Loucy, laquelle des deux es-tou ? », et là-dessus le public du studio se met à hurler de rire (surtout à cause du ridicule accent cubain de Desi Arnaz). Trisha devait avoir la même tête qu'elles, mais tant pis. Dans la forêt, il n'y a ni public, ni rires préenregistrés. Et puis elle en avait par-dessus la tête des moustiques. Leurs piqûres auraient fini par la rendre folle.

Elle passa cinq minutes à s'enduire le visage de boue, paracheva son œuvre en s'en tamponnant précautionneusement les paupières, puis se pencha au-dessus du ruisseau pour admirer le résultat. Dans l'eau relativement étale qui clapotait le long de la rive, elle vit la figure d'une petite fille-Golem, auréolée par la lune. On aurait dit un de ces visages gris et informes comme on en voit sur les vases en terre cuite de l'époque précolombienne. Au-dessus de ce masque, ses cheveux se relevaient en une touffe crasseuse. Ses yeux blancs étaient humides et pleins d'effroi. Contrairement à ceux de Lucy et d'Ethel au salon de beauté, son visage ne donnait pas envie de rire. Elle avait l'air d'une morte, d'un cadavre auquel l'embaumeur aurait injecté un peu trop de formidalyde (si c'est bien comme ça que ça s'appelait).

S'adressant au visage dans l'eau, Trisha psalmodia :

— Alors Sambo le Petit Noir leur dit : « S'il vous plaît, messieurs les tigres, ne me prenez pas mes beaux habits. »

Mais ça non plus, ce n'était pas drôle. Après avoir étalé de la boue sur ses bras boursouflés d'innombrables piqûres, elle esquissa le geste de se laver les mains, mais le laissa en suspens. Elle avait failli commettre un impair. Si ses mains avaient été propres, ces sales bestioles se seraient jetées dessus comme la misère sur le monde.

Comme elle n'avait pour ainsi dire plus de fourmis dans les jambes, elle réussit à s'accroupir pour faire pipi sans perdre l'équilibre. Elle réussit aussi à se remettre debout et à marcher, mais le moindre mouvement de la tête vers la gauche ou la droite la faisait grimacer de douleur. Elle se dit qu'elle avait dû se faire le coup du lapin. C'est ce qui était arrivé à Mme Chetwynd, leur voisine d'à côté, quand un vieux monsieur distrait lui était rentré dedans parderrière alors qu'elle était arrêtée à un feu rouge. Le vieux monsieur s'en était sorti sans dommage, mais la pauvre Mme Chetwynd avait été contrainte de porter une minerve pendant six longues semaines. Si ça se trouve, Trisha serait obligée de porter une minerve, elle aussi. Les sauveteurs la transporteraient d'urgence à l'hôpital, à bord d'un hélicoptère avec une grande croix rouge en travers de son flanc, comme dans MASH, et...

Te raconte pas d'histoires, Trisha, fit la terrible voix glaciale. *Tu n'auras pas de minerve. Ni de balade en hélicoptère.*

— Tais-toi, murmura-t-elle, mais la voix ne lui obéit pas.

On ne t'injectera même pas de formidalyde, parce qu'on ne retrouvera jamais ton corps. Tu vas mourir ici, tu vas errer dans la forêt jusqu'à ta mort, les bêtes sauvages dévoreront ta chair décomposée, et un jour un chasseur tombera par hasard sur ton squelette.

Cette perspective avait quelque chose de tellement plausible (elle avait plus d'une fois entendu raconter des histoires de ce genre à la télé) qu'elle fut secouée d'un nouvel accès de larmes. Elle voyait déjà le chasseur, le voyait comme s'il avait été là, devant elle. Un type mal rasé, vêtu d'une grosse veste en laine rouge vif et d'une casquette orange. A la recherche d'un endroit pour se mettre à l'affût, ou peut-être seulement pour pisser. Il aperçoit un objet blanc, se dit *ça doit être une grosse pierre*, mais en s'approchant il voit que la grosse pierre a des orbites.

— Arrête, murmura Trisha tout en se dirigeant vers l'arbre abattu et les lambeaux fripés de son poncho étalés dessous (à présent, le poncho lui faisait horreur, car il lui semblait qu'il était en quelque sorte devenu la quintessence de tous ses malheurs).

— Arrête, je t'en supplie, insista-t-elle.

Mais la voix glaciale ne l'entendait pas de cette oreille. Elle avait encore au moins une chose à dire.

Mais peut-être que tu ne mourras pas de ta belle mort. Peut-être que la chose qui se cache dans les bois te tuera et qu'elle te mangera.

Arrivée à la hauteur de l'arbre abattu, Trisha s'arrêta, s'accrocha d'une main à une branche morte qui en dépassait et lança des regards inquiets autour d'elle. Depuis qu'elle s'était réveillée, ses insupportables démangeaisons l'avaient tellement obnubilée qu'elle avait été incapable de réfléchir de manière cohérente. La boue les avait considérablement adoucies de même que la douleur des piqûres de guêpes, à présent elle avait repris pleinement conscience de sa situation. Elle était seule dans la forêt, et il faisait nuit.

— Heureusement qu'il y a la lune, dit-elle, debout près de l'arbre abattu, jetant des regards inquiets sur sa petite clairière.

Il lui semblait que la clairière avait rapetissé, comme si les arbres et les fourrés s'étaient resserrés sur elle en catimini pendant son sommeil. *Sournoisement.*

Tout bien considéré, le clair de lune ne l'arrangeait pas tant que ça. Il illuminait la clairière, d'accord, mais d'une clarté trompeuse, dans laquelle tout semblait à la fois trop réel et complètement irréel. Les ombres étaient trop noires, et au moindre souffle de vent dans les branches, elles prenaient des formes peu rassurantes.

Un pépiement aigu s'éleva de la forêt, puis s'interrompit brusquement.

Il se fit entendre encore une fois, puis se tut.

Au loin, un grand duc hulula.

Une branche se brisa avec un bruit sec. Cette fois, le son était beaucoup plus proche.

Qu'est-ce que c'est ? se demanda Trisha en se tournant dans la direction d'où était venu le bruit. Son cœur battait de plus en plus vite. Sous peu, il allait s'affoler complètement, et elle s'affolerait aussi, céderait de nouveau à la panique, prendrait ses jambes à son cou et détalerait comme une biche qui fuit devant un incendie de forêt.

— C'est rien, va, t'en fais pas, dit-elle.

Sa voix basse et précipitée ressemblait beaucoup à celle de sa mère, mais elle ne s'en rendait pas compte. Elle ne savait pas non plus qu'à cinquante kilomètres de là, dans une chambre de motel, sa mère venait de se réveiller en sursaut de son sommeil agité, rêvant encore à moitié malgré ses yeux grands ouverts, persuadée que quelque chose d'horrible était arrivé à sa fille, ou allait lui arriver bientôt.

Ce que tu entends, c'est la chose, dit la voix glaciale. Elle était triste en surface, mais une indicible jubilation perçait en dessous. *Elle t'a flairée. Elle vient te chercher.*

— Il n'y a pas de *chose,* protesta désespérément Trisha.

Sa voix chuchotante, à peine plus qu'un souffle, vacillait dans les aigus.

— Tu vas me ficher la paix, oui ! Puisque je te dis qu'il n'y a pas de *chose* !

La lune traîtresse avait subtilement modifié les silhouettes des arbres, les avait transformés en crânes aux orbites noires. Le bruit de deux branches qui se frottaient l'une à l'autre devenait la voix grinçante d'un monstre. Tournant maladroitement sur elle-même, Trisha essayait de regarder partout à la fois, roulant des yeux blancs dans son visage de boue.

Ce n'est pas n'importe quelle chose, Trisha. C'est la chose qui guette ceux qui se sont perdus dans les bois. Elle les laisse errer jusqu'à ce qu'ils aient bien peur (la peur attendrit leur chair, la rend plus succulente), puis elle vient les chercher. Tu vas la voir. D'une seconde à l'autre, elle va surgir de sous les arbres. En voyant son visage, tu perdras la raison. S'il y avait des gens pour t'entendre, ils croiraient que tu hurles. Mais tu riras, tu le sais bien. Car c'est ainsi qu'agissent les déments à l'instant de la mort. Ils rient... ils rient... ils ne peuvent plus s'arrêter de rire.

— Arrête, il n'y a pas de chose ! Il n'y a pas de chose dans la forêt ! Fiche-moi la paix !

Pendant qu'elle chuchotait cela d'une voix très

rapide, sa main se crispa avec tant de force sur le moignon de branche auquel elle s'agrippait qu'il se brisa avec un claquement sec pareil à celui d'une détonation. Trisha sursauta et ne put réprimer un cri, mais paradoxalement le bruit eut un effet apaisant sur ses nerfs. Au moins, elle savait d'où il venait. Elle savait que ce n'était qu'une branche, et que cette branche, elle l'avait brisée elle-même. C'est donc qu'elle avait encore ce pouvoir, qu'elle avait encore une relative maîtrise sur le monde. Les bruits n'étaient que des bruits, les ombres n'étaient que des ombres. Elle pouvait avoir peur, elle pouvait écouter tant qu'elle voulait cette voix idiote qui essayait de la poignarder dans le dos, mais il n'y avait pas de

(chose qui guette ceux qui se sont perdus)

dans la forêt. Il n'y avait que des bêtes, des bêtes *sauvages*. A cet instant précis, les bois devaient être le théâtre d'un épisode cruel de l'éternel combat pour la vie, mais il n'y avait pas de créa...

Si, il y en a une.

Et c'était vrai.

Trisha cessa soudain de réfléchir et, sans même s'en rendre compte, retint son souffle. Il y avait *quelque chose*. Elle en avait la certitude à présent. Ce n'était plus sa voix intérieure qui le lui disait, mais une sorte d'instinct remonté des profondeurs de son être, un instinct qu'elle ne comprenait pas, un instinct qui restait assoupi dans le monde des maisons, des téléphones et de la lumière électrique et n'émergeait de sa torpeur qu'au fond des bois. C'était un instinct aveugle, incapable de toute réflexion, mais néanmoins d'une réceptivité extrême. Et il lui disait qu'il y avait quelque chose dans la forêt.

— Ohé ! lança-t-elle en direction des arbres et de

leurs têtes de mort auréolées de lune. Ohé, y a quelqu'un ?

A Castle View, dans la chambre de motel que Quilla lui avait demandé de partager avec elle, Larry McFarland, assis en pyjama sur l'un des lits jumeaux, avait passé un bras autour des épaules de son ex-femme. Bien qu'elle ne soit vêtue que d'une chemise de nuit en coton diaphane sous laquelle il y avait de fortes chances qu'elle soit nue, et que Larry n'ait pas eu d'autre partenaire que sa main gauche depuis plus d'un an, la situation n'éveillait en lui aucune concupiscence (non qu'il ait cessé de la trouver désirable, au contraire). Quilla tremblait comme une feuille. Les muscles de son dos étaient si tendus que Larry avait l'impression qu'ils allaient se rompre.

— C'est rien, va, dit-il. Ce n'était qu'un simple cauchemar, pas un rêve prémonitoire.

— Non ! s'écria-t-elle en secouant la tête avec une telle violence que ses cheveux fouettèrent la joue de Larry. Elle est en danger, je le sens. Il va lui arriver malheur.

Là-dessus, elle fondit en larmes.

Trisha aurait pu se mettre à pleurer simultanément, mais elle n'en fit rien. Elle avait bien trop peur pour pleurer. Quelque chose l'observait. *La chose.*

— Ohé ? lança-t-elle encore une fois.

La chose ne répondit pas à son appel, mais elle était là. Elle s'était mise en mouvement, à présent. Elle se déplaçait de gauche à droite, juste derrière les arbres, à l'autre bout de la clairière. Et tandis que le regard de Trisha se déplaçait, guidé seulement par le clair de lune et son intuition, une branche craqua à l'endroit précis où il venait de se poser. Elle perçut un souffle léger... mais était-ce un souffle ? Peut-être que ce n'était que le vent.

Tu sais bien que ce n'est pas le vent, murmura la voix glaciale, et elle avait raison, bien sûr.

— Ne me faites pas de mal, dit Trisha, et cette fois les larmes jaillirent de ses yeux. Je ne sais pas qui vous êtes, mais ne me faites pas de mal. Je ne chercherai pas à vous nuire, ne me faites pas de mal, je vous en prie. Je... je ne suis qu'une petite fille.

Ses jambes s'effacèrent sous elle et elle s'affaissa, ou plutôt se recroquevilla sur elle-même. En larmes, le corps agité de spasmes de terreur, elle se blottit sous le tronc abattu comme un petit animal sans défense, car c'est bien ce qu'elle était devenue. Des supplications s'échappaient toujours de ses lèvres, mais c'est à peine si elle s'en rendait compte. Elle empoigna son sac à dos et se le plaça devant le visage en guise de bouclier. De longs frissons convulsifs la parcouraient. Une autre branche craqua, plus près, et elle poussa un cri strident. La chose n'était pas dans la clairière, pas encore, mais elle n'allait pas tarder à y pénétrer.

Était-elle dans les arbres ? Parmi les branches enchevêtrées ? Avait-elle des ailes, comme une chauve-souris ?

Trisha risqua un œil dans l'interstice qui séparait le haut de son sac du bord incurvé du tronc. Elle ne discerna pas de créature vivante parmi les branches entrelacées qui se détachaient sur le ciel illuminé par le clair de lune, mais à présent un grand silence s'était abattu sur la forêt. On n'entendait plus le moindre chant d'oiseau, le moindre bourdonnement d'insecte.

La chose était tout près, sans doute en train de peser le pour et le contre. Allait-elle tailler Trisha en pièces sur-le-champ, ou passer provisoirement son chemin ? Ce n'était pas une mauvaise plaisanterie. Ce n'était pas un rêve. La mort et la folie étaient là, derrière les arbres, au fond de la clairière. La chose était dressée sur ses pattes de derrière, ou ramassée sur elle-même, prête à bondir, ou peut-être perchée sur une branche. Allait-elle dévorer sa proie dès maintenant, ou la laisser mûrir encore un peu ?

Trisha resta allongée sous son arbre, cramponnée à son sac à dos, retenant son souffle. Au bout de ce qui lui parut être une éternité, une autre branche craqua, un peu plus loin cette fois. Apparemment, la chose avait décidé de passer son chemin.

Trisha ferma les yeux. Des larmes s'insinuèrent entre ses paupières alourdies de boue et coulèrent le long de ses joues boueuses. Des tremblements incoercibles lui agitaient les commissures des lèvres. L'espace d'un bref instant, elle souhaita mourir. Mieux valait la mort que cette angoisse épouvantable. Il valait mieux être morte qu'être perdue.

Plus loin, une autre branche craqua. Des feuilles s'agitèrent, bien qu'il n'y eût pas le moindre souffle de vent. Ce bruit-là venait de plus loin encore. La chose s'éloignait, mais elle savait que Trisha était là, dans sa forêt. Elle reviendrait. En attendant, la nuit s'étalait devant elle comme une interminable route déserte.

Jamais je n'arriverai à m'endormir.

Sa mère lui avait dit qu'en cas d'insomnie, le mieux était d'user de son imagination. *Imagine quelque chose d'agréable, Trisha. Quand le marchand de sable tarde à passer, c'est la meilleure solution.*

Imaginer qu'on la sauvait, peut-être ? Non, elle se serait sentie encore plus mal... ç'aurait été comme d'imaginer un grand verre d'eau quand on meurt de soif.

Justement, elle avait une de ces soifs... la pépie, comme aurait dit son père. Ça doit être ce qu'on éprouve toujours quand on vient d'avoir une peur bleue, se dit-elle. Une soif d'enfer. Elle retourna son sac vers elle et le déboucla tant bien que mal. Ça n'aurait pas été aussi difficile si elle avait pu se redresser sur son séant, mais elle ne voulait pas s'aventurer hors de son refuge avant le lever du jour. Elle n'en serait pas sortie pour tout l'or du monde.

A moins que la chose ne revienne, fit la voix glaciale. *Et qu'elle t'en fasse sortir de force.*

Elle tira sa bouteille d'eau du sac, en avala trois bonnes lampées, revissa soigneusement le bouchon et la remit en place. Son regard s'arrêta sur la poche latérale qui contenait son Walkman. Elle avait une envie folle de faire jouer la fermeture éclair, de le sortir et d'écouter un peu la radio, mais elle se força à n'en rien faire. Il ne fallait pas trop user les piles.

Craignant de flancher, elle se hâta de refermer le sac et l'entoura de nouveau de ses bras. Maintenant qu'elle avait étanché sa soif, qu'allait-elle imaginer ? Ça lui vint tout à coup, comme ça. Elle s'imagina que Tom Gordon était dans la clairière avec elle, qu'il était à quelques pas de là, debout au bord du ruisseau. Dans le clair de lune, son uniforme était d'une blancheur presque phosphorescente. La protégerait-il ? Non, puisqu'il n'était pas là pour de vrai... mais en un sens, il était un peu son ange gardien quand même. C'est de sa tête à elle qu'il avait surgi, après tout.

Qu'est-ce qui me guettait derrière les arbres ? lui demanda-t-elle.

J'en sais rien, répondit Tom.

Ça avait l'air de ne lui faire ni chaud ni froid. Pourquoi s'en serait-il préoccupé, d'ailleurs ? Le vrai Tom Gordon était à Boston, à plus de trois cents kilomètres de là. A cette heure-ci, il devait dormir sur ses deux oreilles, et entre quatre murs.

— Comment tu t'y prends ? lui demanda-t-elle, si accablée de sommeil tout à coup qu'elle ne s'apercevait même pas qu'elle parlait tout haut. Est-ce que tu as un truc ?

Pour quoi faire ?

— Pour marquer à chaque coup, dit Trisha en fermant les yeux.

Elle se figurait qu'il allait lui dire que c'était parce qu'il croyait en Dieu — c'est peut-être pour ça qu'il montrait le ciel du doigt chaque fois qu'il marquait — ou parce qu'il avait foi en lui-même, ou parce qu'il se donnait à fond (la devise de l'entraîneuse de foot de Trisha était : « Donnez-vous à fond et oubliez le reste »). Mais le numéro 36, debout au bord de son petit ruisseau, ne lui servit aucune de ces réponses trop prévisibles.

Il faut s'arranger pour avoir une tête d'avance sur le batteur, expliqua-t-il. *Il faut le déstabiliser dès la première balle, il faut qu'il n'ait aucune chance de la frapper. En arrivant sur sa plaque, il se dit « C'est moi le plus fort ». Il faut lui retirer cette idée de la tête, dès le premier lancer. Qu'il comprenne tout de suite qu'il n'est pas le plus fort. C'est ça, le truc. C'est comme ça qu'on gagne à tous les coups.*

— Est-ce qu'il vaut mieux... ?

Trisha voulait lui demander s'il valait mieux

donner de l'effet dès la première balle, mais elle s'assoupit avant que la suite de sa question ait eu le temps de franchir ses lèvres. A Castle View, ses parents s'étaient endormis aussi, dans le même lit (beaucoup trop exigu), à l'issue d'une petite séance de jambes en l'air rigoureusement imprévue. *Jamais je n'aurais cru que...*, s'était dit Quilla juste avant de sombrer dans le sommeil. *Alors là, c'est la meilleure*, s'était dit Larry.

De tous les membres de la famille McFarland, c'est Pete qui dormit le plus mal durant les petites heures de cette tiède nuit printanière. Dans la chambre qui jouxtait celle de ses parents, il se tournait et se retournait entre ses draps tirebouchonnés, en poussant des gémissements inarticulés. Il rêvait qu'il se disputait avec sa mère. Ils marchaient sur la piste en se disputant. A un moment, il lui tournait carrément le dos, histoire de lui montrer qu'il en avait par-dessus la tête (ou peut-être pour ne pas lui donner la satisfaction de voir qu'il avait les larmes aux yeux), et il s'apercevait que Trisha avait disparu. Là-dessus, son rêve se mettait à bégayer. Il restait bloqué dans son esprit comme un os en travers d'un gosier. Pete se tordait dans tous les sens pour essayer de le déloger. Les derniers rayons de la lune s'insinuaient par la fenêtre, faisant luire son visage baigné de sueur.

Il se retournait et Trisha n'était plus là. Elle n'était plus là. Elle n'était plus là. Il n'y avait plus personne sur le sentier.

— Non, marmonna Pete dans son sommeil, secouant la tête avec violence, essayant vainement de décoller son rêve, de le régurgiter avant qu'il ne l'étouffe.

Il se retournait et elle n'était plus là. Il n'y avait plus personne sur le sentier.

Comme s'il n'avait jamais eu de petite sœur.

Cinquième manche

Quand Trisha se réveilla le lendemain matin, son cou était si douloureux qu'elle arrivait à peine à remuer la tête, mais ça lui était égal. Tout ce qui lui importait, c'est que le soleil s'était levé et que le jour était revenu dans la petite clairière. Elle avait l'impression de renaître. Elle se souvenait de s'être réveillée en pleine nuit, rongée de démangeaisons, tenaillée par une envie d'uriner. Elle se souvenait de s'être traînée jusqu'au ruisseau, d'avoir tartiné de boue ses piqûres de guêpes et de moustiques sous un pâle clair de lune. Elle se souvenait de s'être endormie pendant que Tom Gordon lui faisait des confidences sur l'art du lanceur. Elle se souvenait aussi d'avoir eu horriblement peur d'une créature qui l'observait, dissimulée dans les arbres. Mais il n'y avait rien dans la forêt, bien sûr. Elle avait eu peur parce qu'elle était seule dans le noir, voilà tout.

Tout au fond d'elle, une part de son esprit voulut protester, mais Trisha la fit taire. La nuit était derrière elle à présent. Elle ne tenait pas plus à y repenser qu'à retourner à l'escarpement rocheux et à redégringoler jusqu'à l'arbre qui abritait un nid de guêpes. Il faisait jour à présent. Il y aurait des battues dans tous les azimuts, et on la sauverait. Elle en était sûre. Quand on a passé une nuit toute seule dans les bois, on a bien mérité d'être sauvée.

Elle sortit en rampant de son abri en poussant son sac à dos devant elle, se leva, mit sa casquette. Elle se dirigea clopin-clopant vers le ruisseau et se récura le visage et les bras pour en faire partir la boue. Voyant que le nuage de moucherons se reformait déjà autour de sa tête, elle se résigna à les enduire d'une nouvelle couche de pâte humide et visqueuse. Ça lui rappela l'une des nombreuses fois où Pepsi et elle avaient joué à se maquiller quand elles étaient petites. En voyant le souk pas possible qu'elles avaient semé dans ses produits de beauté, la mère de Pepsi avait piqué une colère noire. « Foutez-moi le camp ! avait-elle vociféré. Pas la peine de ranger, ni de vous nettoyer le museau. Foutez le camp, c'est tout, sinon je sens que je vais m'énerver pour de bon et vous tomber dessus à bras raccourcis ! » Elles s'étaient enfuies de la maison de Mme Robichaud, barbouillées de fond de teint, de rouge à joues, de fard à paupières verdâtre, de mascara, de rouge à lèvres fuchsia, qui devaient leur donner l'allure de deux strip-teaseuses en herbe, et elles étaient allées se réfugier chez Trisha. En les voyant, Quilla était d'abord restée bouche bée, puis elle avait eu une crise de fou rire. Prenant les deux fillettes par la main, elle les avait entraînées jusqu'à la salle de bains, où elle leur avait enseigné l'usage du cold-cream.

— Je vais vous montrer, les enfants, murmura Trisha. Vous l'étalez doucement, de bas en haut.

Quand elle eut terminé de s'appliquer son masque de boue, elle se rinça les mains, puis elle mangea ce qui restait du sandwich au thon et la moitié du céleri. En enroulant le sac en papier sur lui-même, elle avait le cœur un peu lourd. Elle n'avait plus d'œuf dur, plus de sandwich au thon, plus de chips, plus de Twinkie. Désormais, ses provisions se ramenaient en tout et pour tout à une bouteille de Surge à moitié vide (*plus* qu'à moitié vide même), une demi-gourde d'eau et une infime poignée de céleri en bâtonnets.

— Ça fait rien, dit-elle en fourrant le sac en papier vide et le reste de céleri dans son sac à dos.

Elle fit suivre le même chemin à son poncho crasseux et en loques, et ajouta :

— Ça fait rien, parce qu'ils vont lancer des battues dans tous les azimuts. Il y en a fatalement une qui me retrouvera. A midi, je déjeunerai au restau. Hamburger frites, milk-shake au chocolat, tarte aux pommes chaude avec boule de glace à la vanille. (A cette idée, son estomac se mit à gargouiller.)

Après avoir rebouclé son sac à dos, Trisha prit soin de s'enduire les mains de boue. A présent, le soleil entrait à flots dans la clairière. Le ciel était bien dégagé, la journée s'annonçait chaude. Ses mouvements avaient perdu de leur raideur. Elle s'étira, sautilla sur place pour activer sa circulation, se livra à quelques petites rotations de la tête jusqu'à ce que les courbatures de sa nuque s'atténuent un peu. Ensuite elle resta immobile un moment, l'oreille tendue, à l'affût de voix humaines, d'aboiements de chiens, ou du *tcheuk-tcheuk* lointain d'un hélicoptère. Mais elle n'entendit que le martèlement d'un pivert qui s'était déjà mis en quête de sa becquée quotidienne.

C'est pas grave. Y a pas le feu au lac. N'oublie pas qu'on est en juin. Le moment de l'année où les journées sont les plus longues. Tu n'as qu'à suivre le ruisseau. Même si les battues ne te retrouvent pas tout de suite, il te conduira forcément à des gens.

Mais tandis que le soleil poursuivait son inexorable ascension vers le zénith, le ruisseau ne la conduisit qu'à d'autres bois. Il faisait de plus en plus chaud. La boue durcie de son masque se craquelait sous l'effet de la sueur, qui avait formé de larges auréoles sur les dessous de bras de son maillot « 36 Gordon ». Une autre tache de sueur, en losange celle-là, s'étalait peu à peu entre ses omoplates. Ses cheveux raides lui pendaient le long des joues, si boueux qu'ils ne semblaient plus blonds, mais d'un brun sale. A mesure que la matinée avançait, l'espoir de Trisha s'évaporait. A sept heures, elle avait quitté la clairière débordante d'énergie ; à dix heures, il n'en restait plus trace. Aux alentours de onze heures, un incident assombrit encore plus son humeur.

En arrivant au sommet d'une pente — une pente pas trop ardue, tapissée de feuilles et d'aiguilles de pin — elle s'était octroyé une pause pour souffler un peu, quand l'obscur instinct sur lequel sa volonté consciente n'avait aucune prise se réveilla brusquement, la mettant aussitôt sur le qui-vive. On l'observait, elle en était sûre. Elle aurait perdu son temps à essayer de se persuader du contraire.

Lentement, elle effectua un tour complet sur elle-même. Elle ne vit rien, mais un silence subit s'était abattu sur les bois. Les petits rongeurs qui émettaient des bruits furtifs en se faufilant à travers les fourrés semblaient avoir disparu. Il n'y avait plus d'écureuils de l'autre côté du ruisseau. Les geais ne jacassaient plus. Hormis le martèlement d'un pivert et des corbeaux qui croassaient au loin, Trisha ne percevait plus que sa propre respiration et le bourdonnement assourdi des moustiques.

— Qui est là ? cria-t-elle, mais personne ne lui répondit, bien entendu.

Elle entama sa descente, sans quitter le bord du ruisseau, s'accrochant aux buissons pour ne pas déraper sur le sol glissant. *Ça doit être mon imagination qui me joue des tours*, se dit-elle. Mais elle n'y croyait pas, bien sûr.

Le ruisseau devenait de plus en plus étroit. Ça en tout cas, elle était certaine de ne pas l'imaginer. Tandis qu'elle descendait le long de la berge, traversant d'abord une pinède, puis un bosquet d'arbres touffus envahi de fourrés et de ronces, il continua à rétrécir régulièrement, si bien qu'à la fin il n'en subsista qu'un maigre filet large d'à peine cinquante centimètres qui disparaissait dans un fourré dense et épais. Craignant de le perdre si elle essayait de contourner l'obstacle, Trisha se fraya tant bien que mal un chemin à travers les broussailles enchevêtrées. Tout au fond d'elle-même, elle savait bien qu'elle avait tort de s'entêter à le suivre, car elle était à peu près sûre qu'il ne la conduirait nulle part, ou qu'en tout cas il ne la conduirait pas où elle voulait, mais ça n'y changeait rien. Une sorte de lien subtil s'était créé entre le ruisseau et elle — un *rapport privilégié*, aurait dit Quilla — et l'idée de s'en séparer lui était devenue insupportable. Sans lui, elle n'aurait plus été qu'une petite fille errant sans repères au milieu d'une immense forêt. A cette seule idée, sa gorge se nouait et les battements de son cœur s'accéléraient.

Quand Trisha émergea enfin des broussailles, le ruisseau était visible de nouveau. Elle le suivit, la tête baissée, les traits contractés par une résolution farouche, tel Sherlock Holmes sur la piste du chien des Baskerville. Elle ne remarqua pas que le sous-bois changeait d'aspect, que les buissons épineux faisaient place aux fougères, que le cours sinueux du ruisseau croisait de plus en plus d'arbres morts, que le sol sous ses pieds devenait de plus en plus meuble. Le ruisseau absorbait toute son attention. Elle le suivait, la tête rentrée dans les épaules, plus concentrée que jamais.

Vers midi, le ruisseau se mit à reprendre de l'expansion, et Trisha sentit renaître en elle un semblant d'espoir. Peut-être qu'il n'allait pas tarir, après tout. Mais l'espoir fut de courte durée, car peu après elle s'aperçut que tout en s'élargissant il devenait moins profond. En fait, il n'était plus qu'une succession de flaques croupissantes, envahies d'algues brunâtres et grouillantes d'insectes. Dix minutes plus tard, l'une de ses Reebok fut soudain happée par le sol, ou plutôt par une poche de vase dissimulée sous une couche de mousse trompeuse. Son pied s'enfonça dans la boue jusqu'à la cheville, et elle l'en extirpa avec un cri d'horreur. La vase avait exercé une traction si puissante que sa Reebok s'était détachée de son pied. Trisha poussa un autre cri, s'appuya au tronc d'un arbre mort, arracha une poignée d'herbe pour essuyer sa chaussure et la remit en place.

Ensuite, elle regarda autour d'elle et s'aperçut qu'elle avait pénétré dans une sorte de forêt fantôme, qui semblait avoir été ravagée par un incendie il y a très longtemps. En face d'elle, autour d'elle, il n'y avait qu'un vaste et complexe dédale de vieux arbres morts dressant leurs formes torturées sur un sol humide, fangeux, avec çà et là de petites mares stagnantes entourant des monticules pansus, hérissés de touffes d'herbe. Le bourdonnement des moustiques emplissait l'air, où dansaient d'innombrables libellules. Le martèlement des piverts s'était fait assourdissant. A en juger par le son, ils devaient être légion dans les parages. La forêt d'arbres morts semblait s'étendre à l'infini, et Trisha n'avait que quelques heures devant elle.

Son ruisseau coulait encore sur quelques mètres, puis se perdait dans cet immense bourbier.

— Qu'est-ce que je vais faire maintenant? s'écria-t-elle d'une voix exténuée, tremblante de larmes. Y a pas quelqu'un qu'aurait une idée?

Il ne lui restait plus qu'à s'asseoir pour réfléchir un peu, et ce n'étaient pas les sièges qui manquaient. Il y avait des monceaux d'arbres morts, dont les troncs blanchis portaient encore çà et là les marques du feu. Mais le premier sur lequel Trisha essaya de poser une fesse céda sous son poids, et elle s'affala lourdement sur le sol bourbeux. Elle poussa un gémissement en sentant l'humidité s'étaler sur le fond de son pantalon (il n'y a rien de plus détestable au monde qu'un jean mouillé qui vous colle aux fesses), et se hissa maladroitement debout. Le tronc imbibé d'eau avait pourri; ses deux extrémités brisées grouillaient de cloportes. Trisha passa quelques instants à les regarder avec un mélange de fascination et de dégoût, puis elle s'approcha d'un autre arbre abattu, dont elle testa la résistance avant de s'y asseoir. Comme il semblait solide, elle y posa prudemment son arrière-train puis, laissant errer son regard sur le marécage plein d'arbres déchiquetés, elle s'efforça d'élaborer un plan d'action en massant distraitement sa nuque douloureuse.

Bien qu'elle n'eût pas l'esprit aussi clair qu'au réveil (elle avait même les idées franchement embrouillées), elle vit sans peine qu'elle n'avait qu'une alternative possible : soit elle restait sur place en espérant que les secours arriveraient bientôt, soit elle continuait pour aller à leur rencontre. Il aurait sans doute été plus raisonnable de rester là, afin de ne pas trop gaspiller d'énergie. Et puis, sans ruisseau pour la guider, où allait-elle aboutir ? Elle n'avait aucun moyen d'en être sûre. Ou bien ses pas la ramèneraient à la civilisation, ou bien ils l'en éloigneraient. A moins qu'elle ne tourne en rond, tout simplement.

D'un autre côté (« Il faut toujours penser au revers de la médaille », lui avait dit son père un jour), l'endroit où elle se trouvait n'avait rien d'engageant. Il était même carrément infect. Il n'y avait rien à manger, ça puait la vase et le bois pourri, on se serait cru dans un égout. Si les sauveteurs ne retrouvaient pas sa trace d'ici la fin de la journée, elle serait obligée de passer la nuit ici, perspective qui lui faisait froid dans le dos. Comparée à ça, la petite clairière en demi-lune était un vrai Disneyland.

Elle se tourna dans la direction que le ruisseau avait suivie avant de se dissoudre dans le néant et scruta attentivement le paysage. Tout au bout du dédale confus de troncs abattus et de branches desséchées, il lui sembla discerner du vert. Une *pente* verte. Une colline ? Qui sait, peut-être qu'elle y trouverait des baies de gaulthérie ? Mais oui, pourquoi pas ? En venant par ici, elle avait croisé pas mal de buissons qui en foisonnaient. Elle aurait mieux fait d'en cueillir, d'en remplir son sac, mais elle se concentrait tellement sur le ruisseau que ça ne lui était pas venu à l'esprit. Maintenant que le ruisseau avait disparu, son estomac s'était remis à crier famine. Enfin, famine était peut-être un mot un peu fort (du moins pour le moment), mais elle avait un petit creux, indiscutablement.

Elle avança de deux pas, tâta le sol humide du bout du pied, et considéra d'un œil soupçonneux l'eau boueuse qui avait aussitôt imbibé la pointe de sa Reebok. Allait-elle s'aventurer là-dedans, simplement parce qu'il lui avait *semblé* discerner quelque chose de l'autre côté ?

— Peut-être qu'il y a des sables mouvants, murmura-t-elle.

Mais oui, c'est ça ! s'exclama la voix glaciale, ironique. *Des sables mouvants ! Des crocodiles ! Sans parler des petits hommes verts qui vont t'enfoncer des sondes dans le trou de balle !*

Trisha revint sur ses pas et se rassit sur son tronc d'arbre. Elle se mordillait la lèvre inférieure, sans même s'en apercevoir, et ne prêtait plus qu'une attention distraite aux insectes qui lui tourbillonnaient autour de la tête. Valait-il mieux rester là, ou continuer ?

Au bout de dix minutes, elle se mit en route, mue par un élan d'espoir aveugle... et une furieuse envie de se gorger de baies. Elle était même prête à goûter aux feuilles, tiens. Elle se voyait déjà cueillant de jolies baies d'un rouge éclatant au flanc d'un coteau verdoyant, comme l'une des petites filles modèles de son livre de lecture (elle ne pensait plus à son masque de boue et à la touffe de cheveux sales et emmêlés qui le surmontait). Elle s'imagina qu'elle gravissait la colline en remplissant son sac de grosses baies bien dodues, et qu'une fois arrivée au sommet, elle regardait à ses pieds et apercevait...

Une route. Une petite route de campagne bordée de palissades blanches... des chevaux paissant dans les prés... et au loin une grange. Rouge, avec une porte blanche.

C'était de la folie ! Elle délirait complètement !

Mais délirait-elle tant que ça ? Peut-être que le salut n'était qu'à une demi-heure de là, et qu'elle allait rester perdue sous prétexte que l'idée de patauger un peu dans la gadoue lui fichait les boules.

— Bon, allons-y pour les baies ! fit-elle en se relevant et en rajustant nerveusement les sangles de son sac à dos. Si ça devient trop dégueu, je ferai demi-tour.

Tirant une dernière fois sur les sangles, elle se mit en marche. Elle avançait lentement, tâtant prudemment le sol détrempé à chaque pas, faisant des détours pour éviter les bosquets d'arbres décharnés et les troncs abattus aux branches enchevêtrées.

Au bout d'une demi-heure, ou peut-être de trois quarts d'heure, Trisha apprit ce que des milliers (voire des millions) d'hommes et de femmes avaient appris à leurs dépens avant elle : quand ça devient trop dégueu, il est généralement trop tard pour faire demi-tour. Alors qu'elle avançait sur un terrain à la consistance franchement molle, mais stable néanmoins, elle posa le pied sur un monticule herbeux qui s'avéra n'être qu'un trompe-l'œil. Son pied s'enfonça dans une substance froide et visqueuse, trop pâteuse pour être de l'eau, trop liquide pour être de la boue. Se sentant basculer, elle essaya de se rattraper à une branche morte, poussa un rugissement de rage et de terreur quand elle se brisa entre ses doigts et s'affala la tête la première dans une touffe d'herbes hautes grouillante d'insectes. Ramenant son genou sous elle, elle extirpa son pied de la gadoue. Il en ressortit avec un bruit de succion sonore, mais sa chaussure resta engloutie.

— Non ! hurla-t-elle.

Effrayé par son cri, un grand oiseau blanc s'envola soudain. Il jaillit vers le ciel comme un obus, traînant ses interminables pattes dans son sillage. En d'autres circonstances, Trisha serait sans doute restée bouche bée devant cette insolite apparition, mais c'est à peine si elle s'aperçut de la présence de l'oiseau. Le bas de sa jambe droite était couvert de vase noire et gluante. Prenant appui sur les genoux, elle pivota sur elle-même et plongea le bras dans la mare fangeuse qui lui avait avalé le pied.

— Tu l'auras pas ! cria-t-elle, folle de rage. Elle est à moi, je te la laisserai pas !

Ses doigts explorèrent la boue opaque et froide, arrachant des radicelles, se glissant entre les racines plus grosses. Une créature indécise lui effleura brièvement la paume, puis disparut. L'instant d'après, sa main se referma sur sa Reebok et la ramena à l'air libre. En l'examinant, elle ne put retenir ses larmes. Elle était noire de boue. Le soulier rêvé pour une Cendrillon crottée jusqu'aux yeux. *C'est vraiment chié !* comme aurait dit Pepsi. Quand Trisha retourna sa Reebok, une espèce de jus noirâtre s'en écoula, et ça lui parut d'une drôlerie irrésistible. Elle resta un bon moment assise en tailleur sur sa touffe d'herbes, la chaussure rescapée posée en travers de ses cuisses, secouée par un mélange de rires et de sanglots, au centre d'une noire et tourbillonnante galaxie d'insectes. Les arbres morts se dressaient autour d'elle telles des sentinelles muettes, et les criquets stridulaient.

A la fin, ses sanglots se muèrent en reniflements, ses rires en petits hoquets étranglés et sans joie. Elle arracha des poignées d'herbe, essuya tant bien que mal les parties extérieures de sa Reebok, puis elle ouvrit son sac à dos et déchira son sac à casse-croûte vide en plusieurs morceaux dont elle se servit pour éponger l'intérieur de la chaussure. Ensuite elle en fit des boules qu'elle jeta négligemment par-dessus son épaule. Quel flic lui aurait dressé procès-verbal pour avoir répandu des détritus au milieu de ce hideux cloaque ?

Elle se leva, tenant toujours la Reebok rescapée à la main, et scruta l'horizon en face d'elle.

— Putain de ma mère ! s'exclama-t-elle.

C'était bien la première fois de sa vie qu'elle proférait ce juron-là. (Pepsi ne s'en privait pas, elle, mais Pepsi ignorait la gêne.) A présent, elle discernait mieux la tache verte qu'elle avait prise pour une colline. Ce n'était qu'une succession de monticules herbeux, pareils à celui sur lequel elle se tenait. Ils étaient séparés les uns des autres par des petites mares d'eau stagnante et immobile, avec çà et là des arbres morts, certains encore couronnés de maigres restes de végétation. Des grenouilles coassaient. Ce n'était pas une colline, c'était un marécage. Tout allait de mal en pis.

Trisha fit volte-face pour regarder derrière elle, mais elle n'arrivait plus à distinguer l'entrée de ce purgatoire. Si elle avait songé à laisser des repères visibles sur son passage (par exemple, en accrochant à des branches des bouts de son poncho bleu en loques), elle aurait pu retrouver son chemin. Mais elle ne l'avait pas fait, et maintenant c'était cuit.

Tu pourrais revenir sur tes pas quand même. Tu sais dans quelle direction il faut aller, en gros.

Peut-être, mais c'est justement à force de suivre ce genre de raisonnement qu'elle s'était retrouvée dans cette galère.

Elle se retourna vers l'archipel de monticules herbeux. La surface verdâtre et moussue de l'eau stagnante scintillait vaguement au soleil. Elle n'aurait qu'à se retenir aux arbres, et avancer jusqu'à ce qu'elle trouve une issue. Tous les marécages ont une fin.

C'est une idée complètement louftingue.

L'idée est louftingue, mais ma situation l'est au moins autant.

Trisha resta plantée là un moment, songeant à Tom Gordon et à la posture hiératique dans laquelle il se figeait quand il était debout sur sa plaque, attendant que Hatteberg ou Veritek lui donne le signal. Il était tellement immobile (comme Trisha elle-même à présent), que son immobilité même semblait créer une sorte de champ de force autour de ses épaules, dont le geste du lanceur était le prolongement inéluctable.

Ce n'est pas du sang qui coule dans ses veines, c'est de l'eau glacée, disait Larry McFarland.

Trisha voulait s'en sortir, voulait échapper d'abord à cet horrible marécage, puis à cette satanée forêt, voulait se retrouver à un endroit où il y avait des gens, des magasins, des centres commerciaux, des cabines de téléphone, où des policiers vous indiquaient le chemin quand on se perdait. Et c'était à sa portée, elle le savait. A condition d'être courageuse. D'avoir un tant soit peu d'eau glacée dans les veines.

S'ébrouant soudain, elle ôta son autre Reebok, attacha ses deux chaussures ensemble en faisant un nœud à leurs lacets, et se les suspendit autour du cou comme les balanciers d'un coucou suisse. Elle se demanda s'il fallait aussi ôter ses chaussettes, et décida de les garder, à titre de précaution anti-bactérienne. Elle retroussa son jean jusqu'aux genoux, aspira une grande goulée d'air, la rejeta.

— Le bras de McFarland se détend, McFarland lance ! dit-elle.

Elle ajusta sa casquette sur sa tête (à l'envers cette fois, pour avoir l'air plus déluré), et se remit en marche.

Elle passa d'un monticule herbeux à l'autre, calculant soigneusement chaque pas, explorant des yeux le paysage en avant d'elle pour se fixer des repères, exactement comme elle l'avait fait la veille. *Mais aujourd'hui, je ne céderai pas à la panique,* se disait-elle. *Aujourd'hui, j'ai de l'eau glacée dans les veines.*

Une heure s'écoula, puis une deuxième. Loin de se raffermir, le sol devenait de plus en plus fangeux. A la fin, il n'y eut plus de sol du tout, mis à part les monticules herbeux. Trisha bondissait de l'un à l'autre, s'accrochant à des branches ou à des buissons quand il y en avait. Quand il n'y en avait pas, elle tendait les bras à l'horizontale, comme une danseuse de corde, pour rester d'aplomb. A un endroit, elle se trouva sans le moindre monticule à sa portée. Elle fit une courte pause, le temps de rassembler son courage, puis posa un pied dans l'eau stagnante. Des insectes aquatiques s'enfuirent en désordre, et une odeur de vase en décomposition lui afflua aux narines. L'eau ne lui arrivait même pas aux genoux. Ses pieds s'enfonçaient dans une matière molle et froide. On aurait dit de la gelée pleine de petits grumeaux. Des bulles jaunâtres, entraînant avec elles de minuscules brindilles noires, venaient éclater à la surface.

— Beurk, c'est dégueu, gémit Trisha en se dirigeant vers le monticule herbeux le plus proche. Beurk, beurk, beurk !

Elle faisait de grandes enjambées maladroites, tirant un bon coup à chaque pas pour extirper son pied de la vase. Elle s'efforçait de ne pas penser à ce qui se serait passé si elle n'en avait plus eu la force, si son pied était resté coincé et si la gadoue l'avait happée.

— Beurk, beurk, beurk ! répéta-t-elle.

C'était devenu une espèce de litanie. La sueur lui ruisselait sur le visage, lui brûlait les yeux. Les criquets semblaient s'être arrêtés sur une note unique, indéfiniment prolongée : *rîîîîîîîî*. Devant elle, trois grenouilles jaillirent des hautes herbes du monticule sur lequel elle avait mis le cap, et plongèrent dans l'eau : *Plouf ! Plouf ! Plouf !*

— Budweiser ! s'écria-t-elle en esquissant une ombre de sourire.

Autour d'elle, des milliers de têtards frétillaient dans l'eau brunâtre. Au moment où elle baissait les yeux sur eux, son pied heurta un objet dur et visqueux — un tronc d'arbre, sans doute. Elle l'enjamba tant bien que mal et atteignit enfin le monticule herbeux. Elle se hissa dessus, le souffle court, et examina d'un œil inquiet ses pieds et ses mollets gluants de vase noirâtre, s'attendant plus ou moins à ce qu'ils grouillent de sangsues ou de Dieu sait quelles créatures encore plus abjectes. Elle n'y discerna aucune abomination de ce genre (aucune visible à l'œil nu, en tout cas), mais une épaisse couche de boue les recouvrait jusqu'aux genoux.

Elle retira non sans peine ses chaussettes toutes
noires. La peau de ses pieds était si blanche qu'elle
ressemblait plus à des chaussettes que les chaussettes elles-mêmes. En voyant ça, Trisha fut prise
d'un rire hystérique. Elle se laissa aller en arrière en
prenant appui sur les coudes, leva la tête vers le ciel
et hurla de rire. Elle s'en voulait de rire ainsi, comme

(une malade mentale)

une complète idiote, mais elle n'arrivait pas à s'en
empêcher. Quand son accès d'hilarité s'apaisa enfin,
elle essora ses chaussettes, les remit et se leva. Se
plaçant une main en visière au-dessus des yeux, elle
jeta son dévolu sur un arbre dont la branche inférieure brisée s'enfonçait dans l'eau, et décida d'en
faire sa prochaine destination.

— Le bras de McFarland se détend, McFarland
lance, annonça-t-elle d'une voix exténuée avant de
se remettre en route.

Elle ne pensait même plus aux baies. Elle n'avait
plus qu'une idée : se tirer de là, et s'en tirer indemne.
A partir d'un certain moment, toute personne qui en
est réduite à la dernière extrémité passe insensiblement de la vie à la survie pure et simple. Ne dispo-
sant plus de sources d'énergie fraîche, le corps se
met à puiser dans les calories qu'il a en réserve.
L'esprit s'émousse, perd de sa vivacité. Le champ
des perceptions se rétrécit, et simultanément elles se
parent d'une intensité perverse. Un flou continuel
s'installe à la périphérie des choses visibles. Vers
la fin de son deuxième après-midi en forêt, Trisha
McFarland approcha dangereusement de cette frontière ténue qui sépare la vie de la survie.

Elle avançait droit vers l'ouest désormais, mais ça
ne la troublait pas outre mesure. Elle se disait (sans

doute avec raison) qu'il valait mieux maintenir toujours le même cap, que c'était la meilleure solution. Son estomac criait famine, mais la plupart du temps elle n'en avait que très vaguement conscience, car l'idée de continuer en droite ligne l'obnubilait trop. Si elle s'était écartée un tant soit peu de sa route, vers la gauche ou vers la droite, elle aurait risqué d'être obligée de passer la nuit dans ce cloaque, et la perspective lui en était insupportable. Elle ne s'accorda qu'un bref arrêt pour boire un peu d'eau, et c'est ainsi qu'aux alentours de quatre heures, sans même s'en rendre vraiment compte, elle avala d'un trait le Surge qui lui restait.

Les arbres morts ressemblaient de moins en moins à des arbres et de plus en plus à des sentinelles squelettiques, avec des pieds noueux solidement plantés dans l'eau immobile et noire. *D'ici peu, je vais encore me figurer qu'ils ont des visages,* se dit Trisha. Alors qu'elle passait devant l'un de ces arbres, marchant dans l'eau (il n'y avait pas de monticule à dix mètres à la ronde), elle buta sur une racine ou une branche submergée et s'étala de tout son long, en battant l'eau de ses bras, à moitié suffoquée. Elle avala une gorgée d'eau limoneuse et la recracha en poussant un grand cri. Ses mains flottant entre deux eaux lui parurent aussi cireuses et blêmes que celles d'un noyé. Elle les ramena à l'air libre, les leva vers son visage.

— J'ai rien, s'écria-t-elle dans un souffle.

En disant cela, elle sentit qu'elle avait franchi une espèce de frontière invisible, qu'elle avait pénétré dans un pays dont elle ne connaissait pas la langue, où les billets de banque avaient un drôle d'aspect. Plus rien n'était pareil, mais...

— Je suis saine et sauve. Tout va bien.

Et puis elle n'avait pas mouillé son sac à dos. C'était un détail d'une importance capitale, car il contenait son Walkman, et son Walkman était désormais son seul lien avec le reste du monde.

Trempée, couverte de crasse, Trisha reprit sa marche. Le nouveau repère sur lequel elle avait jeté son dévolu était un arbre mort fendu en deux auquel le soleil déclinant donnait la forme d'un grand Y noir. Elle se dirigea vers lui. Un monticule herbeux se présenta sur son chemin, mais elle se borna à lui jeter un rapide coup d'œil et continua à marcher dans l'eau. Pourquoi s'embêter avec ça ? Dans l'eau, elle avançait plus rapidement. Le dégoût que lui inspirait la gelée froide et pourrissante du fond s'était estompé. On s'habitue à tout, il suffit de ne pas pouvoir faire autrement. Elle était en train de le comprendre.

Peu après son plongeon involontaire, Trisha s'aperçut que Tom Gordon s'était de nouveau matérialisé à côté d'elle. Au début, ça lui fit un effet bizarre (elle était même franchement mal à l'aise), mais à mesure que s'écoulaient les longues heures de l'après-midi finissant, sa gêne se dissipa et sa langue se délia. Elle se mit à lui parler, le plus naturellement du monde. Elle lui expliqua quel repère elle avait choisi pour sa prochaine étape, lui dit qu'à son avis ce marécage devait être la conséquence d'un très ancien feu de forêt, lui jura ses grands dieux qu'ils n'allaient pas tarder à s'en sortir, que ce truc-là ne pouvait pas durer indéfiniment. Elle espérait, lui dit-elle, que les Red Sox allaient faire un score de tous les tonnerres ce soir, en sorte que pour une fois il pourrait se la couler douce dans l'enclos jusqu'à la fin du match. Tout à coup, elle s'interrompit et lui demanda :

— T'as entendu ?

Tom était peut-être un peu dur d'oreille, mais pas elle. Le bruit saccadé des pales d'hélicoptère avait beau être lointain, il n'y avait pas à s'y tromper. Quand le son parvint à ses oreilles, Trisha se reposait sur un monticule. Elle se leva d'un bond et fit un tour complet sur elle-même, une main en visière au-dessus des yeux, scrutant l'horizon. Elle ne vit rien, et le son ne tarda pas à s'estomper.

— Spaghetti, fit-elle d'une voix accablée.

Mais ils la cherchaient, c'était au moins ça. Elle écrasa un moustique sur sa nuque et se remit en marche.

Un quart d'heure plus tard, juchée sur une grosse racine d'arbre à demi submergée, ses chaussettes crasseuses lui retombant sur les chevilles, elle scruta avec perplexité le paysage devant elle. Elle était au milieu d'une ligne irrégulière d'arbres aux branches déchiquetées, et à partir de là le marécage formait une espèce de lac aux eaux étales et stagnantes. D'autres monticules le traversaient de part en part, mais ceux-là étaient de couleur brune, et semblaient constitués de brindilles et de branches brisées. Perchés sur une demi-douzaine d'entre eux, des animaux dodus, au pelage marron clair, la fixaient d'un air intrigué.

Le front plissé, Trisha s'efforça de les identifier. Quand elle comprit enfin de quoi il s'agissait, son visage se rasséréna et elle oublia qu'elle était perdue dans un marécage, exténuée, trempée et boueuse.

— Ce sont des castors, Tom ! murmura-t-elle d'une voix un peu haletante. Des castors perchés sur leurs huttes, leurs wigwams, ou je ne sais quoi. Je ne me trompe pas, hein ?

Prenant appui sur le tronc afin de ne pas perdre l'équilibre, elle se hissa sur la pointe des pieds et contempla d'un œil émerveillé les castors qui lézardaient sur les toits de leurs huttes. L'observaient-ils de leur côté ? Il lui sembla que oui, celui du milieu surtout. Il était plus gros que les autres et ses petits yeux noirs étaient rivés sur elle. Trisha discernait le dessin de ses moustaches. Le brun sombre de son pelage soyeux s'éclaircissait autour de ses hanches rebondies, virant à l'ocre roux. Sa physionomie rappelait un peu à Trisha les illustrations du *Vent dans les saules.*

A la fin, elle redescendit de sa racine et reprit sa marche, son ombre s'allongeant démesurément derrière elle. Aussitôt, le Castor-en-chef (elle l'avait baptisé ainsi dans son for intérieur) se leva, s'approcha de l'eau à reculons jusqu'à ce que son arrière-train trempe dedans et frappa la surface du plat de sa queue, produisant un claquement bruyant qui résonna avec une force incroyable dans l'air torride et immobile. L'instant d'après, les castors sautèrent tous du haut de leurs huttes, entrant dans l'eau avec un ensemble parfait, comme les plongeurs d'un ballet nautique. Les deux mains crispées sur la poitrine, souriant jusqu'aux oreilles, Trisha suivit leurs évolutions du regard. Durant sa courte vie, peu de choses lui avaient fait un effet aussi sidérant. Toutefois, elle se rendait bien compte qu'elle n'aurait jamais été capable d'expliquer pourquoi, ni de dire pourquoi le Castor-en-chef lui avait donné l'impression d'être une sorte de vieux maître d'école très avisé. Désignant les castors du doigt, elle s'écria en riant :

— Regarde, Tom ! Ils se sont tous jetés à l'eau ! T'as vu comme ils foncent ? Ouais !

Une demi-douzaine de V s'étaient formés sur l'eau brunâtre du lac et s'éloignaient des huttes en demi-cercle. Quand ils eurent disparu, Trisha reprit sa marche. Son prochain repère était un monticule grand modèle, hérissé de fougères d'un vert très sombre qui faisaient penser à des cheveux en bataille. Au lieu d'avancer vers lui en ligne droite, elle s'en approcha en décrivant un cercle circonspect. Toute fabuleuse qu'ait pu lui paraître la vision des castors (« Putain, ça m'éclate ! » se serait écriée Pepsi), elle n'avait aucune envie d'en rencontrer un nageant entre deux eaux. Elle avait vu assez de photos de castors pour savoir qu'en dépit de leur petite taille ils ont de sacrées incisives. Dans les moments qui suivirent, elle ne put réprimer un cri dès qu'une herbe aquatique la frôlait, certaine que le Castor-en-chef (ou l'un de ses sous-fifres) avait décidé de la bouter hors du quartier.

S'écartant par la gauche de la Résidence des Castors, elle se dirigea vers le monticule grand modèle, et à mesure qu'elle s'en approchait un fol espoir se mit à lui faire battre le cœur. Ces fougères sont d'une couleur trop foncée, se disait-elle. Ce ne sont pas des fougères ordinaires. Ce sont des fougères à l'autruche, celles qui ont des pousses comestibles qu'on appelle queues de violon. Trisha avait fait la récolte des queues de violon avec sa mère et sa grand-mère pendant trois printemps successifs, et ces fougères-là en contenaient, indubitablement. A Sanford, elles n'étaient plus de saison depuis un mois, ou même un mois et demi, mais sa mère lui avait expliqué que dans les régions septentrionales du Maine elles viennent à maturité plus tard, parfois jusqu'à la mi-juillet, surtout dans les zones marécageuses. Trisha avait du mal à croire que ce marais nauséabond puisse produire quelque chose de comestible, mais plus elle s'approchait du monticule, plus sa certitude augmentait. En plus, une queue de violon ce n'est pas seulement comestible. C'est le petit Jésus en culotte de velours. Même Pete, qui avait une sainte horreur de tous les légumes verts (à l'exception des petits pois surgelés passés au micro-ondes), s'en régalait.

Elle avait beau se dire qu'il ne faut pas vendre la peau de l'ours, il ne fallut pas plus de cinq minutes pour que sa supposition se mue en foi aveugle. Le monticule n'était plus un simple amas de terre détrempée, c'était un eldorado où les queues de violon poussaient à foison. Mais lorsqu'elle ne fut plus qu'à quelques pas de son îlot de rêve, pataugeant dans l'eau bourbeuse qui à présent lui arrivait à mi-cuisses, elle se dit que le nom d'El Mostiquo lui aurait sans doute mieux convenu. Tout ce coin pullulait d'insectes. Comme Trisha regarnissait régulièrement son masque de boue, elle avait plus ou moins oublié leur existence, mais là, ce n'était plus possible. Au-dessus de l'Ile aux Queues de violon, l'air en était littéralement rempli. Et cette fois, il ne s'agissait pas que de moucherons. Il y avait aussi des myriades de mouches. Plus elle s'approchait, plus leur bourdonnement léthargique devenait envahissant ; il avait quelque chose de bizarrement chatoyant.

Alors qu'elle n'était plus qu'à cinq pas du premier bouquet des appétissantes frondes vertes aux extrémités enroulées, elle s'arrêta net. Ses pieds s'enfoncèrent dans la vase jusqu'aux chevilles, mais c'est à peine si elle s'en rendit compte. Les fougères qui dépassaient du flanc du monticule étaient lacérées, déchiquetées ; des queues de violon arrachées, encore enroulées sur elles-mêmes, flottaient çà et là dans l'eau noirâtre. Un peu plus haut, Trisha discerna sur les feuilles des taches d'un rouge éclatant.

— Ça ne me dit rien qui vaille, murmura-t-elle.

Quand elle se remit en branle, elle contourna l'îlot par la gauche au lieu de continuer tout droit. Queues de violon ou pas, il y avait un animal mort ou gravement blessé là-haut. Peut-être que des castors mâles s'étaient entre-tués pour les beaux yeux d'une femelle. Trisha avait faim, certes, mais pas assez pour se risquer à affronter un castor blessé en récoltant de quoi casser une petite graine, mésaventure qui aurait pu lui coûter un œil, ou une main.

Quand elle eut fait la moitié du tour de l'îlot, elle s'arrêta de nouveau. Elle aurait voulu détourner les yeux, mais le spectacle la fascinait trop.

— T'as vu ça, Tom ? fit-elle d'une voix un peu chevrotante, qui dérapait dans les aigus. Beurk, quelle horreur !

C'était la tête tranchée d'un jeune chevreuil. Elle avait roulé le long du flanc du monticule, laissant dans son sillage une traînée de sang et de frondes de fougères emmêlées, et s'était arrêtée au bord de l'eau, museau pointé vers le ciel. Ses yeux pullulaient de moucherons. Des grappes de mouches s'étaient posées sur le moignon déchiqueté de son cou. Leur bourdonnement ressemblait à celui d'un moteur de faible puissance.

— Je vois sa langue, dit Trisha.

Sa voix lui parut lointaine, comme si l'écho lui en

était parvenu de l'autre bout d'un tunnel. Le sillon doré que le soleil traçait à la surface de l'eau devint soudain d'une intensité aveuglante, et la tête se mit à lui tourner. Elle sentit qu'elle était à deux doigts de l'évanouissement.

— Non, murmura-t-elle. Il faut que tu m'en empêches ! Je ne peux pas me le permettre.

Cette fois, bien qu'elle ait parlé moins fort, sa voix lui parut plus proche, plus présente. La lumière était redevenue normale. Dieu soit loué, se dit-elle. Si je tournais de l'œil dans une eau stagnante et bourbeuse qui m'arrive presque jusqu'à la taille, ce serait le bouquet. Tintin pour les queues de violon, mais pas d'évanouissement non plus. En un sens, ça s'équilibrait.

Elle se remit en marche, accélérant l'allure, sans plus guère se soucier de tâter le fond du bout du pied avant d'appuyer dessus de tout son poids. Elle se déhanchait avec des mouvements exagérés du buste, les bras repliés, agitant rapidement les coudes d'avant en arrière. Si j'étais en justaucorps, se dit-elle, j'aurais l'air d'une monitrice d'aérobic à la télé. Eh, les enfants, aujourd'hui on va tester une nouvelle série d'exercices. Le premier « Éloignons-nous de la tête de chevreuil tranchée ». Jouez des hanches, faites bien pivoter vos épaules et remuez-vous les fesses !

Elle regardait fixement devant elle, mais le bourdonnement des mouches la poursuivait. On aurait dit le ronron d'un gros chat satisfait. Qui avait bien pu faire ça ? Sûrement pas un castor. Les castors ont beau avoir de sacrées incisives, ils ne décapitent pas les chevreuils.

Tu sais qui a fait ça, dit la voix glaciale. *C'est la*

chose. La chose qui guette les gens perdus dans les bois. Qui te guette en cet instant même.

— Arrête ton char Ben-Hur, haleta Trisha. Personne me guette !

Elle se risqua à jeter un coup d'œil en arrière et constata avec soulagement que l'Ile aux Queues de violon était loin. Mais pas encore assez. Elle distinguait toujours la tête coupée au bord de l'eau, tache brune avec son bourdonnant collier noir.

— Toi non plus t'y crois pas, hein, Tom ?

Mais Tom ne lui répondit pas. Comment l'aurait-il pu ? Il devait être à Fenway Park, en train de blaguer avec les copains de son équipe tout en enfilant son maillot d'un blanc immaculé. Le Tom Gordon qui marchait avec elle à travers ce marécage sans fin n'était qu'une sorte de petit remède homéopathique destiné à combattre la solitude. Elle ne pouvait compter que sur elle-même.

Tu te mets le doigt dans l'œil jusqu'au coude, ma chérie. Tu n'es pas seule, mais alors vraiment pas du tout.

Trisha avait atrocement peur. Aussi antipathique qu'elle soit, la voix glaciale disait vrai, elle le sentait bien. Elle avait plus que jamais l'impression d'être surveillée. Elle essaya de se convaincre qu'elle avait simplement les nerfs un peu trop à vif (n'importe qui aurait eu les nerfs à vif après avoir vu cette tête tranchée), et elle y était presque parvenue quand elle se retrouva en face d'un arbre mort dont le tronc desséché était zébré en diagonale de six longues estafilades. On aurait dit qu'une bête très grosse et très mal lunée l'avait lacéré au passage.

— Oh, mon Dieu ! s'écria-t-elle. Ce sont des marques de griffes !

Elle a pris de l'avance sur toi, Trisha. Elle t'attend quelque part là-haut, prête à jouer des griffes.

En avant d'elle, Trisha ne voyait qu'une autre étendue d'eau stagnante, d'autres monticules herbus, et quelque chose de vert qui ressemblait à une colline (mais qui n'était sans doute qu'un leurre, comme la première fois). Pas la moindre trace de bête sauvage. Mais s'il y en avait eu une, elle ne l'aurait pas vue, bien sûr. La bête aurait fait ce que font toutes les bêtes qui s'apprêtent à bondir sur leur proie. Il y avait un mot pour ça, mais elle avait beau se creuser les méninges, il la fuyait obstinément. Outre la trouille intense qu'elle éprouvait, sa fatigue et son désarroi étaient trop grands.

Elles se tapissent, dit la voix glaciale. *Les fauves ont ça dans le sang. C'est leur truc. Surtout ceux qui appartiennent à une espèce vraiment spéciale, comme ton nouvel ami.*

— Se tapir, coassa Trisha. Oui, c'est bien comme ça qu'on dit. Merci.

Là-dessus, comme il était trop tard pour battre en retraite, elle reprit sa marche en avant. Si un fauve s'était vraiment tapi quelque part pour bondir sur elle, revenir sur ses pas ne l'aurait avancée à rien.

Cette fois, la terre ferme qu'il lui avait semblé apercevoir n'était pas un mirage. D'abord, Trisha se cantonna dans un prudent scepticisme. Mais tandis qu'elle avançait vers la masse verte qui se profilait à l'horizon, l'espoir grossit peu à peu en elle. Elle ne distinguait que des fourrés et des arbustes aux formes torturées, sans le moindre filet d'eau entre eux. En plus, le marécage dans lequel elle pataugeait avait perdu de sa profondeur. L'eau ne lui arrivait plus à mi-cuisses à présent, mais tout juste au-dessus des chevilles. Sur deux des monticules qu'elle croisa sur sa route, elle trouva même d'autres queues de violon. Elles n'étaient pas aussi abondantes que sur son îlot de rêve, mais elle en cueillit autant qu'elle pouvait et se les enfourna dans la bouche. Elles étaient sucrées, avec un arrière-goût un peu acide. Elles avaient goût de verdure en somme, et Trisha les trouva délectables. S'il y avait eu pléthore, elle en aurait bourré son sac à dos pour les garder en réserve, mais hélas ! ce n'était pas le cas. Au lieu de se lamenter là-dessus, elle fit ses délices de sa maigre récolte, avec une insouciance d'enfant. Pour l'instant, ça lui suffisait amplement, et quant à son prochain repas, elle s'en inquiéterait plus tard. Elle se dirigea vers la terre ferme, grignotant les pointes de feuilles enroulées sur elles-mêmes, puis suçant le jus sucré de leurs tiges. C'est à peine si elle se rendait compte qu'elle pataugeait dans un marécage à présent. Elle n'avait plus le cœur au bord des lèvres.

Au moment où elle s'apprêtait à cueillir les dernières queues de violon du second monticule, sa main resta en suspens dans l'air. Le bourdonnement des mouches lui emplissait de nouveau les oreilles. Et cette fois, il était nettement plus sonore. Elle aurait volontiers décrit un cercle pour l'éviter, mais le bord du marécage était obstrué par des branches mortes et des buissons à demi submergés. Apparemment, seul un étroit goulot permettait de franchir leur écheveau inextricable, et elle serait bien obligée de l'emprunter, sous peine de passer deux bonnes heures à s'échiner contre une suite de chevaux de frise engloutis qui risquaient de lui entailler les pieds au passage.

Même en passant par le goulot, elle fut forcée

d'escalader un arbre abattu. Sa chute semblait toute récente, et « abattu » n'était sans doute pas le mot qui convenait. Trisha décela des estafilades sur l'écorce. L'extrémité inférieure du tronc était dissimulée sous un méli-mélo de ronces, mais le bois de la souche était bien visible, lui. Il était blanc, d'une fraîcheur éclatante. Trouvant cet arbre en travers de sa route, une créature d'une force inimaginable s'en était débarrassée en le brisant en deux, comme un simple cure-dents.

Le bourdonnement des mouches était assourdissant à présent. Le corps du chevreuil décapité (ou du moins ce qui en restait) gisait au pied d'un buisson extraordinairement touffu de fougères comestibles, à quelques pas de l'endroit où Trisha se hissa enfin sur la berge, exténuée. La dépouille avait été sectionnée par le milieu, et ses deux moitiés étaient reliées l'une à l'autre par un enchevêtrement de viscères recouverts d'un chatoyant tapis de mouches. L'une des pattes du chevreuil avait été arrachée, et on l'avait placée debout contre un tronc d'arbre, comme une canne.

Pressant le dos de sa main droite contre sa bouche, Trisha fonça droit devant elle. Sa gorge émettait d'étranges petits borborygmes, et elle faisait tout ce qu'elle pouvait pour se retenir de dégobiller. La *chose* qui avait tué le chevreuil voulait-elle la faire vomir ? Sa raison (et elle était encore loin de l'avoir complètement perdue) lui disait que c'était impossible. Néanmoins, quelque chose avait bel et bien *décidé* de polluer les deux buissons de fougères à l'autruche les plus riches et les plus abondants du marécage en y laissant délibérément les restes déchiquetés d'un chevreuil. Et puisque cette chose avait fait ça, était-il absurde de croire qu'elle essayait de lui faire rendre le peu d'aliments qu'elle avait réussi tant bien que mal à se procurer ?

Oui, c'est absurde. Tu dérailles complètement, ma pauvre fille. Chasse ces idées idiotes de ta tête. Et ne dégobille pas, surtout !

Les borborygmes — qui ressemblaient plutôt à de gros hoquets bien gras — s'espacèrent peu à peu tandis qu'elle s'éloignait en direction de l'ouest (avec le soleil sur son déclin, garder cap à l'ouest était devenu un jeu d'enfant). Le bourdonnement des mouches s'estompa, et quand il eut entièrement disparu, Trisha s'arrêta, ôta ses chaussettes et enfila de nouveau ses Reebok. Elle essora soigneusement les chaussettes, puis les leva à la hauteur de son visage pour les examiner. Elle se revit en train de les enfiler dans sa chambre, à Sanford, assise au bord du lit, en fredonnant entre ses dents le dernier tube des Boyz To Da Maxx. Boyz To Da Maxx était leur groupe favori du moment, à Pepsi et à elle. Elles les trouvaient craquants, surtout Adam. Elle se souvenait du rai de soleil oblique sur le plancher, de l'affiche de *Titanic* punaisée au mur, en face d'elle. Le souvenir qu'elle avait gardé de ces instants était à la fois très précis et extraordinairement lointain. Elle se dit que les gens âgés — son grand-père par exemple — devaient se souvenir ainsi des événements de leur enfance. Ses chaussettes n'étaient plus que des trous avec de vagues restes de fil autour. Une fois de plus, les larmes lui montèrent aux yeux (sans doute parce qu'elle avait l'impression d'être réduite elle-même à l'état de trou avec du fil autour), mais elle les réprima, comme elle avait réprimé son envie de vomir. Elle enroula ses chaussettes et les fourra dans son sac à dos.

Au moment où elle le refermait, elle entendit de nouveau un *tcheuk-tcheuk* d'hélicoptères, beaucoup plus proche cette fois. Elle se leva d'un bond et tourbillonna sur elle-même. Vers l'est, deux formes noires se détachaient sur le ciel bleu. Elles lui rappelaient un peu les libellules qu'elle avait aperçues en traversant le Marais du Chevreuil Mort. Les hélicos étaient beaucoup trop loin. Ça ne l'aurait avancée à rien de brailler et d'agiter les bras. Elle gueula quand même à tue-tête, c'était plus fort qu'elle, et ne renonça que quand elle eut la gorge trop à vif pour pouvoir continuer. Elle les regarda s'éloigner d'un œil dépité. Ils se déplaçaient de gauche à droite... du nord au sud, autrement dit.

— T'as vu, Tom ? dit-elle. C'est moi qu'ils cherchent. Ah, si seulement ils se rapprochaient un peu...

Mais les hélicoptères ne se rapprochèrent pas. Ils disparurent au loin, à l'autre bout de la forêt. Trisha resta figée dans une immobilité de statue jusqu'à ce que le vrombissement de leurs rotors ait été recouvert par le crincrin régulier des criquets. Ensuite elle poussa un grand soupir et s'agenouilla pour attacher ses lacets. Elle n'avait plus l'impression d'être observée, c'était déjà ça.

Menteuse, dit la voix glaciale, narquoise. *Sale petite menteuse.*

Mais elle ne mentait pas, ou si elle mentait elle ne le faisait pas exprès. Elle était si fatiguée, pédalait tellement dans la semoule, qu'elle ne savait plus très bien ce qu'elle ressentait, à part la soif et la faim. Maintenant qu'elle avait échappé à la gadoue et à la fange (et au cadavre mutilé du chevreuil), la faim et la soif la tenaillaient plus que jamais. L'idée lui vint de retourner sur ses pas pour se cueillir une autre brassée de queues de violon. Pourquoi pas, après tout ? Elle n'aurait qu'à rester à distance respectueuse du chevreuil et des fougères éclaboussées de sang.

Elle pensa à Pepsi. Quand elles faisaient du roller ou grimpaient aux arbres et que Trisha s'écorchait un genou ou se ramassait un gadin, Pepsi perdait facilement patience. Voyant les yeux de Trisha s'emplir de larmes, elle lui disait : « Allez quoi, McFarland, fais pas ta mijaurée ! » Dans une situation pareille, faire sa mijaurée à cause d'une bête morte n'était sûrement pas très malin, mais... elle avait trop peur que la chose qui avait tué le chevreuil soit toujours là-bas, à l'affût, espérant qu'elle allait revenir sur ses pas.

De l'eau, il y en avait plein le marécage, certes, mais pour rien au monde elle n'aurait bu de cette eau-là. S'il n'y avait eu que la boue encore... mais il n'était pas question qu'elle avale des insectes crevés et des larves de moustiques. Les moustiques peuvent-ils éclore dans un estomac humain ? Sans doute pas. Ou peut-être que si. Mais Trisha n'avait aucune envie de le vérifier par elle-même.

— Bah, de toute façon, je trouverai sûrement d'autres queues de violon sur ma route, dit-elle. Et des baies aussi. Hein, Tom ?

Tom ne lui répondit pas, mais elle se remit en marche sur-le-champ, avant d'avoir eu le temps de changer d'avis.

Elle continua vers l'ouest pendant encore trois heures. Au début, sa progression fut assez lente, mais à mesure qu'elle s'enfonçait dans la forêt son allure s'accéléra. Elle avait mal aux mollets et son dos l'élançait, mais elle ne prêtait à ces points dou-

loureux qu'une attention distraite. La faim n'occu-
pait plus qu'une part infime de ses pensées. Mais
tandis que la lumière du jour se teintait d'or pâle,
puis de rouge, la soif se mit peu à peu à l'obnubiler.
Sa gorge sèche palpitait. Il lui semblait que sa langue
s'était muée en une sorte de gros ver poussiéreux.
Elle se maudissait de ne pas avoir bu l'eau du marécage quand il en était encore temps. A un moment,
elle s'arrêta en se disant : *Oh et puis merde, j'y
retourne.*

Je te le déconseille, ma chérie, dit la voix glaciale.
*Jamais tu ne retrouveras ton chemin. Et même si un
coup de chance inespéré te permettait de retracer
exactement tes pas, tu n'arriveras au marécage
qu'après la tombée de la nuit... et qui sait ce qui t'y
attendra ?*

— Tais-toi, dit Trisha d'une voix lasse. Ferme
ton clapet, sale petite garce.

Mais la sale petite garce avait raison, bien sûr.
Trisha se tourna de nouveau vers le soleil, qui était
orange à présent, et reprit sa marche. Cette satanée
soif commençait à lui faire peur pour de bon. Si elle
en souffrait déjà autant que ça à huit heures, dans
quel état serait-elle à minuit ? Au fait, combien de
temps peut-on survivre sans eau ? Rien à faire pour
s'en souvenir. Pourtant, à un moment ou à un autre
de sa vie scolaire, on lui avait enseigné cette amu-
sante petite leçon de choses, elle en aurait mis sa
main à couper. En tout cas, on survit plus longtemps
sans manger que sans boire, ça elle en était sûre.
Quel effet ça peut faire de mourir de soif ?

— Non, je ne mourrai pas de soif au fond de cette
satanée forêt... Hein, Tom ?

Mais Tom resta muet. En cet instant même, le vrai

Tom Gordon devait être en train de regarder le match. Tim Wakefield, le lanceur le plus retors de l'équipe des Red Sox, contre Andy Pettitte, le jeune batteur gaucher des Yankees. La gorge de Trisha palpitait de plus en plus fort. Elle avait du mal à avaler sa salive. Elle se rappela qu'il avait plu (souvenir qui lui semblait aussi lointain que celui d'avoir enfilé ses chaussettes assise au bord de son lit), et elle aurait voulu qu'il pleuve encore. Elle serait restée à découvert et elle aurait dansé sous l'averse, les bras en croix, la tête rejetée en arrière, la bouche ouverte. Comme Snoopy sur le toit de sa niche.

Trisha avançait d'un pas pesant entre des pins et des épicéas de plus en plus hauts, de plus en plus harmonieusement espacés, car elle était entrée dans la partie la plus ancienne de la forêt. Le soleil couchant s'insinuait en biais à travers leurs feuillages, formant de longs rais poussiéreux qui s'assombrissaient peu à peu. Sans la soif qui la torturait, Trisha se serait extasiée sur la splendeur de la forêt et de la lumière d'un beau rouge orangé qui la nimbait. Malgré sa détresse corporelle, son âme en fut touchée quelque part. Mais la lumière était trop vive. Une sourde migraine lui battait aux tempes, et il lui semblait que sa gorge s'était rétrécie à la dimension d'un trou d'épingle.

Un bruit d'eau courante parvint à ses oreilles, mais vu son état, elle crut d'abord qu'il s'agissait d'une hallucination auditive. Oui, elle délirait, forcément. Les cailles vous tombent-elles toutes rôties dans la bouche ? Pourtant, elle obliqua dans la direction d'où venait le bruit. Elle n'allait plus vers l'ouest à présent, mais vers le sud-ouest, baissant la tête pour esquiver les basses branches, enjambant les troncs abattus, avec des gestes de somnambule. Le bruit augmenta, et quand il fut assez fort pour que son origine ne fasse plus aucune doute, Trisha se mit à courir. Elle dérapa à deux reprises sur le sol tapissé d'aiguilles de pin et s'égratigna les avant-bras et les mains en traversant à fond de train un sournois petit buisson de ronces, mais c'est à peine si elle s'en aperçut. Dix minutes après avoir perçu ce subtil bruit d'eau au loin, elle parvint à une espèce de talus abrupt, où le sol granitique émergeant de l'humus et des aiguilles de pin avait formé un éboulis de roches grises aux arêtes irrégulières. En contrebas, un ruisseau impétueux cascadait bruyamment. Un vrai ruisseau, à côté duquel le premier qu'elle avait rencontré ressemblait au maigre filet d'eau qui s'écoule d'un tuyau d'arrosage quand on vient de fermer le robinet.

Trisha se mit à longer le bord du précipice. Elle allait à grandes foulées aisées, dans la plus parfaite insouciance, sachant pourtant que le moindre faux pas aurait pu lui coûter une chute de cinq ou six mètres, sans doute mortelle. Au bout de cinq minutes de marche vers l'amont, elle arriva à une sorte d'entonnoir grossier qui menait de la lisière des arbres au lit du ruisseau. C'était un étroit sillon dont le fond avait été recouvert au fil des décennies par un épais tapis de feuilles mortes et d'aiguilles sèches.

Elle s'assit sur le sol et rampa jusqu'à l'embouchure du sillon, jambes en avant, dans la posture d'un enfant qui s'apprête à se lancer du haut d'un toboggan. Puis elle se laissa glisser, toujours assise, les mains le long du corps, usant de ses pieds comme de freins. Quand elle fut à mi-chemin de la pente, sa glissade s'accéléra brusquement. Au lieu de tenter de s'arrêter (ce qui n'aurait sans doute eu pour effet que de l'entraîner dans un nouveau saut périlleux), elle se laissa aller en arrière, se croisa les mains sous la nuque et ferma les yeux en espérant qu'elle s'en tirerait sans trop de mal.

La descente fut rapide et émaillée de rudes secousses. La hanche droite de Trisha heurta brutalement un rocher ; un autre frappa ses doigts enlacés avec tant de force qu'ils en restèrent gourds. Elle se dit plus tard que si elle n'avait pas eu la bonne idée de protéger sa nuque de ses mains, le rocher lui aurait sans doute entamé le cuir chevelu, ou peut-être même pire. « Gare, ou tu vas te rompre le cou », comme on dit dans le langage des grandes personnes. C'était l'une des maximes favorites de mamie McFarland.

Elle s'écrasa tout en bas avec un fracas retentissant, et ses Reebok s'emplirent d'eau glacée. Elle souleva ses pieds trempés, effectua un demi-tour sur elle-même, s'allongea sur le ventre et but goulûment jusqu'à ce qu'une pointe douloureuse lui vrille le front, comme quand on mange une glace trop vite par un jour de grosse chaleur. Retirant du torrent glacial son visage ruisselant et boueux, elle le leva vers le ciel qui s'enténébrait, haletante, un sourire béat aux lèvres. Jamais elle n'avait bu d'une eau aussi délicieuse. Rien de ce qu'elle avait absorbé dans sa vie n'avait eu un goût pareil. C'était un nectar, une sublime ambroisie. Replongeant le visage dans l'eau, elle assouvit de nouveau sa soif. A la fin, elle se redressa sur les genoux, lâcha un énorme rot mouillé, éclata d'un rire un peu indécis. Son ventre était gonflé, dur comme une peau de tambour. Momentanément au moins, sa faim s'était apaisée.

Il n'était pas question de retourner là-haut ; le sillon était trop abrupt et glissant. Elle serait peut-être parvenue à mi-pente, ou même un peu plus haut, puis le sol se serait dérobé sous elle et elle aurait redégringolé. En revanche, elle n'aurait sans doute pas trop de peine à marcher de l'autre côté du ruisseau. La berge était en pente, couverte d'arbres, mais pas très broussailleuse. Pour passer à gué, il lui suffirait de ramasser quelques grosses pierres et de les placer en travers du lit du torrent. Elle avait encore le temps de couvrir un peu de distance avant qu'il fasse trop noir. Pourquoi s'en serait-elle privée ? Maintenant qu'elle s'était rempli le ventre, elle éprouvait un regain de vigueur. Et son assurance lui était revenue. Le marécage était derrière elle, et elle était tombée sur un autre ruisseau. Un miraculeux ruisseau.

Et la chose, alors ? lui demanda la voix glaciale.

Une fois de plus, Trisha fut envahie d'une terreur sans nom en l'entendant. Elle ne disait que des horreurs. Pire encore, elle lui avait fait découvrir la petite fille cruelle et dure qui se cachait en elle.

Tu l'avais oubliée, la chose ?

— Même si la chose existe, elle n'est plus là, dit Trisha. Elle a dû rester avec le chevreuil.

C'était vrai, en apparence du moins. Elle n'avait plus l'impression d'être observée, traquée comme une proie. La voix glaciale n'essaya même pas de la contredire, car elle le savait. Trisha s'aperçut qu'elle était capable de se faire une image très précise de sa propriétaire, une sale petite teigne aux lèvres retroussées par un rictus dédaigneux qui lui ressemblait bien un peu, mais très vaguement, comme une cousine éloignée. Elle lui avait tourné le dos et s'éloignait d'elle à présent, toute raide, les poings serrés, dans une attitude de suprême dépit.

— C'est ça, fiche le camp et ne reviens pas, lui dit Trisha. Tu ne me fais pas peur !

Elle eut une brève hésitation, puis ajouta :

— Tu me fais *chier* !

Elle venait de lâcher une perle, un vrai gros mot dont Pepsi elle-même n'usait qu'avec parcimonie, et elle ne le regrettait pas. Elle imagina comment Pete aurait réagi si elle lui avait parlé ainsi quand il se mettait à lui prendre la tête en rentrant de l'école, en lui ressortant son couplet habituel sur Malden, papa et tout le tremblement. Si elle lui avait dit *Tu me fais chier, Pete ! Règle tes problèmes tout seul,* au lieu de faire semblant de l'écouter avec commisération ou de prendre un ton faussement enjoué pour l'orienter sur un autre genre de conversation. Comme ça, simplement : *Tu me fais chier, Pete ! Chier à mourir !* Trisha voyait très bien la tête qu'il aurait fait. Il serait resté comme un ballot, bouche bée, les yeux écarquillés. Ah, quel tableau ! Elle pouffa de rire.

Elle se leva, avança d'un pas, ramassa quatre grosses pierres qui affleuraient près de la berge et les jeta dans le ruisseau, en les espaçant plus ou moins régulièrement. Une fois arrivée de l'autre côté, elle entreprit de descendre prudemment le long de la berge escarpée.

A mesure qu'elle avançait, la pente devenait de plus en plus raide et le torrent faisait de plus en plus de bruit en dégringolant parmi les rochers. Parvenant à une clairière où le sol était relativement plan, elle décida de s'y arrêter pour la nuit. Si elle avait continué le long du raidillon dans l'obscurité, elle aurait sûrement fini par se casser la figure. Du reste, cet endroit n'était pas déplaisant. D'ici au moins, le ciel était visible.

— Tout irait bien, sans ces satanées bestioles ! s'écria-t-elle en chassant d'un geste agacé les moustiques qui lui tourbillonnaient autour de la tête.

Elle s'approcha du ruisseau pour y puiser de la boue, mais — la la la, t'es bien attrapée, pauvre cruche ! — elle en fut pour ses frais. Il n'y avait que de la pierre. Pas plus de boue que de beurre au bout du nez. L'espace d'un moment, tandis que les moucherons se livraient à un ballet compliqué autour de ses yeux, Trisha resta assise sur les talons, réfléchissant à sa situation. Puis elle hocha la tête, dégagea un carré de sol des aiguilles de pin qui le recouvraient, creusa un petit cratère dans la terre meuble et usa de sa gourde pour y déverser de l'eau puisée dans le torrent. Elle malaxa la terre de ses doigts pour la transformer en boue, opération qui lui procura un assez vif plaisir (ça lui faisait penser à la préparation du pain chez mamie Andersen, le samedi matin ; elle devait se hisser sur un tabouret pour pétrir la pâte, le plan de travail de la cuisine étant trop haut pour elle). Une fois que le mélange eut atteint la consistance voulue, elle se l'étala sur le visage. Quand elle eut achevé de poser son masque, la nuit était presque tombée.

Elle se leva et, tout en s'enduisant les bras de boue, regarda autour d'elle. Elle ne disposait pas ce soir d'un tronc abattu sous lequel elle aurait pu confectionner une couche de fortune, mais à une vingtaine de mètres du ruisseau elle avisa un amas enchevêtré de branches de pin mortes. Elle en traîna plusieurs jusqu'à la rive et les plaça contre le tronc d'un grand sapin, formant une espèce d'éventail inversé sous lequel elle aurait juste la place pour se glisser. Une sorte de demi-tente, en somme. Elle y serait assez confortablement nichée — à condition que le vent ne se mêle pas de la renverser.

Alors qu'elle venait de se charger des deux dernières branches, une crampe soudaine lui tordit l'estomac et elle sentit ses intestins se distendre. Elle se figea sur place, une branche dans chaque main, et attendit la suite des événements. Son estomac se décrispa, et l'étrange faiblesse qu'elle avait éprouvée au niveau de l'abdomen s'estompa, mais elle ne se sentait toujours pas dans son assiette. Elle était nouée, tendue. *J'ai les nerfs à fleur de peau*, disait mamie Andersen. Trisha avait quelque chose à fleur de peau, mais ce n'étaient pas les nerfs. Quelque chose frémissait en elle, mais quoi ? Elle ne le savait pas au juste.

C'est l'eau du ruisseau, dit la voix glaciale. *Elle est contaminée. Tu as bu du poison, ma chérie. Demain matin, tu seras morte.*

— Tant pis pour le poison, dit Trisha en ajoutant les deux dernières branches à son abri de fortune. J'avais trop soif, je pouvais pas rester sans boire.

Sur ce point, la voix glaciale ne la contredit pas. Malgré toute sa perfidie, il fallait bien qu'elle s'incline devant l'évidence. Trisha avait été *obligée* de boire. Elle n'avait pas eu le choix.

Elle fit glisser son sac à dos de ses épaules, le déboucla et en sortit son Walkman avec des gestes révérencieux. Elle se ficha les écouteurs dans les oreilles et enfonça la touche *power*. WCAS était encore audible, mais beaucoup moins nettement qu'hier soir. L'idée qu'elle était presque sortie de la zone de fréquence de la station, comme cela arrive parfois quand on fait un long trajet en voiture, lui fit un drôle d'effet. Si drôle que la drôle de sensation qu'elle avait au creux de l'estomac s'accusa encore. La voix de Joe Castiglione lui sembla anormalement grêle, comme si elle venait de très très loin.

— Mo Vaughn est en train de prendre position, disait-il. C'est parti pour la deuxième mi-temps de la quatrième manche.

Tout à coup, les crispations qui lui agitaient l'estomac lui remontèrent dans la gorge, et des hoquets la secouèrent. De gros hoquets bien gras, comme ceux qu'elle avait réprimés à grand-peine après avoir vu la dépouille du chevreuil. Elle s'éloigna de l'abri en virevoltant sur elle-même, tomba lourdement à genoux et vomit dans l'ombre, entre deux arbres, s'agrippant à un tronc de la main gauche tout en se comprimant le ventre de la droite.

Elle resta figée dans la même position, haletante, s'efforçant d'expulser de son gosier le goût sur des queues de violon partiellement digérées, tandis que Mo Vaughn loupait trois balles coup sur coup et que Troy O'Leary venait le remplacer à la batte.

— Décidément, les Red Sox sont en mauvaise posture, fit observer Jerry Trupiano. Les Yankees ont déjà six points d'avance sur eux, et Andy Pettitte s'apprête à lancer une de ses balles imparables.

— Oh, brocoli ! s'écria Trisha.

Là-dessus, elle se remit à vomir. Le flot qui lui jaillissait de la bouche était invisible dans le noir, Dieu merci, mais il avait plutôt la consistance d'un bouillon léger que celle d'un gros dégueulis bien gluant. A la seule idée d'un dégueulis gluant, Trisha sentit son estomac se nouer. Toujours à genoux, elle s'éloigna à reculons des deux arbres entre lesquels elle avait vomi, puis ses instestins se remirent à se contracter, plus violemment que jamais.

— Oh, BROCOLI ! gémit-elle en s'efforçant de déboucler l'agrafe qui retenait la ceinture de son jean. Elle était sûre qu'elle n'y arriverait jamais, elle en avait la certitude absolue, mais en fin de compte elle réussit à se retenir quelques secondes de plus, juste le temps qu'il fallait pour rabattre son jean et sa petite culotte sur ses chevilles. L'instant d'après, ses intestins se vidèrent en un long jet brûlant. La sensation fut si odieuse qu'elle émit un cri strident, auquel un oiseau fit écho quelque part dans les ténèbres, comme pour se moquer d'elle. Quand elle en eut enfin terminé, elle essaya de se remettre debout, mais un vertige subit lui fit tourner la tête. Ses jambes s'effacèrent sous elle et elle tomba lourdement assise dans ses déjections brûlantes.

— Cette fois, je suis vraiment dans la merde jusqu'au cou, dit-elle.

Elle éclata en sanglots et se mit à rire en même temps, car au fond c'était drôle : *Dans la merde jusqu'au cou,* c'est le cas de le dire. Elle se redressa tant bien que mal, riant et pleurant à la fois. Son jean et sa petite culotte lui pendaient lamentablement autour des chevilles (le jean était troué aux genoux et raide de boue, mais elle ne l'avait pas trempé dans la merde, pour l'instant en tout cas, c'était au moins ça). Elle les retira, et se dirigea vers le ruisseau, nue jusqu'à la ceinture, son Walkman à la main. Troy O'Leary avait fait avancer son équipe d'une base à peu près au moment où elle perdait l'équilibre et tombait assise dans son propre caca. A l'instant précis où ses pieds nus entraient en contact avec l'eau glacée, Jim Leyritz fit double jeu, sortant d'un coup trois batteurs de l'équipe adverse. *Vachement sexuel !* aurait dit Pepsi.

Trisha se mit à croupetons pour se rincer les fesses et le haut des cuisses à grande eau, et tout en se nettoyant elle expliqua :

— C'est l'eau du ruisseau qui m'a rendue malade, Tom, mais qu'est-ce que tu voulais que je fasse, hein ? Que je reste là à la regarder, comme une andouille ?

Quand elle ressortit de l'eau, elle ne sentait plus ses pieds. Son derrière était à moitié engourdi aussi, mais il était propre au moins. Elle remit sa petite culotte, enfila son jean, mais au moment où elle le reboutonnait elle sentit de nouveau son estomac se nouer. Elle se rua vers les arbres, les atteignit en deux grandes enjambées, s'accrocha au même tronc que tout à l'heure et dégobilla encore un coup. Cette fois, son vomi ne contenait plus rien de solide. On aurait dit qu'elle expulsait deux tasses d'eau chaude. Elle se pencha vers le pin et posa le front contre son écorce rugueuse. Brièvement, elle se l'imagina nanti d'un panneau de bois grossièrement équarri semblable à ceux que les vacanciers clouent aux frontons de leurs modestes cabanes de plage, annonçant : DÉGUEULOIR À TRISHA. Elle s'esclaffa encore une fois, mais elle riait un peu jaune. Là-dessus, la vaste étendue d'air qui séparait la forêt du monde dans lequel elle s'était absurdement sentie chez elle autrefois résonna une fois de plus de ce jingle idiot qui commençait par « Composez le 800-54-GÉANT ».

Aussitôt, de nouveaux spasmes lui agitèrent les intestins.

— Non ! s'écria-t-elle, les yeux fermés, le front toujours appuyé contre le tronc rugueux. Non, j'en peux plus ! Aidez-moi, mon Dieu, je vous en supplie.

160

A quoi bon gaspiller ta salive ? dit la voix glaciale. *Tu perds ton temps à prier l'Imperceptible.*

Les spasmes s'apaisèrent, et Trisha regagna lentement son abri de fortune. Elle avait les jambes en coton. Son dos était tout courbatu à force de vomir. Il lui semblait que les muscles de son abdomen s'étaient décrochés, et la sensation était franchement bizarre. En plus, sa peau était brûlante. Elle se dit qu'elle devait avoir de la fièvre.

A présent, c'est Derek Lowe qui lançait pour les Red Sox. Jorge Posada renvoya la balle à l'extérieur du polygone, et marqua un triple. Trisha se glissa en rampant dans son abri, en prenant soin de ne pas effleurer les branches au passage. Si elle en avait heurté une du coude ou de la hanche, tout le précaire édifice se serait sans doute effondré. Si jamais la courante la reprenait (c'est le terme qu'employait sa mère ; Pepsi, elle, parlait plutôt de « faire gicler sa crème au chocolat » ou de « danser la polka des goguenots »), elle le flanquerait sans doute par terre de toute façon. Mais pour le moment, elle avait un toit sur la tête.

Chuck Knoblauch renvoya la balle vers le ciel (« Un coup de batte magistral ! » s'exclama Jerry Trupiano). Darren Bragg la rattrapa in extremis, mais c'est Posada qui marqua le point. Les Yankees menaient huit à un. *N'en jetez plus !* se dit Trisha. *Ce soir, je sens que je vais vraiment décrocher le pompon.*

— En cas de pare-brise éclaté, composez le 800-54-GÉANT, fredonna-t-elle entre ses dents en s'alanguissant sur son matelas d'aiguilles de pin.

Soudain, de longs frissons la secouèrent. La fièvre ne la brûlait plus. Elle grelottait de froid à présent.

Elle agrippa ses doigts boueux de ses bras boueux et s'y cramponna de toutes ses forces, en espérant que les branches qu'elle avait si soigneusement assemblées n'allaient pas lui dégringoler dessus.

— Tout ça, c'est à cause de cette saleté d'eau, gémit-elle. J'y toucherai plus !

Mais ce n'était pas vrai, elle le savait bien. Elle n'avait même pas besoin que la voix glaciale le lui fasse remarquer. Déjà, la soif lui était revenue et l'arrière-goût de vomi la rendait plus aiguë que jamais. Le ruisseau lui tendait les bras et elle sentait qu'elle allait bientôt flancher.

Allongée sur son matelas d'aiguilles, elle écouta la suite du match. Dans la huitième manche, les Red Sox reprirent du poil de la bête. Ils marquèrent quatre points d'affilée et sortirent Andy Pettitte. Durant la première mi-temps de la manche suivante, tandis que les Yankees affrontaient Dennis Eckersley (« Eck », comme disaient Castiglione et Trupiano), Trisha finit par céder au babil insistant de ce satané ruisseau. Même avec le volume du Walkman à fond elle le percevait encore, et sa langue et sa gorge l'imploraient de répondre à son doux chant. Elle sortit de son abri à reculons, en prenant mille précautions, alla jusqu'au ruisseau et étancha sa soif. L'eau était délicieusement fraîche. Ce n'était pas du poison, oh non. C'était un vrai nectar des dieux. Elle retourna à son abri en rampant, tour à tour brûlante et glacée, inondée de sueur et grelottante de froid, et tandis qu'elle reprenait place sur sa couche d'aiguilles elle se dit : *Demain matin, je serai sûrement morte. Ou tellement malade que je souhaiterai l'être.*

Dans la deuxième mi-temps de la neuvième

manche, les Red Sox, menés à huit contre cinq, occupèrent toutes les bases et ne perdirent qu'un seul joueur. Nomar Garciaparra renvoya une balle formidable en direction de la plaque de but. Si elle avait atterri à l'extérieur du polygone, les Red Sox auraient marqué quatre points et ils auraient gagné. Mais depuis l'enclos des Yankees, Bernie Williams bloqua la balle de Garciaparra en exécutant un bond prodigieux, si bien que le score des Red Sox ne fut amélioré que d'un maigre point. O'Leary prit son tour, lançant contre Mariano Rivera, et conclut la partie sans gloire en se faisant sortir en trois coups. Trisha éteignit son Walkman, pour ne pas user inutilement les piles. Ensuite elle posa la tête sur ses bras repliés, et de grosses larmes silencieuses et désespérées lui jaillirent des yeux. Elle avait les intestins noués, le cœur au bord des lèvres. Les Red Sox avaient perdu. Tom Gordon n'avait même pas eu l'occasion d'intervenir dans ce match pourri. Bref, c'était la merde totale. Quand le sommeil la prit, elle pleurait encore.

Au moment précis où Trisha, faisant fi de toute raison, allait se désaltérer au ruisseau pour la deuxième fois, un inconnu appela au téléphone le Q.G. de la police d'État à Castle Rock. Sa conversation avec le standard fut succincte, mais le magnétophone qui enregistrait automatiquement tous les appels le préserva pour la postérité.

Début d'appel : 21 h 46 mn

Voix d'homme : La fillette que vous recherchez a été kidnappée sur la piste des Appalaches par Francis Raymond Mazzerole, avec un M comme microscope. Il a trente-six ans, des lunettes, des cheveux blonds décolorés, coupés en brosse. C'est noté ?

Standardiste : Monsieur, pourriez-vous me... ?

Voix d'homme : Taisez-vous et écoutez-moi. Le véhicule de Mazzerole est un minivan Ford de couleur bleue. Modèle Econoline, si je ne me trompe. Il doit être au moins rendu dans le Connecticut à présent. C'est une immonde crapule. Vous n'avez qu'à jeter un coup d'œil à son dossier, ça vous édifiera. Si la gamine ne lui donne pas trop de fil à retordre, il la baisera pendant quelques jours. C'est le maximum de temps dont vous disposez. Ensuite, il la tuera. C'est un récidiviste.

Standardiste : Avez-vous noté le numéro d'immatriculation du véhicule ?

Voix d'homme : Je vous ai donné son nom, je vous ai décrit le véhicule. Ça devrait vous suffire. C'est un récidiviste.

Standardiste : Monsieur...

Voix d'homme : J'espère que vous allez lui faire la peau.

Fin d'appel : 21 h 48 mn

Les policiers n'eurent pas de mal à situer l'origine du coup de fil, mais ça ne les avança pas à grand-chose. Il provenait d'une cabine publique d'Old Orchard Beach.

Cette nuit-là, aux alentours de deux heures du matin (trois heures après que l'ensemble des forces de police du Massachusetts, du Connecticut, du New

Jersey et de l'État de New York se furent lancées aux trousses d'un minivan Ford bleu conduit par un blond à lunettes), Trisha fut réveillée par une nouvelle attaque de nausées et de spasmes intestinaux. Elle sortit en rampant de son abri, le démolissant au passage, se déculotta à tâtons et évacua une invraisemblable quantité de matière très fluide et très acide. Cela lui fit très mal, et la douleur s'accompagna de démangeaisons violentes ; on aurait dit qu'elle s'était assise dans un buisson d'orties.

Quand elle se fut bien vidée par cette extrémité-là, elle se traîna jusqu'au Dégueuloir à Trisha et s'agrippa à son tronc habituel. Elle avait la peau brûlante, les cheveux collés par la sueur. Elle tremblait de tous ses membres et ses dents jouaient des castagnettes.

Je vous en prie, mon Dieu, empêchez-moi de vomir. Si je continue à vomir, ça va me tuer.

C'est alors que Tom Gordon se matérialisa vraiment pour la première fois. Il était debout sous les arbres, à une quinzaine de mètres d'elle. Son uniforme, illuminé par la lune qui s'insinuait à travers le feuillage, était d'une blancheur incandescente. Sa main gauche était gantée. Sa main droite était derrière son dos, et Trisha comprit que la balle était dedans, qu'il la garderait prisonnière au creux de sa paume, en caresserait les coutures de ses doigts longs et fins jusqu'à ce qu'il soit sûr qu'elles étaient exactement où il fallait, que sa prise était parfaite.

— Pauvre Tom, murmura-t-elle. Ils ne t'ont vraiment laissé aucune chance ce soir.

Tom ne fit pas attention à elle. Il guettait le signal. S'étendant à partir des épaules, une immobilité de statue avait gagné tout son corps. Il était debout dans le clair de lune, aussi nettement visible que les égratignures qui zigzaguaient sur les avant-bras de Trisha, aussi réel que le haut-le-cœur qui lui soulevait le ventre et la gorge, que les petits spasmes saccadés qui lui faisaient gargouiller l'intestin. Immobile, il guettait le signal. Son immobilité n'était pas absolue, à cause de la main qui triturait la balle derrière son dos, cherchant la meilleure prise possible, mais plus rien de visible ne bougeait en lui. Ne plus bouger. Attendre le signal. C'était peut-être ça, la solution. Trisha se demandait si elle en serait capable. Si elle se transformait en statue, sans rien laisser deviner de ce qui lui bouillonnait dans le ventre, sa fièvre lui passerait, glisserait sur elle comme l'eau sur les plumes d'un canard.

Cramponnée à son tronc, elle tenta le tout pour le tout. Ça ne marcha pas du premier coup (on rate toujours la première crêpe, avait coutume de dire son père), mais peu à peu elle sentit un calme bienfaisant se diffuser en elle. L'immobilité lui faisait du bien. Longtemps, elle resta figée dans cette posture hiératique. Le batteur menaçait-il de crier forfait parce qu'elle ne se décidait pas à lancer cette satanée balle ? *Qu'il abandonne si ça lui chante*, se dit-elle. *Moi, ça ne me fait ni chaud ni froid*. Immobile comme une statue, elle attendait le signal, attendait d'avoir la balle bien en main. L'immobilité part des épaules, s'étend à tout le reste du corps, on se sent devenir de plus en plus lucide, de plus en plus concentré.

Les frissons de Trisha diminuèrent, puis cessèrent complètement. Au bout d'un moment, elle sentit son estomac se dénouer, et ses spasmes intestinaux s'adoucirent. La lune s'était couchée et Tom Gordon s'était évaporé. Bien sûr, ce n'était qu'un mirage, elle n'avait pas cru une seconde qu'il était là pour de vrai, mais...

— Il avait l'air vachement réel, coassa-t-elle. L'illusion était parfaite.

Lâchant enfin son arbre, elle regagna d'un pas lent son abri effondré. Elle n'avait plus qu'une envie : se pelotonner sur son matelas d'aiguilles de pin et fermer les yeux. Pourtant, elle reconstitua soigneusement sa hutte de branchages avant de se glisser dessous. Cinq minutes plus tard, elle dormait comme une souche. Pendant son sommeil, la chose vint la regarder de plus près. Elle resta là à l'observer pendant un très long moment. Quand les premières lueurs du jour apparurent à l'est, tout au bout de l'horizon, elle se décida enfin à s'éloigner... mais pas de beaucoup.

Sixième manche

Quand Trisha se réveilla, les oiseaux chantaient à tue-tête. La lumière était vive, profuse. La matinée semblait bien avancée. Elle aurait sans doute dormi jusqu'à midi si la faim ne l'avait pas tenaillée aussi cruellement. De l'ouverture de son gosier jusqu'à ses genoux, elle n'était plus qu'un immense vide rugissant. Et au milieu exact de ce vide, elle éprouvait une intense douleur, comme si on l'avait pincée de l'intérieur. Cette sensation l'effraya beaucoup. Elle avait déjà eu faim dans sa vie, certes, mais jamais au point d'avoir mal.

Elle sortit de sa hutte à reculons, la renversant de nouveau au passage, se hissa sur ses pieds et se dirigea vers le ruisseau en clopinant, maintenant son dos douloureux à deux mains. Elle devait ressembler à la grand-mère de Pepsi Robichaud, qui était sourde comme un pot et si percluse d'arthrite qu'elle ne pouvait se déplacer qu'à l'aide d'un déambulateur. Pepsi l'avait surnommée Mamie Mal-Partout.

Trisha se laissa tomber à genoux, posa les deux mains par terre et but à longues gorgées avides, comme une jument à l'abreuvoir. L'eau allait sans doute la rendre malade encore une fois, mais tant pis. Il fallait absolument qu'elle se mette quelque chose dans le ventre.

Elle se releva, jeta un regard un peu hébété autour d'elle, remonta son jean (il était exactement à sa taille quand elle l'avait mis dans sa chambre à Sanford, une éternité plus tôt, mais désormais il lui glissait sur les hanches), puis entreprit de descendre la pente qui longeait le ruisseau. Elle n'avait plus vraiment l'espoir de trouver une issue en le suivant, mais au moins comme ça elle laisserait derrière elle le Dégueuloir à Trisha, ce serait déjà quelque chose.

Au bout de cent pas, la petite teigne l'apostropha. *T'aurais pas oublié quelque chose, ma chérie ?* Bien qu'elle fût toujours aussi glaciale et sarcastique, la voix de la petite teigne laissait désormais percer une pointe de lassitude. Et en plus, elle avait raison. L'espace d'un instant, Trisha resta pétrifiée sur place, tête basse, ses cheveux lui retombant sur les yeux, puis elle fit demi-tour et remonta péniblement la pente pour regagner la clairière où elle avait bivouaqué pour la nuit. Elle fut obligée de s'arrêter deux fois en route, le temps que les battements de son cœur s'apaisent. Elle était atterrée de constater que ses forces avaient diminué à ce point.

Elle alla remplir sa gourde au ruisseau et la fourra dans son sac à dos avec les vestiges déchiquetés de son poncho. Quand elle souleva le sac, il lui parut si lourd qu'elle ne put réprimer un bref sanglot (*Le pire, c'est qu'il est pour ainsi dire vide*, se disait-elle). Elle se remit en route, d'un pas lent et pesant. Elle avançait laborieusement, et bien que la pente lui soit favorable à présent elle était obligée de s'arrêter tous les quarts d'heure, à cause de son cœur qui battait à tout rompre. Autour d'elle, le monde se teintait de couleurs trop vives, et dès qu'un geai perché dans un arbre au-dessus d'elle se mettait à jacasser il lui semblait qu'un millier d'aiguilles lui transperçaient les oreilles. Elle se raconta que Tom Gordon était avec elle, qu'il lui tenait compagnie, mais au bout d'un moment elle n'eut plus besoin de se le raconter. Il était là, marchant à ses côtés. Elle avait beau savoir que ce n'était qu'un mirage, il lui semblait aussi réel à la lumière du jour que sous le clair de lune.

Vers midi, Trisha trébucha sur un rocher et s'étala de tout son long dans un buisson de ronces. Elle n'essaya même pas de se relever. Elle avait le souffle coupé et son cœur cognait avec tant de force dans sa poitrine que des taches blanches lui dansaient devant les yeux. La première fois qu'elle tenta de s'extirper du buisson de ronces, ses forces l'abandonnèrent. Elle attendit, immobile et les yeux mi-clos, s'efforçant de rassembler son énergie, puis fit une nouvelle tentative. Cette fois elle arriva à se dégager, mais quand elle voulut se remettre debout ses jambes refusèrent de la soutenir. Ça n'avait rien d'étonnant, au fond. Durant les dernières quarante-huit heures, elle n'avait absorbé en tout et pour tout qu'un œuf dur, un sandwich au thon, deux Twinkies et une poignée de queues de violon. En plus, elle avait vomi et avait eu la diarrhée.

— Cette fois mon compte est bon, hein, Tom ? Je vais mourir.

Elle était calme, lucide. Sa voix ne tremblait même pas.

Comme sa question restait sans réponse, Trisha leva la tête et regarda autour d'elle. Tom Gordon s'était volatilisé. Elle se traîna jusqu'au ruisseau pour se désaltérer. Apparemment, l'eau ne lui détraquait plus l'estomac et les boyaux. Fallait-il en conclure qu'elle était en train de s'y habituer, ou que son corps avait tout bonnement renoncé à se débarrasser des impuretés qu'elle contenait ? Elle n'en savait trop rien.

Elle se redressa sur son séant, s'essuya la bouche et suivit des yeux le cours du ruisseau, en direction du nord-ouest. En avant d'elle, le terrain s'aplanissait, et la physionomie de la forêt semblait se modifier. Les grands pins vénérables faisaient place à des arbres plus jeunes et nettement moins hauts. Autrement dit, il y aurait de nouveau une abondance de broussailles et de taillis épais, qui rendraient sa progression difficile. Pourrait-elle continuer longtemps dans cette direction ? Elle n'en savait rien. Si elle avait tenté de marcher dans l'eau, elle se serait vite retrouvée cul par-dessus tête. Le courant était beaucoup trop fort. Elle ne percevait ni moteurs d'hélicoptères, ni aboiements de chiens. Quelque chose lui disait que si elle y avait vraiment tenu, elle les aurait entendus, tout comme elle voyait Tom Gordon quand elle y tenait vraiment. Donc, le mieux était de ne pas trop y penser. Si des sons de cette nature lui parvenaient inopinément, il y aurait des chances qu'ils ne soient pas issus de son imagination.

Mais Trisha ne croyait plus aux bonnes surprises.

— Je vais mourir dans les bois, dit-elle, et cette fois ce n'était plus une question.

Son visage se contracta et une expression de profonde tristesse s'y peignit, mais ses yeux restèrent secs. Elle étendit ses mains ouvertes devant elle et constata qu'elles tremblaient. A la fin, elle se leva et se remit en marche. Tandis qu'elle descendait lentement la pente, se retenant à des branches et à des troncs d'arbres pour ne pas perdre pied, deux enquêteurs dépêchés par le bureau du procureur de l'État enregistrèrent les déclarations de sa mère et de son frère. Ensuite, un psychiatre de la police essaya de les hypnotiser, mais n'obtint des résultats qu'avec Pete. Presque toutes les questions portaient sur le moment où ils avaient laissé leur voiture au parking pour rejoindre la piste ce samedi matin-là. Avaient-ils aperçu un minivan bleu ? Un homme à lunettes, avec des cheveux blonds en brosse ?

— Oh mon Dieu ! s'écria Quilla, laissant soudain jaillir de ses yeux le flot de larmes qu'elle retenait tant bien que mal depuis le début de l'interrogatoire. C'est à un kidnapping que vous pensez, n'est-ce pas ? Vous pensez que ma petite fille a été enlevée sur la piste, à quelques pas de nous, pendant qu'on se disputait ?

En entendant cette dernière phrase, Pete fondit en larmes à son tour.

Les recherches allaient toujours bon train, mais les responsables des battues se concentraient désormais sur un périmètre plus restreint, autour de l'endroit où l'on avait vu Trisha pour la dernière fois. L'objet de leurs recherches n'était plus tant la petite disparue elle-même que ses effets personnels : son sac à dos, son poncho bleu, ses vêtements. Toutefois, les enquêteurs du bureau du procureur et de la police de l'État avaient peu d'espoir que les hommes et les femmes qui poursuivaient les recherches sur le terrain retrouvent une petite culotte. En général, les types de l'acabit de Mazzerole conservent précieusement les sous-vêtements de leurs victimes. Des semaines après avoir abandonné le corps dans un fossé ou un conduit d'irrigation, ils s'y accrochent encore.

Trisha McFarland, qui de sa vie n'avait jamais posé les yeux sur Francis Raymond Mazzerole, était arrivée entre-temps à près de cinquante kilomètres de la limite nord-ouest du nouveau périmètre de recherches. Même sans la dénonciation anonyme qui les avait lancés sur une fausse piste, les traqueurs de la police d'État et les gardes-chasse de l'Office national des forêts auraient eu du mal à y croire, et pourtant c'était vrai. Trisha n'était plus dans le Maine. Ce lundi après-midi, aux alentours de trois heures, elle avait franchi à son insu la frontière du New Hampshire.

C'est une heure plus tard qu'elle aperçut les buissons, au pied d'un bouquet de hêtres, non loin du ruisseau. Elle s'en approcha, n'osant pas y croire, même à la vue des baies d'un rouge éclatant. Ne venait-elle pas justement de se dire que pour voir ou entendre des choses il lui suffisait d'y penser très fort ?

Oui, mais elle s'était dit aussi que du moment qu'elle était surprise, il y aurait des chances qu'il ne s'agisse pas d'un mirage. Quatre enjambées de plus, et elle eut la certitude que les buissons étaient bien réels... tout comme les innombrables baies rouges et luisantes comme de minuscules pommes, qui les faisaient ployer vers le sol.

— Baies de gaulthérie à l'horizon ! lança-t-elle d'une voix rauque et grinçante.

Dissipant ses derniers doutes, deux corbeaux qui se gorgeaient de baies à quelques mètres de là s'enfuirent à tire-d'aile, en lui adressant quelques croassements de protestation bien sentis.

Trisha n'avait nullement l'intention d'accélérer l'allure, mais elle s'aperçut soudain qu'elle courait à toutes jambes. Quand elle atteignit les buissons, elle pila brusquement, à bout de souffle, les joues marbrées de minces lignes rouges. Elle tendit en avant ses mains crasseuses, puis les rétracta, car au fond elle craignait encore que si elle essayait de toucher les baies ses doigts passent à travers. Les buissons se mettraient à vaciller comme dans l'un de ces films truffés de trucages numériques que Pete aimait tant, et elle les verrait tels qu'ils étaient en réalité : rien de plus qu'un autre enchevêtrement de ronces brunâtres, avides de s'abreuver de son sang, ce sang qui n'allait pas tarder à refroidir et à se figer dans ses veines.

— *Non !* protesta-t-elle en tendant de nouveau les mains vers les baies.

Son scepticisme persista encore un instant, puis... ô merveille ! Les baies de gaulthérie étaient bien là, rondes et douces au toucher. La première qu'elle cueillit s'écrasa entre ses doigts, éclaboussant sa peau de gouttelettes rouges qui lui firent penser à la coupure que son père s'était faite un jour qu'il lui avait permis de le regarder pendant qu'il se rasait.

Elle porta à sa bouche son doigt taché de rouge (auquel adhérait un infime fragment de pulpe), et se l'inséra entre les lèvres. Le goût était sucré, un peu acide. Il ne ressemblait pas tant que ça à celui du chewing-gum au Thé des bois. Il lui rappelait plutôt celui du jus de pomme-airelles quand la bouteille sortait tout juste du réfrigérateur. C'était si bon que de grosses larmes lui jaillirent des yeux, mais elle ne s'en rendit pas compte. Déjà ses mains se tendaient vers d'autres baies, qu'elle arrachait à pleines poignées, rouges et gluantes. Elle se les enfournait dans la bouche, les avalait à peine mâchées puis continuait sa cueillette à tâtons.

Son corps accueillit les baies avec ferveur, se délectant des sucres qu'elles lui apportaient. Elle en avait conscience, et ça l'éclatait un max, comme aurait dit Pepsi. Il lui semblait que son esprit s'était détaché de son corps et qu'il observait tout cela de très loin. Sa main se refermait sans cesse sur d'autres baies, elle les détachait de leurs branches par grappes entières. Ses doigts, puis ses paumes, virèrent à l'écarlate. Bientôt, sa bouche aussi fut barbouillée de rouge. Plus elle avançait vers l'intérieur du buisson, plus elle ressemblait à une fillette tailladée au cutter qu'il aurait fallu emmener sur-le-champ aux urgences de l'hôpital le plus proche pour qu'on lui recouse tout ça.

En plus des baies, elle avala un certain nombre de feuilles et constata que sur ce point-là aussi sa mère avait dit vrai : il n'y avait pas besoin d'être une marmotte pour aimer ça. Le goût acidulé des feuilles, combiné à celui des baies, lui rappelait un peu celui de la gelée dont mamie McFarland accompagnait son poulet rôti.

Trisha aurait sans doute continué longtemps à se goinfrer ainsi en avançant vers le sud, mais le champ de gaulthéries ne s'étendait que sur une dizaine de mètres. En émergeant du dernier buisson, elle se trouva nez à nez avec une biche qui la considéra d'un air stupéfait. La biche était d'une taille relativement modeste et il n'y avait pas trace d'hostilité dans ses doux yeux bruns. Pourtant, Trisha laissa tomber à ses pieds deux grosses poignées de baies. Sa bouche, qui semblait avoir été barbouillée de rouge à lèvres dans un accès de démence, forma un O et émit un cri perçant.

La biche, que le tintouin qu'elle avait fait en jouant des mandibules à travers le buisson ne semblait pas avoir effrayée outre mesure, ne fut que modérément perturbée par son cri (Trisha se dit plus tard qu'un cervidé aussi flegmatique aurait besoin de beaucoup de chance pour sortir indemne de la prochaine saison de chasse). Ses oreilles tressaillirent et elle recula de deux pas (qui ressemblaient plutôt à de légers bonds) vers le fond d'une clairière où le soleil diffracté par les arbres posait de pâles rayons obliques, d'un vert doré.

Derrière la biche, l'air nettement moins rassuré, deux faons se dressaient sur leurs pattes longues et grêles. La biche tourna encore une fois la tête vers Trisha, puis du même pas léger, aérien, se dirigea vers ses petits. En la regardant, Trisha éprouva la même sorte d'émerveillement ravi que celui qui l'avait saisie à la vue des castors. On aurait dit qu'on lui avait enduit les sabots de ce produit magique dont Robin Williams se servait pour faire voler son vieux tacot dans *Flubber*.

Ils restèrent figés tous les trois au centre de la clairière, un peu comme si un photographe leur avait dit : « Ne bougez plus, le petit oiseau va sortir. » Puis la biche poussa du museau l'un des faons (lui mordillait-elle le flanc ?) et ils détalèrent avec un bel ensemble. Les trois petites touffes blanches de leurs queues disparurent en sautillant parmi les arbres et Trisha se retrouva seule dans la clairière.

— A un de ces quatre ! leur cria-t-elle. C'est gentil d'être passés me v...

Sa voix s'arrêta dans sa gorge, car elle venait soudain de comprendre ce qui avait attiré la biche et ses faons dans cette clairière. Le sol en était jonché de faines. Ce n'est pas sa mère qui lui avait appris à les reconnaître, mais son prof de sciences nat, à l'école. Elle qui mourait de faim un quart d'heure plus tôt, voilà qu'elle se retrouvait avec de quoi s'offrir un véritable festin. Version végétarienne, d'accord, mais festin tout de même.

Trisha s'agenouilla, ramassa une faine et inséra un ongle (ou le peu qui en restait) dans la petite fente médiane de sa coque. A sa grande surprise, elle céda aussi facilement que celle d'une cacahuète. La coque était de la taille d'une bille et sa noix à peine plus grosse qu'une graine de tournesol. Trisha mordit dedans, un peu méfiante, mais le goût lui plut. Quoique moins exquis que celui des baies, il était succulent à sa manière, et lui fit instantanément venir l'eau à la bouche.

Toutefois, les baies l'avaient rassasiée. Elle en avait ingurgité une quantité prodigieuse (sans parler des feuilles ; elle devait avoir les dents aussi vertes qu'Arthur Rhodes, l'affreux petit cradoque qui habitait à côté de chez Pepsi). D'ailleurs, son estomac avait dû rétrécir. Il ne lui restait plus qu'une solution...

— Faire des provisions, murmura-t-elle. Je vais en stocker un max !

Elle fit glisser son sac à dos de ses épaules et le déboucla. Non seulement son énergie lui était revenue, mais elle en débordait. Ce subit regain de vigueur l'ahurissait un peu. On aurait dit qu'une bonne fée l'avait effleurée de sa baguette. Elle se mit à quatre pattes et ramassa des faines par poignées entières. Ses cheveux lui retombaient sur les yeux, son maillot crasseux se retroussait au-dessus de ses reins et elle tirait sans cesse sur son jean, ce jean qui était exactement à sa taille quand elle l'avait enfilé quelques milliers d'années plus tôt, mais qui maintenant s'obstinait à lui glisser des hanches. Pendant tout le temps que dura sa récolte, elle fredonna entre ses dents le petit jingle du pare-brise, « Composez le 800-54-GÉANT ». Une fois qu'elle eut bourré de faines le fond de son sac à dos, elle regagna le buisson de gaulthéries et le traversa en sens inverse, lentement, cueillant des baies qu'elle ajoutait à ses faines (quand elle ne se les fourrait pas directement dans la bouche).

Quand elle se retrouva à l'endroit où elle se tenait tout à l'heure, au moment où elle hésitait encore à tendre la main vers ce qu'elle prenait pour un mirage, elle eut la sensation d'être redevenue elle-même. Tout n'allait sans doute pas pour le mieux dans le meilleur des mondes possibles, mais les choses avaient pris meilleure tournure. Je suis *intacte*, se dit-elle, et la sonorité du mot lui plut tellement qu'elle se le répéta deux fois à voix haute.

Elle marcha jusqu'au bord du ruisseau d'un pas pesant, en traînant son sac derrière elle, et s'assit sur le sol, le dos appuyé à un arbre. Un petit poisson au dos couvert de fines mouchetures passa en flèche dans le sens du courant. Elle se dit que ce devait être un alevin de truite, et y vit comme un heureux présage.

Trisha resta un bon moment assise au pied de son arbre, les yeux clos, le visage levé vers le soleil. Ensuite elle attira son sac à elle, se le cala sur les genoux, plongea une main dedans et remua les faines et les baies pour les mélanger. Son geste lui fit penser à l'Oncle Picsou se vautrant dans son énorme tas d'argent, et elle éclata d'un rire ravi. Cette vision lui semblait à la fois absurde et parfaitement appropriée.

Elle éplucha une douzaine de faines, les mêla à un nombre égal de baies (en prenant soin cette fois de les débarrasser de leurs queues, qu'elle pinçait délicatement entre ses doigts garance) et les divisa en trois portions qu'elle s'enfourna dans la bouche en guise de dessert. C'était un vrai délice (le goût lui rappelait un peu celui du muesli aux fruits dont raffolait sa mère) et, après avoir avalé sa dernière ration, elle s'aperçut qu'elle ne s'était pas contentée d'assouvir sa faim, mais s'était carrément goinfrée. La sensation n'allait sans doute pas durer (les faines et les baies lui feraient peut-être le même effet qu'un repas au restaurant chinois : on croit s'être bien calé et au bout d'une heure on a de nouveau l'estomac dans les talons), mais pour l'instant elle avait l'abdomen aussi gonflé qu'un bas de Noël bourré de friandises. Ah, quelle merveille d'avoir la peau du ventre bien tendue. Elle avait vécu neuf ans sans en avoir conscience, mais elle était bien décidée à ne plus jamais l'oublier : c'était la sensation la plus merveilleuse du monde.

Trisha se laissa aller en arrière contre le tronc et inspecta le contenu de son sac avec une joie sans mélange. Si elle n'avait pas été aussi repue (*Je suis gavée comme un boa*, se dit-elle), elle aurait enfoncé la tête dedans comme une jument plongeant les naseaux dans un sac de picotin, pour respirer à plein nez l'arôme délicieux de sa mixture de baies et de faines.

— Vous m'avez sauvé la vie, leur dit-elle. Je vous dois une fière chandelle.

De l'autre côté du torrent, elle avisa une petite clairière tapissée d'aiguilles de pin. Le soleil y tombait en longs faisceaux d'un beau jaune doré, où tournoyaient de minuscules grains de pollen et d'écorce pulvérulente. Quelques papillons y dansaient aussi, décrivant des arabesques compliquées. Trisha croisa les deux mains sur son ventre, dont les rugissements s'étaient apaisés, et s'abîma dans leur contemplation. Dans cet instant, plus personne ne lui manquait, ni sa mère, ni son père, ni son frère, ni Pepsi. Elle n'aspirait même plus à rentrer chez elle, en dépit des courbatures dont elle était percluse et des horribles démangeaisons qui lui donnaient perpétuellement envie de se gratter les fesses, surtout quand elle marchait. Dans cet instant, elle jouissait d'une ineffable tranquillité. C'était même plus que de la tranquillité. Elle éprouvait un bonheur suprême. Un bonheur comme elle n'en avait encore jamais éprouvé de sa vie. *Si je m'en sors, comment ferai-je pour leur expliquer ?* se demanda-t-elle. Les yeux mi-clos, elle continua d'observer les papillons de l'autre côté du ruisseau. Ils étaient trois. Deux blancs, et un troisième de couleur sombre, d'aspect velouté, brun ou peut-être même noir.

Leur expliquer quoi, ma chérie ? C'était la petite teigne, mais pour une fois sa voix n'était pas glaciale. Elle semblait intriguée, c'est tout.

L'essentiel. C'est tellement simple. Il suffit de manger... de trouver à manger et de se remplir le ventre...

— L'Imperceptible, dit Trisha.

Elle continua d'observer les papillons, les deux blancs et le noir, qui folâtraient dans le soleil doré de l'après-midi. Elle pensa à Sambo le Petit Nègre accroché à son palmier, aux tigres vêtus de ses beaux habits neufs qui tournaient autour, tournaient et tournaient si vite qu'à la fin ils fondaient et se transformaient en beurre. Du beurre de tigre, dont aux Indes on fait d'excellentes crêpes.

Sa main droite se détacha de sa main gauche, glissa le long de son flanc et s'abattit mollement sur le sol, paume en l'air. La remettre en place aurait nécessité un tel effort que Trisha jugea préférable de la laisser où elle était.

L'Imperceptible ? Qu'est-ce que c'est que ça, ma chérie ?

— Eh bien, fit Trisha d'une voix songeuse, lente, un peu ensommeillée. C'est pas comme si il n'y avait *rien*... tu vois ce que je veux dire ?

La petite teigne resta muette et Trisha s'en félicita. Elle était repue, une plaisante torpeur lui engourdissait les membres, elle se sentait incroyablement bien. Elle ne s'endormit pas cependant. Même plus tard, quand elle se rendit compte que le sommeil l'avait forcément gagnée à un moment ou à un autre, elle n'eut pas l'impression d'avoir dormi. Elle se souvint seulement d'avoir pensé au jardin de son père, derrière la maison trop petite qu'il habitait désormais, de s'être dit que la pelouse aurait bien eu besoin d'un coup de tondeuse, que les nains de jardin avaient l'air bizarrement sournois (comme s'ils avaient été les dépositaires de Dieu sait quel affreux secret), et que son père lui semblait plus vieux et plus triste que jamais avec cette odeur de bière qui émanait perpétuellement de lui. La vie, ça peut être rudement triste, se disait-elle. Et c'est presque toujours la tristesse qui l'emporte. Les gens font comme s'ils ne le savaient pas et ils racontent des bobards à leurs enfants (par exemple, aucun film, aucune émission de télévision n'avait laissé prévoir à Trisha qu'un jour elle s'étalerait dans son propre caca) pour qu'ils n'aient pas peur, pour qu'ils ne s'angoissent pas, mais n'empêche, la tristesse est là, elle les environne de toute part. Le monde a des dents, et il n'hésite pas à s'en servir quand l'envie lui en prend. Trisha le savait à présent. Elle n'avait que neuf ans, mais elle l'avait appris à ses dépens et elle se disait qu'elle arriverait sans doute à s'y faire. Après tout, son dixième anniversaire n'était pas loin et elle était grande pour son âge.

C'est pas juste qu'on soit obligés de payer vos erreurs ! C'étaient les dernières paroles que Trisha avait entendu sortir de la bouche de Pete. Maintenant, elle savait ce qu'il aurait fallu lui répondre. Ça lui aurait fait de la peine, mais c'était la vérité. Peut-être que c'est pas juste, lui aurait-elle dit, mais c'est comme ça. Et si ça te plaît pas, tu sais où est la gare routière.

Trisha se dit que sur le plan de la maturité, elle avait désormais une tête d'avance sur son frère.

Tandis qu'elle méditait ainsi, son regard s'était déplacé vers l'aval. Elle s'aperçut que quarante mètres plus bas, un deuxième ruisseau se jetait dans celui-ci. Il dévalait le long de la berge, formant une petite cascade. Impeccable, se dit-elle. Pour une fois, les choses prennent une tournure normale. Ce deuxième ruisseau qu'elle venait de découvrir allait grossir, devenir une petite rivière qu'il lui suffirait de suivre pour arriver dans un lieu habité. Elle n'aurait qu'à...

Ses yeux se posèrent de nouveau sur l'autre rive du ruisseau, et elle sursauta. Debout dans la clairière,

trois hommes la regardaient. Ou en tout cas elle sup-
posa qu'ils la regardaient, car elle ne voyait ni leurs
visages ni leurs pieds. Ils étaient vêtus de longues
robes semblables à celles que portent les moines
dans les films sur l'époque médiévale. (« *Au Moyen
Age, les dames étaient volages et les preux cheva-
liers leur mettaient la main au panier* », chantait parfois Pepsi Robichaud en sautant à la corde.) Le bas
de leurs robes retombait en accordéon sur le sol
tapissé d'aiguilles de pin, et les cagoules en étaient
relevées, dissimulant leurs visages. Un peu déconcertée, mais pas vraiment effrayée (du moins pas
encore), Trisha les fixa tranquillement du regard. La
robe du moine du milieu était noire, celles des deux
autres d'un blanc immaculé.

— Qui êtes-vous ? leur demanda-t-elle.

Elle essaya de redresser le dos, mais s'aperçut
qu'elle n'en avait pas la force. Son ventre lui pesait
trop. Elle sut alors que l'excès de nourriture peut
faire le même effet qu'une drogue.

— Pourriez-vous m'aider ? Je me suis perdue. Je
suis perdue dans les bois depuis... (Était-ce deux
jours, ou trois ? Elle n'en était plus très sûre.) ...
depuis longtemps. Aidez-moi, s'il vous plaît.

Ils restaient là, muets, à la regarder (du moins elle
supposait qu'ils la regardaient), et c'est alors que
Trisha commença à avoir peur. Ils avaient les bras
croisés, en sorte que même leurs mains étaient dissi-
mulées par les manches interminables de leurs robes.

— Qui êtes-vous ? Allez-vous me le dire, à la
fin ?

Le moine blanc de gauche fit un pas en avant et
quand il leva les mains vers sa cagoule, ses manches
se retroussèrent, découvrant des doigts pâles et fili-

formes. Il repoussa la cagoule, révélant un visage intelligent (quoiqu'un tantinet chevalin) au menton un peu fuyant. Il ressemblait à monsieur Bork, le prof de sciences nat grâce auquel les élèves de l'école élémentaire de Sanford avaient tout appris sur la faune et la flore de la Nouvelle-Angleterre... y compris sur les célèbres faines du hêtre, bien entendu. La plupart des garçons de sa classe, et quelques-unes des filles (Pepsi, par exemple), le désignaient sous le sobriquet de « monsieur Beurk ». Debout sur l'autre rive du ruisseau, les yeux chaussés de petites lunettes rondes à monture dorée, il regardait Trisha.

— C'est le Dieu de Tom Gordon qui m'envoie, dit-il. Celui qu'il montre du doigt chaque fois qu'il marque.

— Ah bon ? fit poliment Trisha.

Ce type ne lui inspirait pas confiance. Encore heureux qu'il n'ait pas prétendu qu'il était le Dieu de Tom Gordon en personne, car pour le coup elle se serait carrément méfiée. Trisha était d'un naturel plutôt crédule, mais jamais on ne lui aurait fait avaler que Dieu avait la tête de son prof de sciences nat.

— C'est très, euh... très intéressant, ajouta-t-elle.

— Il ne peut pas te venir en aide, continua monsieur Beurk. Il est débordé aujourd'hui. Il y a eu un tremblement de terre au Japon, entre autres. Une sacrée secousse. Du reste, il s'est fixé pour règle de ne jamais intervenir dans les affaires humaines. Toutefois, il a une passion pour le base-ball, je te l'avoue. Ce qui ne veut pas dire qu'il soit un ardent supporter des Red Sox.

Il recula d'un pas et rabattit sa cagoule sur son visage. Au bout de quelques instants, le second

moine blanc, celui de droite, s'avança à son tour...
exactement comme Trisha se l'était figuré. Dans ces
affaires-là, les choses se déroulent toujours suivant
un certain ordre : le génie de la bouteille vous
accorde trois vœux, Jack escalade trois fois le haricot
géant, il y a trois ours dans la petite maison de la
forêt, on a trois jours pour deviner le nom du nain
maléfique. Sans parler des trois chevreuils mangeant
des faines au fond des bois.

Peut-être que ce n'est qu'un rêve, se dit Trisha.
Elle leva une main vers son visage, afin de tâter du
doigt la piqûre de guêpe. L'enflure de sa pommette
gauche avait un peu diminué, mais elle était toujours
là et quand elle appuya dessus, ça lui fit mal. Donc,
elle ne rêvait pas. Mais quand le second moine blanc
releva sa cagoule et qu'elle vit qu'il ressemblait à
son père (peut-être pas trait pour trait, mais autant
que le précédent ressemblait à monsieur Bork), elle
se dit que ça devait forcément en être un. Un rêve
d'un nouveau genre, comme elle n'en avait encore
jamais fait.

— Laissez-moi deviner, lui dit-elle. C'est l'Imperceptible qui vous envoie, n'est-ce pas ?

— Pour tout te dire, je *suis* l'Imperceptible, lui
répondit d'un air un peu gêné l'homme qui ressemblait à son père. Pour t'apparaître, j'ai été forcé de
prendre l'aspect de quelqu'un que tu connais bien,
car je ne dispose que d'un pouvoir très limité, tu
comprends. Je suis navré, Trisha, mais je ne peux
rien faire pour toi.

— Seriez-vous ivre ? s'écria Trisha, prise d'une
soudaine colère. Vous avez bu, avouez-le ! Je sens
l'odeur d'ici. Alors là, c'est la meilleure !

Le représentant de l'Imperceptible la gratifia d'un

sourire penaud, puis sans ajouter un mot de plus recula d'un pas et remit sa cagoule en place.

A son tour, le moine noir s'avança et Trisha éprouva tout à coup une intense terreur.

— Non ! cria-t-elle en tentant vainement de se redresser. Pas vous ! Je veux pas ! Allez-vous-en ! Laissez-moi tranquille !

Mais il leva les bras et en se retroussant les manches noires révélèrent de longues griffes jaunes. Les griffes qui avaient lacéré les arbres et arraché la tête du chevreuil avant de déchirer son cadavre.

— Non, répéta Trisha d'une voix murmurante. Pas ça, je vous en prie. Je ne veux pas vous voir.

Sans prendre garde à ses protestations, le moine noir releva sa cagoule. Il n'avait en guise de visage qu'une masse confuse de guêpes, essaim grouillant et bourdonnant dont la forme évoquait vaguement celle d'une tête humaine. Au gré de leurs ondulations, les guêpes traçaient de mouvantes esquisses de traits : une orbite cave, des lèvres retroussées en un rictus hideux. La tête émettait le même vrombissement que le noir collier de mouches qui s'était formé autour de la gorge arrachée du cerf. On aurait presque pu croire que le moine noir avait un moteur à la place du cerveau.

— C'est la chose qui m'envoie, annonça-t-il d'une voix bourdonnante, qui n'avait rien d'humain.

Elle ressemblait un peu à celle du type des annonces anti-tabac à la radio, celui qu'on avait opéré d'un cancer des cordes vocales et qui parlait à l'aide d'un petit amplificateur placé contre la gorge.

— C'est le Dieu des Égarés qui m'envoie. Celui qui t'observe. Celui qui t'attend. Celui qui est ton miracle autant que tu es le sien.

186

Trisha voulut hurler pour le faire fuir, mais ses lèvres n'émirent qu'une espèce de gémissement rauque.

— En ce monde, il faut toujours s'attendre au pire, ton intuition ne t'a pas trompée sur ce point, continua le moine noir de sa voix grinçante de frelon.

Lentement, il passa ses griffes le long d'un des côtés de sa tête, transperçant sa chair d'insecte pour révéler le crâne blanc et luisant en dessous.

— La peau du monde est tissée d'aiguillons, tu viens de le constater de tes propres yeux. Et sous cette peau d'aiguillons, il n'y a que l'os et le Dieu qui nous est commun. Alors, ma démonstration t'a paru convaincante ?

Morte de peur, pleurant à chaudes larmes, Trisha détourna la tête et laissa de nouveau errer son regard vers l'aval. Aussitôt qu'elle eut cessé de regarder l'horrible moine aux guêpes, ses membres se remirent à lui répondre. Elle éleva ses mains vers son visage, essuya ses larmes, puis se retourna et cria :

— C'est pas vrai ! J'y crois pas à vos histoires !

Mais le moine aux guêpes avait disparu. Ils avaient disparu tous les trois. De l'autre côté du ruisseau, il n'y avait plus que des papillons qui dansaient. Ils n'étaient plus seulement trois, mais huit ou neuf, et plus seulement noirs et blancs, mais de toutes les couleurs. Le soleil aussi avait changé. Ses rayons dorés avaient pris une nuance orangée. Il avait bien dû s'écouler deux heures, peut-être même trois. Par conséquent, Trisha avait dormi. « Tout cela n'était qu'un rêve », comme on dit dans les contes de fées. Mais elle avait beau fouiller sa mémoire, elle ne se souvenait pas de s'être endormie, ne se souvenait pas de la moindre rupture dans la chaîne de ses pensées. Et à aucun moment elle n'avait eu la *sensation* de rêver.

C'est alors que lui germa dans la cervelle une idée à la fois effrayante et bizarrement rassurante : peut-être que les faines et les baies ne l'avaient pas simplement nourrie. Peut-être qu'elles lui étaient aussi montées à la tête. Elle savait qu'il existe des champignons qui ont des effets de ce genre, et que certains jeunes en mangent exprès pour se « défoncer », comme ils disent. Si des champignons peuvent « défoncer », pourquoi pas des baies de gaulthérie ?

— A moins que ce ne soit leurs feuilles, dit-elle. Oui, c'est sûrement les feuilles. Elles sont super bonnes, d'accord, mais si c'est comme ça j'en mangerai plus.

Quand elle se leva, un spasme douloureux lui noua l'intestin, lui arrachant une grimace. Elle pencha le buste en avant et lâcha un pet qui la soulagea. Ensuite elle marcha jusqu'au bord du ruisseau, repéra deux rochers de bonne taille qui affleuraient à la surface et en deux bonds passa de l'autre côté. Sa vigueur lui était revenue, elle avait de nouveau la tête claire et les idées en place, mais elle n'arrivait pas à chasser de son esprit l'image du moine aux guêpes et elle savait que le soleil une fois couché son malaise ne ferait qu'empirer. Si elle n'y prenait pas garde, sa hantise risquait de se muer en complète angoisse. Par contre, si elle arrivait à se prouver que ça n'avait été qu'une hallucination, due aux feuilles de gaulthérie ou à cette eau non traitée à laquelle son corps ne s'accoutumait que par paliers...

En arrivant dans la clairière, elle fut prise d'un début d'anxiété. Elle avait un peu l'impression d'être une héroïne de film d'horreur, la bécasse qui pousse la porte de la maison du tueur fou en criant : « Y a quelqu'un ? » Elle se retourna vers l'autre rive et eut aussitôt la sensation qu'un regard était vrillé sur son dos. Y avait-il quelqu'un derrière elle, dans la forêt ? Elle virevolta si rapidement sur elle-même qu'elle faillit se casser la figure, mais ne vit personne ni dans la forêt, ni ailleurs.

— Tu débloques, murmura-t-elle entre ses dents.

N'empêche que la sensation d'être observée lui était revenue avec plus de force que jamais. Le Dieu des Égarés, avait dit le moine aux guêpes. Celui qui t'observe. Celui qui t'attend. De tout ce qu'il lui avait dit, elle n'avait retenu que ça : *il t'observe, il t'attend.*

Trisha avait bel et bien vu les trois moines, elle en avait la quasi-certitude. Elle s'approcha de l'endroit où ils s'étaient tenus, chercha des traces qu'ils auraient pu laisser, mais n'en trouva aucune. Posant un genou à terre, elle examina attentivement le sol tapissé d'aiguilles de pin mais ne décela rien, pas la moindre inégalité dans laquelle son esprit malade de peur aurait pu lui faire reconnaître une empreinte de pas. Elle se remit debout et regagna la berge. Tandis qu'elle traversait le ruisseau dans l'autre sens, il lui sembla discerner un mouvement dans le sous-bois, sur sa droite.

Elle s'avança jusqu'à la limite de la forêt et scruta des yeux le hallier obscur et enchevêtré où de jeunes arbres aux troncs encore grêles, serrés les uns contre les autres, se disputaient l'espace et la lumière, se défendant comme ils pouvaient contre les buissons qui menaçaient de les étouffer et de priver leurs racines d'humidité. Çà et là, dans la pénombre glauque, quelques bouleaux se dressaient, longues silhouettes fantomatiques. Une grande tache sombre s'étalait en travers du tronc d'un des bouleaux. Après avoir jeté un regard inquiet par-dessus son épaule, Trisha s'enfonça dans le sous-bois pour le regarder de plus près. Son cœur battait à tout rompre. Sa raison protestait à cor et à cri, lui hurlait : « Arrête ! Fais pas l'idiote ! Tu *déconnes*, ou quoi ? », mais elle ne l'écouta pas.

Au pied du bouleau, elle trouva des boyaux sanguinolents, entortillés sur eux-mêmes, si frais qu'ils n'avaient encore attiré qu'un petit nombre de mouches. Hier, lorsqu'elle était tombée sur un spectacle semblable à celui-ci, elle avait dû lutter de toutes ses forces pour s'empêcher de vomir. Mais aujourd'hui, ce n'était plus pareil ; sa vie avait changé. Son estomac ne se noua pas, elle n'eut pas de haut-le-cœur incoercibles, aucun instinct ne la poussa à tourner la tête, ni seulement le regard. Elle ne ressentit qu'un grand froid, et c'était bien pire. Une sorte de noyade, mais tout intérieure.

Un fragment de pelage était accroché à un buisson, non loin des boyaux. Trisha y discerna des mouchetures blanches. Ces restes étaient ceux d'un faon, sans doute l'un des deux qu'elle avait surpris en train de se gaver de faines. Un peu plus loin, à l'endroit où le crépuscule commençait déjà à enténébrer le sous-bois, l'écorce d'un aulne avait été lacérée à coups de griffes. Les incisions étaient profondes et placées à une hauteur que seul un homme de très grande taille aurait été capable d'atteindre. Mais ces marques-là n'avaient pas été laissées par un homme, Trisha en aurait mis sa main au feu.

Celui qui te guette, en effet. Et il la guettait en cet

instant même. Elle sentait son regard sur sa peau, ça la picotait très légèrement, un peu comme quand des moucherons rampaient dessus. Peut-être que les trois moines n'avaient été qu'un rêve, ou une hallucination. Mais les intestins du faon étaient bien réels, les marques de griffes sur l'aulne étaient bien réelles. Et ce regard qu'elle sentait posé sur elle n'avait rien d'une hallucination non plus.

Le souffle court, ses yeux se déplaçant sans cesse tantôt vers la droite tantôt vers la gauche, Trisha s'éloigna à reculons en se repérant sur le bruissement du ruisseau. D'un instant à l'autre, elle s'attendait à voir la chose lui apparaître, à voir le Dieu des Égarés surgir d'entre les arbres. Elle traversa les fourrés à reculons, s'agrippant à des branches, et continua ainsi jusqu'au ruisseau. Une fois arrivée sur la berge, elle fit brusquement volte-face et gagna l'autre rive en bondissant de rocher en rocher, persuadée que la chose venait de jaillir de la forêt derrière elle, exhibant ses horribles crocs, ses griffes acérées, ses dards innombrables. Elle dérapa sur le deuxième rocher et faillit tomber à l'eau, mais parvint à se rétablir de justesse et gravit la berge d'un pas chancelant. Une fois qu'elle eut regagné la terre ferme, elle se retourna et inspecta la clairière du regard. Elle était vide. Même les papillons s'en étaient enfuis. Seuls deux retardataires s'entêtaient à folâtrer encore, bien décidés à profiter jusqu'au bout de leur journée.

Trisha aurait volontiers passé la nuit ici, à deux pas du champ de gaulthérie et de la clairière pleine de faines, mais elle ne pouvait pas demeurer aussi près de l'endroit où elle avait vu les moines. Rêve ou pas, la vision du moine noir lui avait fait affreusement peur. Et puis il y avait le faon. Bientôt, les mouches allaient rappliquer par légions entières et leur bourdonnement deviendrait assourdissant.

Trisha ouvrit son sac à dos et y pêcha une poignée de baies. Avant de les porter à sa bouche, elle marqua un temps.

— Merci petites baies, leur dit-elle. Je n'ai jamais rien dégusté d'aussi délicieux que vous.

Elle repartit vers l'aval. Tout en marchant, elle éplucha quelques faines et les grignota. Au bout d'un moment, elle se mit à fredonner. D'abord un peu hésitante, sa voix s'affermit, au fur et à mesure que le jour déclinait, et elle finit par chanter à gorge déployée. « Oui, serre-moi dans tes bras... j'ai tant besoin de toi... je t'aimerai toujou-ours... grâce à toi je renais chaque jou-our... »

Boyz To Da Maxx, oh yeah !

Septième manche
(première mi-temps)

Au moment où le crépuscule faisait place à la nuit, Trisha parvint à une sorte de plateau rocheux qui surplombait une petite vallée baignée d'ombres bleuâtres. Elle fouilla l'ombre de la vallée du regard, espérant y apercevoir des lumières, mais en fut pour ses frais. Un plongeon hulula au loin et un corbeau émit un croassement indigné en guise de réplique. Mais à part ça, il n'y avait pas signe de vie dans la vallée.

Regardant autour d'elle, Trisha avisa plusieurs rochers plats entre lesquels les aiguilles de pin avaient formé des tas épais et moelleux. Elle posa son sac sur un des rochers plats, se dirigea vers le bosquet de pins le plus proche et y préleva ce qu'il fallait de branches pour se confectionner une litière. Elle ne vaudrait sans doute pas un matelas multi-spires, mais il faut bien se contenter de ce qu'on a. Comme d'habitude, l'approche de la nuit avait fait renaître en elle un sentiment de solitude et la nostalgie de sa chambre douillette lui poignait le cœur, mais sa terreur s'était dissipée. Elle n'avait plus la sensation d'être observée. Si la chose existait pour de bon, elle s'était retirée au fond des bois, laissant Trisha en tête à tête avec elle-même.

Elle retourna jusqu'au ruisseau, s'agenouilla et but. Toute la journée, de petites contractions lui avaient tordu l'estomac à intervalles plus ou moins réguliers, mais il lui semblait néanmoins que son corps s'adaptait peu à peu à l'eau.

— Les faines et les baies ne m'ont pas fait de mal non plus, dit-elle. A part les cauchemars bien sûr, ajouta-t-elle en souriant.

Elle regagna son lit de fortune, sortit le Walkman de son sac à dos et se ficha les mini-écouteurs dans les oreilles. Une bise aigre s'était levée. Elle ne soufflait pas très fort, mais elle était si glaciale que sa sueur refroidit instantanément et qu'elle se mit à grelotter. Elle extirpa du sac les vestiges de son poncho et tâcha de s'en faire une couverture, en étalant de son mieux les lambeaux de plastique bleu crasseux. Ça ne la réchauffait guère, mais comme disait sa mère, c'est l'intention qui compte.

Elle enfonça la touche *power* de son Walkman, mais comme elle n'avait pas changé de fréquence, elle ne capta que des parasites indécis. Elle avait perdu WCAS.

Trisha déplaça le curseur de la bande FM, passant d'une longueur d'onde à l'autre. Sur 95 FM, elle perçut de vagues bribes de musique classique. Sur 99 FM, un prédicateur à la voix tonnante discourait sur le salut des âmes. Trisha trouva que ça ne manquait pas d'à-propos, mais quant à elle c'est à une autre sorte de salut qu'elle pensait. Tout ce qu'elle espérait du Ciel à présent, c'était qu'il lui envoie un hélicoptère plein de sauveteurs qui lui adresseraient de grands signes amicaux avant de se poser. Elle changea encore de fréquence. Sur 104 FM, elle capta Céline Dion en clair. Elle hésita un instant, puis déplaça le curseur. Ce soir, il lui fallait les Red Sox. Elle n'avait pas besoin de Céline Dion, même chantant la chanson de *Titanic*. Elle n'avait besoin que de Castiglione et de Trupiano.

Il n'y avait pas de match de base-ball sur la FM, ni rien d'autre d'intéressant d'ailleurs. Trisha passa sur la bande AM et se régla sur la fréquence de Radio WEEI, la station de Boston qui relayait tous les matches des Red Sox. Elle ne s'attendait pas à des merveilles, mais elle avait tout de même de l'espoir. Après la tombée de la nuit, les grandes ondes sont plus faciles à capter, et WEEI disposait d'un émetteur puissant. La réception serait sans doute un peu vacillante, mais Trisha se sentait de taille à affronter ça. Ce soir, elle n'avait pas d'autres projets. Pas de rencart avec un mec super mignon, ni rien.

La réception était parfaite. Le son était même d'une clarté absolument cristalline, mais Castiglione et Trupiano n'étaient pas là. Ils avaient été remplacés à l'antenne par l'un de ces présentateurs que son père appelait des « phraseurs débiles ». On n'était pas à la télé pourtant. Il était censé être commentateur sportif à la radio. Est-ce qu'il pleuvait, à Boston ? Le match avait-il été annulé ? Trisha imagina le stade désert, le terrain recouvert d'une bâche, puis elle leva un regard dubitatif sur le petit bout de firmament qu'elle apercevait de son lit de fortune. Les premières étoiles y étaient apparues, brillant comme des sequins sur du velours bleu nuit. Bientôt, il y en aurait des milliards. Il n'y avait pas un seul nuage au ciel. Mais comme elle était à deux cent cinquante bornes de Boston, ou peut-être même plus...

Le phraseur débile avait au bout du fil un certain Walt, de Framingham. Walt était en voiture et usait d'un téléphone mobile. Quand le phraseur débile lui demanda d'où il appelait, Walt de Framingham répondit : « Je suis quelque part du côté de Danvers, Mike. » Ayant un accent de Boston très prononcé, il disait *Danvizz*, si bien qu'on aurait plutôt cru qu'il s'agissait du nom d'un médicament contre les troubles gastriques que de celui d'une ville. *Vous êtes perdu dans les bois ? Vous avez bu l'eau du ruisseau et ça vous a foutu une chiasse de tous les diables ? Une cuillérée de Danvizz et hop ! ça va mieux !*

Walt de Framingham voulait qu'on lui explique pourquoi Tom Gordon montrait toujours le ciel après avoir marqué. (« Enfin quoi, qu'est-ce que ça veut dire, ce doigt pointé ? » s'exclama-t-il.) Mike le phraseur débile lui répondit qu'en faisant ce geste Tom Gordon remerciait Dieu à sa façon.

— C'est plutôt Joe Kerrigan qu'il devrait montrer du doigt, dit Walt de Framingham. C'est Kerrigan qui a eu l'idée de lui confier les fins de partie. Quand il lançait en début de match, il valait pas tripette.

— Oui, mais qui vous dit que ce n'est pas Dieu qui a suggéré cette idée à Joe Kerrigan, hein, Walt ? rétorqua le phraseur débile. Précisons ici que Joe Kerrigan est l'entraîneur spécialement chargé des lanceurs au sein de l'équipe des Red Sox, pour le cas où certains de nos auditeurs l'ignoreraient.

— Tout le monde le sait, patate ! râla Trisha.

— On parle beaucoup des Red Sox ce soir, alors que justement ils font relâche, une fois n'est pas coutume, continua Mike le phraseur débile. Demain, ils disputeront le premier de leurs trois matches contre Oakland. Eh oui, la Californie n'a qu'à bien se tenir ! Bien entendu, la partie sera retransmise en direct sur WEEI, mais ce soir mes chers auditeurs, la parole est à vous.

Pas de match ce soir ! Ça expliquait tout. Trisha en éprouva un tel dépit qu'il lui sembla que son cœur allait éclater et une fois de plus ses yeux s'emplirent de larmes (« Ça pique, docteur ! — Vite, mon enfant, prenez du Danvizz ! »). Ces temps-ci elle pleurait vraiment pour un oui pour un non. A la moindre contrariété, c'était les grandes eaux. Sa réaction lui fit mesurer le prix qu'elle attachait à ce match. Ce n'est qu'en apprenant que Joe Castiglione et Jerry Trupiano ne seraient pas là ce soir qu'elle comprit à quel point elle avait besoin de les entendre.

— Nos standardistes attendent vos appels de pied ferme, annonça le phraseur débile. J'espère que vous ne les décevrez pas. Y en a-t-il parmi vous qui pensent que Mo Vaughn devrait cesser de jouer les enfants gâtés ? Que son salaire est déjà plus que suffisant, et qu'il devrait signer ce fichu contrat sans se faire prier ? Bonne question, non ?

— Elle est nulle, ta question, pauvre cloche, maugréa Trisha dans sa barbe. Si tu battais aussi bien que Mo, tu voudrais qu'on te fasse un pont d'or, toi aussi.

— Vous voulez qu'on discute du fabuleux Pedro Martinez ? De Darren Lewis ? Des surprises que nous réserve l'enclos des Red Sox ? Qui pour une fois seront de *bonnes* surprises, croyez-le ou non. Décrochez votre téléphone pour me dire ce que vous en pensez. On se retrouve à l'antenne après la pub.

Une voix se mit à pépier gaiement le sempiternel

petit jingle : « En cas de pare-brise étoilé, composez... »

— ... le 800-54-GÉANT, acheva Trisha en passant
sur une autre fréquence.

Peut-être qu'en changeant de station elle allait
tomber sur un match. En dépit de l'animosité qu'elle
leur vouait, même un match des Yankees aurait fait
son affaire. Au passage, elle capta un bulletin d'in-
formation et resta scotchée dessus, car le speaker
venait de prononcer son nom.

— ... tout espoir de retrouver Patricia McFarland,
la fillette de neuf ans dont on est sans nouvelles
depuis samedi matin.

La voix du speaker était lointaine, distordue,
entrecoupée de parasites. Trisha se recroquevilla sur
elle-même et appuya sur les minuscules écouteurs
pour bien se les enfoncer dans les oreilles.

— Des policiers du Connecticut, agissant à partir
d'une dénonciation anonyme reçue par leurs col-
lègues de la police d'État du Maine, ont interpellé
cet après-midi un certain Francis Raymond Mazzerole, originaire de Weymouth, dans le Massachusetts, à qui ils ont fait subir un interrogatoire de six
heures. Ils le soupçonnent d'être impliqué dans la
disparition de la petite Patricia McFarland. Mazzerole, un ouvrier du bâtiment actuellement employé à
Hartford, où il travaille à la construction d'un pont,
a déjà fait l'objet de deux condamnations pour violences à enfants. Il devrait être prochainement
extradé dans le Maine, où il est sous le coup d'une
nouvelle inculpation pour détournement de mineur
et violences. Toutefois, Mazzerole n'a pu fournir
aucune précision sur le sort de la petite Patricia
McFarland. D'après une source bien informée, il

affirme n'avoir pas quitté Hartford le week-end dernier, et de nombreux témoins auraient corroboré...

La voix du speaker se brouilla, puis disparut. Trisha éteignit son Walkman et s'extirpa les écouteurs des oreilles. Est-ce que les policiers la recherchaient encore ? Sans doute, mais quelque chose lui disait qu'ils avaient passé le plus clair de la journée à cuisiner ce Mazzerole au lieu de crapahuter dans les bois.

— Quelle bande d'andouilles, marmonna-t-elle en remisant le Walkman dans son sac.

Elle se recoucha sur sa litière de branches de pin, se couvrit des restes de son poncho et se tortilla jusqu'à ce qu'elle ait trouvé une position plus confortable. Le vent soufflait en bourrasques, et elle se félicita d'avoir eu la bonne idée de se nicher ainsi entre deux rochers. Il faisait frisquet ce soir et la température allait sans doute encore baisser de plusieurs degrés pendant la nuit.

Comme elle l'avait prévu, le ciel noir au-dessus de sa tête était constellé d'étoiles à présent. Il y en avait des milliards et des milliards. Au lever de la lune elles pâliraient un peu, mais pour l'instant elles brillaient si fort que ses joues crasseuses en reluisaient. On aurait dit qu'elles étaient enduites d'une mince couche de vernis. Comme toujours, Trisha se demanda si ces minuscules grains de lumière réchauffaient d'autres créatures vivantes dans des galaxies lointaines. Se pouvait-il qu'elles abritent des jungles peuplées d'animaux fabuleux ? Des pyramides ? Des rois ? Des géants ? Qu'on y joue à un jeu voisin du base-ball ?

— En cas de pare-brise étoilé, fredonna-t-elle à mi-voix, composez le 800-54...

Soudain, elle s'interrompit et aspira une goulée d'air, comme si sa lèvre inférieure lui avait fait mal. Une étoile venait de se décrocher et traversait le ciel, y traçant un sillon d'une blancheur éblouissante. Arrivée au milieu du firmament obscur, elle s'éteignit d'un coup. Mais ce n'était pas une étoile, bien sûr. C'était un météore.

Il y en eut un second, puis un troisième. Trisha se redressa sur son séant et son poncho en haillons lui retomba sur les genoux. Elle avait les yeux gros comme des soucoupes. Un quatrième météore jaillit, puis un cinquième, et ils allèrent se perdre à l'autre bout de la voûte céleste. Ce n'était pas *un* météore, c'était une *pluie* de météores !

Comme s'il avait simplement attendu qu'elle le comprenne pour se déchaîner vraiment, le ciel s'emplit soudain d'éclairs silencieux qui zigzaguaient en tous sens, laissant dans leur sillage des traînées blanches et phosphorescentes. Trisha s'absorba dans ce spectacle, la tête relevée en arrière, les yeux écarquillés, les bras croisés au-dessus de sa poitrine plate de fillette, ses doigts aux ongles rongés agrippant ses épaules. De sa vie, elle n'avait jamais rien vu de si beau. Jamais elle n'aurait osé imaginer que le monde pût receler de telles merveilles.

— T'as vu, Tom ? murmura-t-elle d'une voix tremblante. Non mais t'as vu ça ?

Les éclairs étaient fugaces pour la plupart, fines zébrures blanches qui s'évaporaient si vite qu'elles lui auraient fait l'effet d'hallucinations, eussent-ils été moins innombrables. Mais quelques-uns — une demi-douzaine peut-être, huit tout au plus — embrasèrent le ciel comme des feux d'artifice silencieux, formant d'étincelants panaches qui semblaient bordés d'un liséré de petites flammes orange. Cette lueur orangée n'était peut-être due qu'à l'éblouissement, mais Trisha en doutait.

La pluie d'étoiles finit par se calmer. Trisha se rallongea et remua ses membres douloureux jusqu'à ce qu'elle ait retrouvé une position à peu près confortable. Tandis qu'elle s'agitait ainsi, son regard restait fixé sur le ciel où, à des années-lumière de là, des éclats de roc happés par la gravité terrestre s'enflammaient encore, de plus en plus sporadiquement, au contact de l'atmosphère, avant de s'éteindre en projetant d'ultimes étincelles d'un blanc aveuglant. Insensiblement, elle sombra dans le sommeil.

Ses rêves furent d'une netteté frappante, mais en même temps extraordinairement hachés, une sorte de pluie de météores mentale. Un seul resta imprimé dans sa mémoire, celui qu'elle faisait juste avant qu'une quinte de toux ne la réveille au beau milieu de la nuit, transie, grelottante, les genoux ramenés sous le menton.

Dans ce rêve, elle était avec Tom Gordon au milieu d'un pré en friche envahi de broussailles et de jeunes bouleaux. Tom se tenait à côté d'un poteau tout fendillé qui lui arrivait à la hanche. Un vieux verrou rouillé était fixé au sommet du poteau et Tom en faisait aller et venir le pêne. Il avait passé un blouson à manches de cuir au-dessus de son uniforme. C'était l'uniforme gris réservé aux déplacements, car ce soir-là les Red Sox rencontraient Oakland sur son terrain. Trisha lui demandait pourquoi il pointait un doigt vers le ciel. Elle le savait bien sûr, mais elle lui posait quand même la question, sans doute à cause de Walt de Framingham. Un taré à téléphone portable comme Walt ne se serait jamais satisfait des explications d'une petite fille perdue dans les bois. Il n'y croirait que si elles venaient de Tom lui-même.

— Je montre le ciel parce que Dieu attend toujours la deuxième mi-temps de la neuvième pour intervenir, répondait Tom.

Le pêne allait et venait entre ses doigts. De droite à gauche, puis de gauche à droite. En cas de verrou éclaté, quel numéro faut-il composer ? Le 800-54-VERROU, évidemment.

— Surtout quand toutes les bases sont occupées et que la partie va se jouer sur la dernière balle, ajoutait-il.

Là-dessus, une espèce de claquement se faisait entendre au fond des bois. Était-ce un animal moqueur ? Le claquement devenait de plus en plus assourdissant. Quand les yeux de Trisha s'ouvrirent brusquement dans le noir, elle comprit que c'étaient ses dents qui s'entrechoquaient.

Elle se mit debout en grimaçant, avec des gestes très lents, car tout son corps protestait. Ses jambes surtout, suivies de près par son dos. Une rafale de vent la cingla (une vraie rafale, pas une simple risée). Pour un peu, elle l'aurait soulevée comme un fétu. Elle se demanda combien de kilos elle avait perdus. *A ce régime-là, dans une semaine on pourra m'accrocher au bout d'un fil et me faire voguer au ciel comme un cerf-volant*, se dit-elle. Cette idée la fit éclater de rire et son rire vira aussitôt à la quinte de toux. Elle resta là, tête baissée, les mains à plat sur les cuisses, crachant ses poumons. La toux lui montait du fond de la poitrine en une suite de jappements rauques et saccadés. *Alors là, c'est vraiment le bouquet,* se dit-elle. Elle se tâta le front de la paume pour voir si elle avait de la fièvre, mais ne parvint pas à le déterminer.

Marchant lentement, en écartant bien les jambes (dans cette posture, le derrière lui cuisait moins), Trisha se dirigea vers le bosquet de pins et arracha quelques branches supplémentaires. Cette fois, elle comptait les entasser au-dessus d'elle afin de se protéger du froid. Après en avoir ramené une brassée jusqu'à sa litière, elle alla en chercher une seconde. Arrivée à mi-chemin, elle s'arrêta net et décrivit lentement un cercle complet sur elle-même. Il était quatre heures du matin ; les étoiles brillaient d'un vif éclat.

— Laisse-moi tranquille ! s'écria-t-elle et cela lui déclencha une nouvelle quinte de toux.

Quand elle eut réussi à maîtriser sa toux, elle reprit la parole, plusieurs tons plus bas.

— Tu vas me lâcher, oui ? Fiche-moi un peu la paix ! Laisse-moi respirer !

D'abord, elle ne perçut que le gémissement du vent dans les pins. Puis une espèce de grognement étouffé lui répondit. Un grognement qui n'avait rien d'humain. Trisha resta pétrifiée sur place, les bras crispés autour de son odorant fardeau de branches empoissées de résine. Elle avait la chair de poule. D'où était-il venu, ce grognement ? De ce côté du ruisseau ou de l'autre ? Du bosquet de pins ? Oui, il était venu des pins, un horrible pressentiment le lui disait. Elle en avait la quasi-certitude. La chose qui l'observait s'y était tapie. Tandis qu'elle faisait sa moisson de rameaux, son mufle n'était sans doute qu'à un mètre d'elle, ou même moins. Ses griffes, ces griffes qui avaient lacéré les arbres et étripé les

chevreuils, n'étaient peut-être qu'à quelques centimètres de ses mains tandis qu'elle empoignait des
branches et tirait dessus de toutes ses forces pour les
casser.

Une nouvelle quinte de toux la secoua, l'arrachant
à sa paralysie. Elle jeta les branches en désordre sur
sa litière et se glissa dessous sans même essayer
d'organiser un tant soit peu leur chaotique accumu-
lation. Elle ne put réprimer une grimace et un cri
étouffé quand l'extrémité d'une branche égratigna la
piqûre de guêpe de sa hanche. Puis tout à coup, elle
s'immobilisa. La chose venait de sortir en rampant
de sa cachette, elle en était sûre. Et à présent elle
s'approchait d'elle en tapinois. Fais ta prière, Tom
Dooley. L'instant fatal est arrivé. La petite teigne
disait *la chose*. Le moine aux guêpes l'appelait *le
Dieu des Égarés*. On aurait pu lui donner bien
d'autres noms : le Seigneur des Lieux Obscurs, Sa-
Majesté-des-dessous-d'escaliers, la noire idole qui
hante les cauchemars d'enfants. Quel que soit son
nom, la chose en avait assez de jouer au chat et à la
souris. Ça ne l'amusait plus. D'un revers de sa puissante patte, elle allait écarter les branches sous lesquelles Trisha était blottie. Ensuite elle la dévorerait
toute crue.

Grelottant et toussant, Trisha sentit que les ultimes
amarres qui la liaient à la réalité s'étaient rompues
(en fait, elle avait momentanément perdu la raison).
Elle se couvrit la tête de ses mains et attendit que la
chose la déchire de ses griffes et referme sur elle
ses horribles crocs. C'est dans cette posture qu'elle
s'endormit. Quand elle émergea du sommeil ce
mardi matin-là, aux premières lueurs blêmes d'une
aube indécise, elle avait les bras tout engourdis et la

204

nuque tellement raide qu'elle marchait en penchant légèrement la tête d'un côté.

Au moins comme ça, je n'aurai pas besoin que l'une ou l'autre de mes grand-mères m'explique ce que c'est que d'être vieille, se dit-elle en s'accroupissant pour faire pipi. *Car je le sais maintenant.*

En revenant vers l'amas de branches sous lequel elle avait dormi (*comme une marmotte au fond de son terrier*, se dit-elle avec une ironie amère), elle s'aperçut que dans une autre fissure entre deux rochers (la plus proche de celle qui lui avait servi de refuge, en fait) les aiguilles de pin avaient été remuées. Un animal avait foui dedans, découvrant un petit cercle d'humus noir en leur milieu. Donc, elle n'avait pas sombré dans la folie pendant la nuit. Ou en tout cas pas complètement. Car un peu plus tard, après qu'elle se fut rendormie, la chose s'était bel et bien approchée d'elle. Elle s'était installée dans l'anfractuosité voisine et l'avait regardée dormir, se demandant s'il valait mieux la consommer tout de suite ou la laisser mûrir un ou deux jours de plus, la laisser s'imbiber encore de sucre comme une baie gorgée de soleil, et optant finalement pour la deuxième solution.

Trisha tourna lentement sur elle-même avec la vague sensation d'avoir déjà vécu cet instant, mais sans se rappeler qu'elle avait décrit exactement le même cercle, exactement au même endroit, quelques heures plus tôt. Quand elle se retrouva à son point de départ elle s'arrêta et se mit à tousser, se couvrant machinalement la bouche de la main. Quand elle toussait ainsi, sa poitrine lui faisait mal. La douleur n'était pas très vive, mais elle semblait monter du fond de ses entrailles. Au lieu d'en être contrariée elle en était plutôt contente, car au moins la toux la réchauffait un peu. Ce matin, elle était transie jusqu'aux os.

— Elle est partie, Tom, dit-elle. La chose est partie. Sans doute pas pour longtemps, mais elle est partie.

C'est vrai, répondit Tom. *Mais elle va revenir. Et tôt ou tard il va falloir que tu l'affrontes.*

— A chaque jour suffit sa peine, dit Trisha.

C'était l'une des maximes favorites de mamie McFarland. Elle ne savait pas ce qu'elle signifiait au juste, mais il lui semblait qu'elle était parfaitement adaptée aux circonstances.

Elle s'assit sur un rocher, à côté de sa litière, et avala trois généreuses portions de baies et de faines en se racontant que c'était du muesli. Les baies n'étaient plus aussi succulentes que la veille. Elles avaient perdu de leur moelleux. Trisha se dit qu'à l'heure du déjeuner elles lui sembleraient encore plus coriaces. Après s'être restaurée (en se forçant un peu il faut bien le dire), elle alla se désaltérer au ruisseau. Tandis qu'elle buvait, elle aperçut une autre petite truite. Comme toutes celles qu'elle avait vues jusque-là, sa taille n'excédait pas celle d'une sardine. Pourtant, elle décida qu'elle allait essayer d'en pêcher une. Ses membres commençaient à se dégourdir. Les premiers rayons du soleil la réchauffaient. Un début de vigueur était en train de lui revenir. Presque un début d'espoir. Sa chance était-elle sur le point de tourner ? Même sa toux s'était calmée.

Elle retourna à son refuge et extirpa les pauvres restes de son poncho des branches enchevêtrées qui lui avaient servi de litière. Après avoir étalé le poncho sur un rocher plat, elle se mit en quête d'une pierre pourvue d'une arête bien tranchante. Elle en dénicha une non loin de l'endroit où le ruisseau entamait sa descente vers la vallée. Il dégringolait le long d'une pente aussi abrupte que celle sur laquelle Trisha avait exécuté sa spectaculaire glissade le jour où elle s'était perdue (Dieu sait combien d'années auparavant), mais elle se dit que le parcours serait moins périlleux. De part et d'autre du ruisseau, les arbres étaient nombreux ; pour ne pas perdre pied, elle n'aurait qu'à se retenir à leurs branches.

Elle revint sur ses pas avec son coupe-coupe improvisé. Ainsi déployé sur son rocher, son poncho avait l'air d'une vieille poupée bleue vidée de son son. Elle découpa la capuche, en taillant juste au-dessous des épaules. Elle était franchement sceptique quant à ses chances d'attraper un poisson avec la capuche, mais elle se disait que ce serait amusant d'essayer et que ça ne lui ferait pas de mal de s'échauffer un peu les muscles avant de s'attaquer à la descente. Tout en taillant, elle chantonnait entre ses dents. Elle fredonna d'abord le tube des Boyz To Da Maxx qui lui trottait sans arrêt dans la tête, puis le *MMMm-Bop* de Hanson, puis quelques mesures de *Take Me Out to the Ballgame*, l'hymne officieux de la NBA. Mais c'est encore le fameux jingle du pare-brise qui revenait le plus souvent.

Pendant la nuit, le froid avait fait fuir les insectes, mais maintenant que la chaleur était revenue la sempiternelle nuée d'acrobates aériens miniatures s'était reformée autour de la tête de Trisha. Elle ne leur prêtait guère attention, se bornant à chasser distraitement de la main ceux qui s'aventuraient trop près de ses yeux.

Son travail une fois achevé, elle leva la capuche qu'elle venait de découper et, la tenant à bout de bras, pointe vers le bas, l'examina d'un œil critique. *Intéressant*, se dit-elle. *Ça marchera jamais, c'est trop idiot, mais c'est intéressant tout de même.*

Elle se dirigea vers le ruisseau en pépiant son jingle d'une voix qui évoquait un peu celle d'une chanteuse de variétés chinoise. Ayant repéré deux rochers qui affleuraient l'un à côté de l'autre à la surface, elle posa un pied sur chacun d'eux et scruta le flot torrentueux qui s'écoulait entre ses jambes écartées. Au fond de l'eau, qui était à part cela parfaitement limpide, les cailloux semblaient ondoyer à cause du courant. Trisha ne vit pas la queue d'un poisson, mais elle savait qu'une bonne pêcheuse doit s'armer de patience. Elle chanta : « Oui serre-moi dans tes bras... J'ai tant besoin de toi... Besoin de te boulotter ! », et ça la fit rire aux éclats. Empoignant à deux mains le bord déchiqueté de la capuche, elle plia le buste et la plongea dans l'eau, pointe vers le bas.

Le courant rabattit vers elle sa nasse improvisée, mais elle resta ouverte, c'était l'essentiel. En revanche, sa position n'était guère commode. Elle ne tiendrait pas longtemps penchée ainsi, le cul en l'air, la tête à la hauteur de la taille. Si elle avait essayé de s'accroupir, ses jambes douloureuses et flageolantes l'auraient trahie et elle aurait piqué du nez. Même bref, un séjour dans l'eau glacée n'est pas des plus indiqués quand on est affligée d'une toux rebelle.

Quand elle sentit le sang lui affluer aux tempes, Trisha opta pour un compromis. Elle plia les genoux et redressa légèrement le buste. Son champ de vision se déplaça vers l'amont et elle vit trois éclairs argentés qui venaient dans sa direction à toute allure. Des poissons ! Oui, il n'y avait pas de doute. S'ils n'avaient pas surgi à l'improviste, elle aurait poussé la capuche vers eux et les aurait manqués. Mais elle eut à peine le temps de formuler un début de pensée dans sa tête

(on dirait des étoiles filant entre deux eaux)

avant que les trois étincelles argentées ne lui passent entre les jambes. L'une des trois évita la capuche, mais les deux autres s'y engouffrèrent.

— Ouais ! hurla-t-elle.

Tout en poussant ce cri perçant (où l'étonnement le disputait à la jubilation), elle se pencha un peu plus vers l'avant et saisit la capuche par en dessous. Ce mouvement la déséquilibra, mais elle parvint à éviter le plongeon in extremis. Elle souleva la capuche à deux mains. Elle était pleine à ras bord et l'eau ruisselait tout le long. Tandis que Trisha reprenait pied sur la berge, elle déborda dangereusement, inondant la jambe gauche de son jean. L'une des petites truites partit avec le flot en tortillant de la queue, retomba dans le ruisseau et déguerpit.

— NOM D'UN BROCOLI ! s'écria Trisha.

Mais sa rage se mua aussitôt en fou rire et tandis qu'elle escaladait la berge, tenant toujours la capuche à bout de bras, une nouvelle quinte de toux la secoua.

Quand elle eut regagné la terre ferme, elle inspecta le contenu de la capuche, certaine d'avance qu'elle n'y trouverait rien. *L'autre a dû se barrer aussi*, se disait-elle. *Les petites filles ne pêchent pas des truites dans la capuche de leur poncho, même pas des alevins de truite. Je ne l'ai pas vue partir, c'est tout.* Mais le bébé truite était toujours là, tournant sur lui-même comme un poisson rouge dans un bocal.

— Je fais quoi maintenant, mon Dieu ? demanda Trisha.

Ce n'était pas une simple question, mais une authentique prière, où la stupeur se mêlait à une espèce de souffrance.

C'est son corps, et non son esprit, qui répondit. Elle avait vu plus d'un dessin animé où Vil Coyote regardant l'oiseau Bip-Bip se l'imagine en dinde de Thanksgiving. Chaque fois, elle éclatait de rire et Pete aussi. Même leur mère riait, les rares fois où elle était devant la télé avec eux. Mais là, la situation n'avait rien de comique. Les baies de gaulthérie et les faines pas plus grosses que des graines de tournesol c'est sympa, d'accord, mais guère nourrissant. Même quand on se les enfourne par poignées entières en se racontant que c'est du muesli, on reste sur sa faim. Face à la truite minuscule qui nageait dans la capuche bleue, le corps de Trisha réagissait d'une tout autre manière. Ce n'est pas de la faim qu'elle éprouvait, mais une contraction violente qui se focalisait sur son estomac en convergeant de toutes les parties de son corps à la fois, une sorte de clameur inarticulée

(J'EN VEUX J'EN VEUX)

qui semblait jaillir de son subconscient. La truite mesurait à peine dix centimètres. Un pêcheur digne de ce nom se serait empressé de la remettre à l'eau, mais le corps de Trisha ne l'entendait pas de cette oreille. Tout ce qu'il voyait, c'était de la nourriture. Une nourriture consistante.

Tenant toujours la capuche, elle se dirigea vers les restes de son poncho étalés sur le rocher plat (la pou-

pée de chiffon bleue n'avait plus de tête à présent).
Au milieu des pensées confuses qui l'agitaient, une
seule idée claire surnageait : *Je vais le faire, mais je
ne le dirai jamais à personne. Si on vient à mon
secours, si je m'en sors, il y a deux choses que je
tairai. Je ne leur dirai pas que je suis tombée assise
dans mon caca... et je ne leur parlerai pas de ça.*

Elle ne s'accorda même pas un temps de réflexion
avant d'agir. Écartant son esprit d'une bourrade, son
corps avait pris les commandes. Trisha vida la
capuche sur le sol tapissé d'aiguilles de pin. Le petit
poisson agonisa avec de violents soubresauts. Quand
il eut cessé de se débattre, elle le ramassa, le posa
sur le poncho et, usant de la pierre dont elle s'était
servie pour découper la capuche, lui incisa l'abdomen. Il s'en échappa une petite quantité de mucus
blanchâtre qui ressemblait plus à de la morve qu'à
du sang. Le ventre béant du poisson révéla de minuscules boyaux rouges. Trisha les écarta du bout d'un
de ses ongles crasseux, découvrant l'arête centrale.
Elle tira dessus, mais ne parvint à en extirper que la
moitié. Durant toute cette opération, son esprit n'essaya qu'une fois de reprendre l'avantage. *Tu vas
quand même pas manger la tête*, lui dit-il d'une voix
faussement pondérée qui dissimulait mal son horreur
et son dégoût. *Les yeux, Trisha ! Pense à ses yeux !*
Là-dessus, son corps le repoussa de nouveau, un poil
plus brutalement. *Quand je voudrai ton avis*, disait
parfois Pepsi, *je secouerai les barreaux de ta cage.*

Trisha prit le poisson éviscéré par la queue,
retourna jusqu'au ruisseau et le rinça pour en faire
partir les aiguilles de pin et la terre. Ensuite elle
rejeta la tête en arrière, s'en enfourna la moitié supérieure dans la bouche et mordit. Elle sentit les

minuscules arêtes s'écraser sous ses dents. Son esprit tenta de lui faire imaginer les yeux de la truite qui éclataient, lui éclaboussant la langue d'une espèce de jus noirâtre, mais elle n'en eut qu'une vision fugace et floue, car aussitôt son corps intervint de nouveau. Cette fois la bourrade s'accompagna d'une volée de coups. L'esprit et l'imagination n'avaient rien à faire là-dedans. Quand on aurait besoin d'eux, on secouerait leurs barreaux. Pour l'instant, c'est le corps qui menait la danse et il avait décidé de festoyer. En dépit de l'heure matinale, il allait s'en mettre plein la lampe. Et ce matin, il y avait du poisson frais au menu.

Quand sa moitié de truite lui arriva dans le gosier, Trisha eut la sensation d'avaler une gorgée d'huile pleine de grumeaux. Le goût en était à la fois sublime et infect. Comme la vie. Trisha leva la deuxième moitié du poisson encore dégouttante d'eau au-dessus de sa tête renversée. Elle la tint ainsi le temps d'ôter ce qui restait de l'arête centrale, tout en fredonnant entre ses dents : « Composez le 800-54-TRUITE FRAÎCHE. »

Elle n'en fit qu'une bouchée, avalant même la queue.

Ensuite elle resta plantée là, le regard perdu au loin. Tout en s'essuyant machinalement la bouche, elle se demanda si elle allait dégobiller ou pas. Elle avait mangé un poisson tout cru ! Bien que son gosier soit encore imprégné de son goût, elle avait peine à y croire. Elle éprouva un drôle de petit chatouillement au creux de l'estomac, elle se dit : *Ça y est, je vais vomir.* Puis elle rota et le chatouillement cessa. Elle retira sa main de ses lèvres. De minuscules écailles argentées adhéraient encore à sa paume. Elle l'essuya sur son jean avec une grimace, puis regagna l'endroit où elle avait laissé ses affaires. Elle ouvrit son sac à dos, tassa les vestiges du poncho au-dessus de ses provisions de bouche et y glissa aussi la capuche, qui en fin de compte s'était avérée plutôt efficace, du moins s'agissant de poissons qui étaient encore jeunes et étourdis. Elle hissa le sac à dos sur les épaules. Elle se sentait revigorée, pleine de honte et d'orgueil à la fois, fiévreuse et un peu déjantée sur les bords.

Je le dirai à personne, c'est tout. Rien ne m'oblige à en parler, donc je garderai le secret. Même si je m'en sors.

— Et je l'ai bien mérité, dit-elle à mi-voix. Quand on est capable de manger du poisson cru, on mérite d'être sauvée.

Les Japonais en mangent tous les jours, fit observer la petite teigne tandis que Trisha se remettait à cheminer le long du ruisseau, comme d'habitude.

— Alors, je pourrai leur en parler à eux, dit Trisha. Si je vais au Japon un jour, je pourrai en parler.

La petite teigne n'insista pas. Trisha l'avait mouchée, et elle en était enchantée.

Elle descendit la pente en prenant mille précautions et se retrouva dans la vallée. En bas, le ruisseau continuait sa course rapide à travers des bois où les pins se mêlaient à des arbres à feuilles caduques. La forêt était dense et touffue, mais les ronces et les halliers y étaient moins abondants, si bien que pendant la plus grande partie de la matinée Trisha avança d'un bon pas. Elle n'avait plus la sensation d'être observée et la petite truite lui avait apporté un regain de vitalité. Elle se raconta que Tom Gordon marchait à côté d'elle. Ils eurent une longue et passionnante conversation, dont Trisha fut le sujet principal. Tom fit montre d'une curiosité insatiable. Il lui posa mille questions, lui demanda quelles étaient ses matières scolaires favorites, pourquoi M. Hall était vache de leur donner des devoirs à faire le vendredi, ce que Debra Gilhooly avait fait pour que tout le monde la considère comme une chieuse finie, et lui fit raconter par le menu ce qui s'était passé quand Pepsi et elle avaient voulu se déguiser en Spice Girls pour Halloween (Quilla s'était écriée que Mme Robichaud faisait ce qu'elle voulait, mais que pour rien au monde elle n'autoriserait sa fille de neuf ans à s'affubler d'une minijupe, de chaussures à plate-forme et d'un bustier ultra-court pour aller récolter des friandises de maison en maison). Trisha en avait été mortifiée, et Tom lui dit qu'il le comprenait très bien.

Elle lui parla ensuite du cadeau que Pete et elle comptaient faire à leur père pour son anniversaire : un puzzle géant créé tout exprès pour lui par un fabricant du Vermont spécialisé dans le puzzle sur mesure. S'il s'avérait que c'était au-dessus de leurs moyens, ils se rabattraient sur une débroussailleuse de jardin. S'interrompant au beau milieu de son récit, Trisha se pétrifia sur place.

Immobile, muette, elle scruta le ruisseau pendant près d'une minute, une grimace de dépit aux lèvres, agitant machinalement la main pour écarter les insectes qui lui tournaient autour de la tête. A cet endroit, le sous-bois était plus broussailleux, les arbres plus chétifs, la lumière plus abondante. Des criquets chantaient en sourdine.

— Ah non ! fit Trisha. Ça va pas recommencer !

C'est le calme subit du ruisseau qui lui avait fait perdre le fil de sa passionnante conversation avec Tom (les êtres imaginaires savent écouter comme personne). Si le ruisseau ne faisait plus entendre son joyeux gazouillis, c'est que la force du courant avait considérablement diminué. A présent, il était envahi d'herbes aquatiques, et il commençait à s'élargir.

— S'il débouche encore dans un marécage, je crois que je vais me suicider, Tom.

Une heure plus tard, progressant péniblement à travers une jungle enchevêtrée de peupliers et de bouleaux, Trisha leva une main lasse jusqu'à son front pour écraser un moustique qui l'agaçait particulièrement, puis elle resta là, la main à plat sur le front, vivante image de la bourlingueuse éreintée qui ne sait plus à quel saint se vouer.

Débordant les rives trop étroites qui n'arrivaient plus à le contenir, le ruisseau avait recouvert une vaste étendue de terrain plat, formant une sorte de marais envahi de roseaux et de joncs. Entre les touffes de végétation, le soleil se mirait dans l'eau stagnante, y faisant chatoyer d'innombrables petites lueurs. Les criquets stridulaient, les grenouilles coassaient ; deux buses dérivaient paresseusement au ciel ; un corbeau solitaire ricanait. Ce marais-là n'avait pas l'air aussi nauséabond que le marécage plein d'arbres morts et de monticules herbus que Trisha avait traversé à gué, mais il s'étendait sur au moins deux kilomètres (voire même trois) avant de buter sur un petit coteau arrondi au flanc couvert de pins.

Et il n'y avait plus trace de ruisseau, bien entendu.

Trisha s'assit sur le sol. Au moment où elle ouvrait la bouche pour parler à Tom Gordon, elle comprit qu'elle ne pouvait pas continuer à se jouer cette comédie ridicule. Pourquoi essayer de le nier ? A chaque heure qui passait, ça devenait un peu plus évident. Elle allait mourir. Peu importe combien de kilomètres elle abattrait, combien de poissons crus elle se forcerait à avaler. Des larmes lui jaillirent des yeux. Elle s'enfouit le visage entre les mains et de gros sanglots la secouèrent.

— Je veux *ma mère* ! hurla-t-elle.

Le monde resta indifférent à ses cris. Les buses avaient disparu, mais quelque part vers le coteau le corbeau ricanait toujours.

— Je veux *ma mère* ! Je veux *mon frère* ! Je veux ma *poupée* ! Je veux *rentrer chez moi* !

Seul le coassement des grenouilles lui répondit. Ça lui rappela une histoire que son père lui avait lue quand elle était petite, celle d'une voiture embourbée avec des grenouilles qui coassent : *Tu coules, tu coules !* Elle lui avait flanqué une trouille de tous les diables.

Ses sanglots redoublèrent, mais au bout d'un moment ce flot de pleurs l'exaspéra. C'en était trop. Folle de rage, elle leva les yeux au ciel. La nuée de moucherons tourbillonnait autour de son visage, et ces satanées larmes continuaient à ruisseler sur ses joues crasseuses.

— Je veux MA MÈRE ! Je veux MON FRÈRE ! Je veux *sortir d'ici, TU M'ENTENDS ?*

Elle trépignait avec une telle fureur qu'une de ses Reebok s'envola. C'était une vraie colère d'enfant, et elle s'en rendait compte. Elle n'avait pas piqué une crise pareille depuis l'âge de cinq ans, mais ça lui était égal. Elle se laissa tomber sur le dos, frappa le sol de ses poings, puis arracha de l'herbe par pleines poignées, qu'elle jetait vers le ciel.

— JE VEUX SORTIR D'ICI, MERDE ! Pourquoi vous me retrouvez pas, bande de cons ? Pourquoi vous me retrouvez pas ? JE VEUX... RENTRER... CHEZ MOI !

Le souffle finit par lui manquer et elle resta allongée sur le dos, contemplant le firmament. Elle avait mal au ventre et ses hurlements lui avaient mis la gorge à vif. Pourtant elle se sentait soulagée, comme si elle venait d'évacuer de dangereuses toxines. Elle se couvrit le visage d'un bras et, reniflant toujours, sombra dans le sommeil.

A son réveil, le soleil était au-dessus du coteau, à l'autre bout du marais. Donc, c'était de nouveau l'après-midi. *Alors, Johnny, qu'allons-nous offrir de beau à nos sympathiques concurrents ? Un après-midi de plus, Bob. C'est pas grand-chose, mais on ne peut pas espérer mieux d'une bande de cons comme nous.*

Quand Trisha se redressa sur son séant, la tête lui tournait. Battant très lentement des ailes, de grands papillons noirs obstruaient peu à peu son champ de vision. L'espace d'un instant, elle crut qu'elle allait tourner de l'œil. Puis le vertige lui passa, mais elle avait la gorge douloureuse et le front brûlant. *J'aurais pas dû m'endormir au soleil*, se dit-elle. Mais ce n'est pas parce qu'elle avait dormi au soleil qu'elle se sentait mal. Elle couvait sûrement un truc grave.

Après avoir remis la chaussure qu'elle avait envoyée promener durant sa crise de nerfs, elle avala une poignée de baies, dévissa le bouchon de sa gourde et se désaltéra. Avisant un buisson de fougères au bord du marais, elle mangea aussi quelques queues de violon. Elles étaient un peu vieilles, dures et amères, mais elle se força à les ingurgiter. Son goûter tardif une fois achevé, elle se leva et, plaçant une main en visière au-dessus de ses yeux pour les protéger du soleil, scruta une fois de plus l'étendue du marais. Au bout d'un moment, elle secoua la tête d'un geste lent et las, qui ressemblait plus à un geste de vieillarde qu'à celui d'une petite fille. De l'endroit où elle se tenait le coteau était bien visible et elle était certaine qu'elle s'y retrouverait sur la terre ferme. Mais l'idée de se passer ses Reebok autour du cou pour patauger encore une fois dans un bourbier lui était insupportable, même si celui-ci était moins profond et moins fangeux. Lui eût-on promis toutes les queues de violon du monde, elle aurait encore trouvé que le jeu n'en valait pas la chandelle. A quoi bon, puisqu'elle n'avait plus de ruisseau à suivre ? En prenant un autre chemin, plus facile, elle aurait sans doute plus de chances d'être secourue — ou au moins de trouver un ruisseau de rechange.

Mettant ce raisonnement en pratique, Trisha bifurqua vers le nord, longeant la bordure orientale du marais, dont l'étendue couvrait la plus grande partie de la vallée. Depuis qu'elle s'était perdue, elle avait souvent opté pour la solution la plus sage (bien plus souvent qu'elle ne le pensait), mais cette fois elle faisait une erreur, la plus grave qu'elle ait commise depuis qu'elle s'était éloignée de la piste. Eût-elle traversé le marais et gravi le coteau, elle aurait aperçu en contrebas l'étang de Devlin, et un peu plus loin Green Mount, une bourgade modeste du New Hampshire. L'étang n'est pas très grand, mais il y a quelques maisonnettes le long de sa rive méridionale, desservies par un chemin de terre qui permet de gagner l'autoroute la plus proche.

Un samedi ou un dimanche, Trisha aurait sans

doute entendu le vrombissement des hors-bord, car le week-end l'étang est fréquenté par les amateurs de ski nautique. Passé le 4 juillet, les hors-bord y pullulent même en semaine, à tel point qu'il leur faut parfois décrire des zigzags compliqués pour éviter la collision. Mais on était début juin, en milieu de semaine. L'étang de Devlin n'était peuplé que de quelques barques de pêcheurs actionnées par des moteurs de vingt chevaux, si bien que Trisha n'entendit que le bruit des oiseaux, des grenouilles et des insectes. Au lieu de se diriger vers l'étang, elle mit le cap sur la frontière canadienne, s'enfonçant encore plus dans les bois. Elle était à six cents kilomètres de Montréal.

Et dans l'intervalle, il n'y avait pas grand-chose.

Septième manche
(prolongations)

Un an avant de divorcer, les McFarland étaient partis une semaine en Floride avec Pete et Trisha pendant les vacances de février. Ce fut une vraie catastrophe. Les enfants passaient le plus clair de leurs journées à ramasser des coquillages tandis que leurs parents se faisaient d'interminables scènes dans le petit bungalow qu'ils avaient loué au bord de la plage (Larry buvait trop, Quilla jetait l'argent par les fenêtres, tu m'avais juré que, faut toujours que tu, et patati et patata, blabla blabla). Au retour, Trisha se débrouilla Dieu sait comment pour souffler le siège de hublot à son frère. Le ciel était couvert au-dessus de Boston, et l'avion était descendu vers la piste d'atterrissage en traversant plusieurs couches successives de nuages, avec une circonspection qui faisait un peu penser à celle d'une grosse dame avançant à tout petits pas sur un trottoir verglacé. Le front collé au hublot, Trisha contemplait tout cela d'un œil fasciné. L'avion s'engouffrait dans un tunnel d'une parfaite blancheur, puis on entrevoyait en contrebas le sol ou les eaux ardoise du port de Boston... puis venait un autre tunnel blanc, suivi d'une autre brève vision de la terre ou de l'océan.

Des quatre jours qui suivirent son malencontreux virage vers le nord, Trisha garda sensiblement la même impression — celle d'avoir traversé un banc de nuages. Sa mémoire n'en conserva que des bribes éparses, en général peu fiables : dans la soirée du mardi, la frontière entre le réel et l'imaginaire avait commencé à devenir floue. Le samedi matin, au bout d'une semaine dans la forêt, elle s'était pratiquement abolie. Comme elle ne comptait plus les jours, Trisha ne savait même pas qu'on était samedi ; entre-temps, Tom Gordon était devenu son compagnon de tous les instants et désormais il n'était plus pour elle un être chimérique, mais une présence bien réelle. Pepsi Robichaud l'accompagna quelque temps ; elles chantèrent en chœur leurs chansons favorites des Boyz To Da Maxx et des Spice Girls, ensuite Pepsi passa derrière un arbre et ne ressortit pas de l'autre côté. Trisha alla jeter un coup d'œil derrière l'arbre et il lui fallut plusieurs minutes d'intense concentration pour comprendre qu'elle avait été victime d'une hallucination. Elle s'assit sur le sol et pleura un bon coup.

Alors qu'elle traversait une vaste clairière parsemée de rochers, un gros hélicoptère noir, assez semblable à ceux qu'utilisent les sinistres conspirateurs dans *X-Files*, surgit soudain au ciel et resta en suspens au-dessus de sa tête. Hormis l'imperceptible battement de ses pales, il ne faisait aucun bruit. Trisha agita les bras et hurla à tue-tête, mais l'hélicoptère s'éloigna pour ne jamais revenir. Pourtant ses occupants l'avaient forcément vue. Le jeudi (mais était-ce bien le jeudi ?), elle arriva en vue d'une forêt de pins très ancienne. Le soleil y pénétrait de biais en longs rayons poussiéreux, comme à travers les vitraux d'une cathédrale. De chacun de ces pins immenses pendait le cadavre mutilé d'un chevreuil. Il y en avait bien mille. Une armée de chevreuils massacrés, grouillants de mouches et d'asticots. Trisha ferma les yeux et quand elle les rouvrit les charognes s'étaient volatilisées. Elle trouva un ruisseau et le suivit pendant un certain temps. Ensuite il s'abolit, soit qu'il ait disparu comme les autres, soit qu'elle s'en soit écartée par mégarde. Quelque temps auparavant, regardant au fond de l'eau, elle avait aperçu un visage gigantesque. Tout noyé qu'il soit, le visage vivait encore ; il avait levé les yeux sur elle, sa bouche formant des paroles muettes. Au moment où elle passait devant un grand arbre gris qui ressemblait à une main tordue évidée de l'intérieur, une voix désincarnée s'en échappa, criant son nom. Une nuit, elle fut réveillée par la sensation d'un poids sur sa poitrine. Elle crut que la chose était enfin venue la chercher, mais quand elle étendit la main vers elle il n'y avait rien et elle put se remettre à respirer normalement. Plusieurs fois, il lui sembla qu'on la hélait ; elle répondit à ces appels par de grands cris, mais ils restèrent sans écho.

Entre deux nuages de fantasmagorie, de brefs éclairs de réalité lui apparaissaient avec un relief très net, comme celui de la terre vue d'avion. Elle se souvenait d'avoir découvert un autre champ de gaulthéries, un immense champ couvrant tout un flanc de colline, et d'avoir bourré son sac de baies en fredonnant le jingle du pare-brise. Elle se souvenait d'avoir rempli sa gourde et sa bouteille de Surge à une source. Elle se souvenait d'avoir trébuché sur une racine et d'avoir roulé jusqu'au fond d'une sorte de sillon humide où poussaient des fleurs d'une beauté merveilleuse, blanches, gracieuses, en forme de clochettes, dont les luisants pétales répandaient une odeur exquise. Elle se souvenait avec une parfaite netteté d'avoir trouvé en travers de son chemin le cadavre décapité d'un renard. Elle ferma les yeux et compta jusqu'à vingt, mais contrairement à celles des chevreuils pendus de la forêt de pins, cette charogne-là ne disparut pas. Elle était certaine qu'un corbeau accroché à une branche la tête en bas avait croassé sur son passage. Ça lui paraissait impossible, bien sûr, mais l'image était restée dans sa mémoire avec une précision presque palpable, dont d'autres étaient dépourvues (celle du gros hélicoptère noir, par exemple). Elle se souvenait d'avoir pêché avec sa capuche dans le ruisseau quelque temps avant d'y apercevoir le visage noyé. Elle n'avait pas capturé de truites cette fois, seulement quelques têtards, qu'elle avait dévorés après s'être assurée qu'ils étaient bien morts. Si elle les avait avalés vivants, ils se seraient peut-être transformés en grenouilles et l'idée d'avoir des grenouilles dans le ventre la terrifiait.

Elle était malade. Sur ce point, elle ne s'était pas trompée. Sa gorge, sa poitrine et ses sinus étaient infectés, mais son corps se défendait comme un beau diable. Quand la fièvre prenait le dessus, elle restait plongée dans une demi-hébétude, plusieurs heures de suite parfois. Même faible et tamisée par des frondaisons épaisses, la lumière lui faisait mal aux yeux, et elle débitait un flot de paroles ininterrompu. La plupart du temps, c'est à Tom Gordon qu'elle s'adressait, mais elle eut d'autres interlocuteurs : sa mère, son frère, son père, Pepsi, et la totalité de ses maîtres et de ses maîtresses, en remontant jusqu'à

Mme Garmond, son institutrice de l'école maternelle. La nuit, elle se réveillait recroquevillée sur elle-même, les genoux repliés sur la poitrine, grelottante de fièvre et secouée d'une toux si violente qu'elle craignait que quelque chose ne se déchire en elle. Mais au lieu d'empirer, sa fièvre retombait ou disparaissait purement et simplement, et les névralgies qui l'accompagnaient perdaient de leur violence. Elle ne dormit sans encombre qu'une seule nuit (c'était celle du jeudi au vendredi, mais elle ne le savait pas). Son sommeil ne fut pas perturbé et au matin elle se sentit presque revigorée. Elle avait peut-être toussé, mais pas assez fort pour que ça la réveille. Elle frotta son avant-bras gauche à du sumac vénéneux, mais tartina aussitôt l'inflammation de boue, si bien qu'elle ne s'étendit pas.

Les moments dont elle avait gardé le souvenir le plus net étaient ceux qu'elle avait passés enfouie sous des monceaux de branches à écouter la retransmission des matches des Red Sox, à la pâle lumière des étoiles. Ils remportèrent deux de leurs trois parties contre Oakland et c'est Tom Gordon qui marqua le point final dans les deux cas. Mo Vaughn sortit victorieux de deux tours de batte, et Troy O'Leary (qui de l'humble avis de Trisha était l'un des batteurs les plus craquants du monde) marqua un point. Elle resta fidèle tout du long à WEEI, et quoique la réception perdît de sa netteté de soir en soir, les piles résistèrent vaille que vaille. Elle se souvenait d'avoir pensé que si elle s'en tirait il faudrait qu'elle écrive une lettre enthousiaste au petit lapin d'Energizer. Il est vrai aussi qu'au moindre signe de torpeur elle éteignait la radio. Pas une seule fois elle ne s'endormit avec la radio allumée, même pas le vendredi soir, alors que la fièvre et la diarrhée la ravageaient. La radio était sa bouée de sauvetage, les matches l'aidaient à tenir. Sans eux, elle aurait sans doute lâché la rampe.

A son entrée dans la forêt, la petite fille qui aurait bientôt dix ans et qui était grande pour son âge pesait quarante-quatre kilos. Celle qui gravit en titubant une pinède escarpée et déboucha dans une clairière broussailleuse, sept jours plus tard, n'en pesait plus que trente-cinq. Son visage était boursouflé de piqûres de moustiques, et un énorme bouton de fièvre avait éclos sur le côté gauche de sa bouche. D'un geste purement machinal, elle remontait sans arrêt son jean qui lui glissait des hanches. Elle fredonnait une chanson à mi-voix (« Oui, serre-moi dans tes bras... J'ai tant besoin de toi ») et avait l'air d'une des plus jeunes héroïnomanes du monde. Elle avait fait preuve de beaucoup d'ingéniosité, la météo lui avait été favorable (température clémente, pas une averse depuis le jour où elle s'était perdue) et elle avait découvert au fond d'elle des réserves d'énergie insoupçonnées. Ces réserves étaient presque taries à présent et, dans un recoin de son esprit exténué, Trisha en avait conscience. La petite fille qui traversait la clairière d'un pas chancelant d'ivrogne était, on peut le dire, au bout du rouleau.

Dans le monde qu'elle avait laissé derrière elle, les recherches se poursuivaient, mais les sauveteurs n'y mettaient plus guère de conviction, ayant pour la plupart perdu tout espoir de la retrouver en vie. Ses parents hésitaient sur la conduite à tenir : valait-il mieux organiser sur-le-champ une cérémonie funèbre ou attendre qu'on ait retrouvé le corps ? Et s'ils optaient pour la seconde hypothèse, attendre combien de temps ? Dans ces cas-là, il arrive que les corps ne soient jamais retrouvés. Pete n'intervenait guère dans le débat ; renfrogné, l'œil cave, il restait muré dans un silence têtu. Il s'était approprié Ramona-Grosse-Bise et l'avait assise dans un coin de sa chambre, en face de son lit. Dès que sa mère posa les yeux sur la poupée, il lui cria :

N'y touche pas ! Je te le défends !

Dans le monde des lumières, des voitures et du macadam, Trisha était morte. Dans celui qui s'étend à l'écart des sentiers, où les corbeaux pendent parfois des branches la tête en bas, elle n'était pas loin de l'être. Pourtant, elle continuait son petit bonhomme de chemin (encore une expression typique de son père). Il lui arrivait d'en dévier légèrement vers l'ouest ou vers l'est, mais c'était rare. Elle maintenait son cap avec une opiniâtreté extraordinaire, aussi extraordinaire que la résistance tenace que son corps opposait à l'infection. Mais cette opiniâtreté jouait contre elle, puisqu'elle l'entraînait lentement mais inexorablement à l'écart des régions les plus peuplées du New Hampshire, vers le nord sauvage et désertique.

La chose — présence toujours aussi énigmatique — lui tint compagnie durant cette longue marche. Trisha n'accordait plus qu'une confiance relative à ses sens (surtout la vue), mais pas une seconde elle ne douta de l'existence de la créature que le Moine aux guêpes nommait le Dieu des Égarés ; pas une seconde elle ne pensa que les marques de griffes sur les arbres ou le renard décapité n'avaient été que des hallucinations. Quand elle devinait la présence de la chose, ou la percevait par l'oreille (à plusieurs reprises elle l'avait entendue faire craquer des branches dans le sous-bois et elle avait émis par deux fois son rauque feulement de fauve), elle ne doutait jamais de sa réalité. Quand elle ne sentait plus sa présence, c'est qu'elle n'était plus là, voilà tout. Elles étaient liées l'une à l'autre désormais et le lien ne se romprait qu'à la mort de Trisha. Une mort inéluctable, que sous peu elle rencontrerait au coin d'un bois, comme aurait dit sa mère. Mais dans les bois, il n'y a pas de coins. Il y a des moustiques, des marécages, des gouffres qui s'ouvrent soudain sous vos pas, mais pas de coins. Il n'était pas juste qu'elle meure alors qu'elle avait lutté avec tant d'acharnement pour survivre, mais cette injustice ne la mettait plus en colère. Pour se mettre en colère, il faut avoir de l'énergie, de la vitalité. Or, Trisha n'en avait pour ainsi dire plus.

En arrivant au milieu de cette clairière semblable à toutes les autres clairières qu'elle avait traversées, elle fut prise d'une nouvelle quinte de toux. Cela lui fit un mal de chien ; on aurait dit qu'un grand crochet lui labourait la poitrine de l'intérieur. Elle se plia en deux, agrippa un tronc d'arbre mort et s'abandonna à la toux. De grosses larmes lui jaillirent des yeux. Elle voyait double. Quand la toux s'apaisa enfin, elle resta dans la même position, attendant que son cœur cesse de tambouriner et que les grands papillons noirs qui lui dansaient devant les yeux replient leurs ailes. Si elle ne s'était pas accrochée à ce tronc d'arbre, elle serait sûrement tombée.

Ses yeux se posèrent sur le tronc et sa tête se vida soudain de toute pensée. La première qui remonta à la surface fut : *Ce que je crois voir n'est pas vraiment là. Ce n'est qu'une hallucination de plus.* Elle ferma les yeux et compta jusqu'à vingt. Quand elle les rouvrit, les papillons noirs avaient disparu, mais le reste n'avait pas changé. Le tronc d'arbre n'était pas un tronc d'arbre. C'était un poteau de clôture. En son sommet, un vieux verrou rouillé était encore vissé dans le bois grisâtre et spongieux.

La main de Trisha se referma sur le verrou. Il avait bien la consistance du métal. Elle le lâcha, regarda ses doigts. Ils étaient tachés de rouille. Elle saisit de nouveau le verrou, fit aller et venir le pêne. Elle fut envahie d'un sentiment de déjà vu semblable à celui qu'elle avait éprouvé quand elle était revenue sur ses pas, mais beaucoup plus intense, et qui semblait avoir un rapport avec Tom Gordon. Où avait-elle pu... ?

— Tu l'as vu en rêve, dit Tom.

Il était debout à une quinzaine de mètres de là, les bras croisés, les fesses appuyées contre un érable. Il portait toujours son uniforme gris.

— Tu as rêvé qu'on était ici ensemble, toi et moi.

— C'est vrai ?

— Tu ne t'en souviens pas ? On faisait relâche ce soir-là. Le soir où tu as écouté Walt.

— Walt... ? fit Trisha.

Ce nom lui rappelait vaguement quelque chose, mais il avait perdu toute espèce de sens pour elle.

— Walt de Framingham. Le taré à téléphone portable.

Peu à peu, la mémoire revenait à Trisha.

— Le soir où il y a eu la pluie d'étoiles ?

Tom hocha affirmativement la tête.

Sans lâcher le verrou, Trisha fit lentement le tour du poteau. En inspectant un peu plus attentivement le paysage, elle comprit que la clairière n'en était pas une. L'herbe y était trop verte, trop abondante ; ce n'était pas de l'herbe folle. A cet endroit, jadis, il y avait eu un pré. Pourvu qu'on fasse abstraction des bouleaux et des broussailles et qu'on embrasse l'ensemble du regard, il n'y avait pas à s'y tromper. C'était un pré. Un pré que des *hommes* avaient aménagé et entretenu, les mêmes hommes qui avaient enfoncé le poteau dans le sol et l'avaient muni d'un verrou.

Posant un genou à terre, Trisha promena sa main de bas en haut le long du poteau — en l'effleurant à peine, par crainte des échardes. En son milieu, elle découvrit deux trous d'où dépassaient les restes de deux minuscules pointes métalliques. Elle explora l'herbe à tâtons et n'y décelant rien chercha plus bas, parmi les touffes entremêlées. Sous un amas de vieux foin blanchi, elle décela un objet dur. L'herbe s'était entortillée autour et elle dut tirer dessus de toutes ses forces pour le libérer. C'était un vieux gond rouillé. Trisha le leva vers le soleil. Un mince rayon, passant à travers l'un des trous filetés, lui déposa un brillant point de lumière sur la joue.

— Tom ! s'écria-t-elle dans un souffle.

Elle se retourna vers l'érable, certaine d'avance qu'il aurait disparu. Mais il était toujours adossé au tronc, les bras croisés. Il avait l'air grave, mais Trisha crut discerner au coin de ses lèvres l'ombre infime d'un sourire.

— T'as vu ça ? dit-elle en tendant vers lui le gond rouillé.

— Ce sont les vestiges d'une porte, dit Tom.

— Une porte ! s'écria Trisha, aux anges.

Une porte n'avait pu être installée là que par des hommes, des habitants du pays merveilleux de la Fée électricité, des gadgets et des bombes anti-mous-tiques.

— C'est ta dernière chance, ne l'oublie pas.

Elle le regarda, un peu déconcertée.

— Que veux-tu dire ?

— La partie touche à sa fin. Tu ne peux plus te permettre la moindre erreur.

— Écoute, Tom...

Mais il n'y avait plus personne. Tom s'était volatilisé. Trisha ne pouvait pas dire qu'il s'était volatilisé sous ses yeux, puisqu'il n'avait jamais été là que dans son imagination.

Comment tu t'y prends pour gagner à tous les coups ? lui avait-elle demandé un jour.

Il faut que le gars en face comprenne d'entrée de jeu qu'il n'est pas le plus fort, avait répondu Tom.

Quand lui avait-il dit cela ? Elle ne s'en souvenait plus très bien. Peut-être qu'il ne lui avait rien dit en fait. Peut-être que cette phrase avait été prononcée par un commentateur pendant la retransmission d'un match. Peut-être que Tom lui-même l'avait prononcée lors d'une interview donnée à chaud, à la fin d'une partie que Trisha venait de regarder assise sur le canapé du salon, la tête nichée au creux de l'épaule de son père.

C'est ta dernière chance. La partie touche à sa fin. Tu ne peux plus te permettre la moindre erreur.

Comment ne pas faire d'erreurs quand on ne sait même pas ce qu'on fait ?

Ne voyant pas ce qu'elle aurait pu répondre à cette question, Trisha tourna de nouveau autour du poteau, une main sur le verrou, d'un pas lent, délicat, telle une vierge saxonne enroulant son ruban autour de l'arbre de Mai. Les bois qui bordaient le pré tournoyaient autour d'elle. Ça lui rappelait un peu les tours de manège sur la plage d'Old Orchard Beach. Ces bois ne différaient guère de tous ceux qu'elle avait traversés jusqu'alors. Quelle direction fallait-il prendre ? Comment ne pas se tromper ? Ce poteau ne lui serait d'aucun secours. Ce n'était pas un poteau indicateur.

— Ce n'est pas un poteau indicateur, murmura-t-elle en accélérant le pas. Comment un simple poteau m'indiquerait-il quelque chose ? Comment une petite bécasse comme moi pourrait-elle... ?

Tout à coup, une idée lui germa dans la tête et elle se laissa retomber à genoux. Un rocher coupant lui entama le tibia, mais c'est à peine si elle s'en aperçut. *Peut-être que c'est un poteau indicateur*, se disait-elle. *Peut-être qu'il va me montrer le chemin.*

Jadis, ce poteau avait soutenu une porte de clôture.

Trisha se repéra soigneusement sur les deux trous que les vis avaient laissés dans le bois, plaça ses pieds parallèlement à eux et se mit à ramper lentement, en s'efforçant d'avancer bien droit. Le genou droit... puis le gauche... de nouveau le droit...

Elle fit : « *Ouille !* » et ramena brusquement sa main droite vers elle. Un objet dissimulé dans l'herbe l'avait piquée, et la douleur avait été nettement plus vive que quand elle s'était râpé le tibia. Elle examina sa paume. De petites gouttes de sang perlaient de la terre durcie qui s'y était accumulée. Trisha pencha le buste en avant, et elle écarta l'herbe pour voir l'objet qui venait de la blesser. Elle avait déjà deviné de quoi il s'agissait, mais elle voulait en être absolument sûre.

C'était le dernier tronçon du second poteau, dont

il ne restait qu'une trentaine de centimètres. Elle avait eu de la chance de ne pas se blesser plus gravement, car il était hérissé d'innombrables échardes, certaines très longues et très effilées. La deuxième moitié du poteau brisé gisait un peu plus loin, à demi enfouie sous un amas d'herbe fanée, blanchie par le soleil, d'où jaillissaient des touffes de jeunes graminées d'un beau vert tendre.

Ta dernière chance. La partie touche à sa fin.

— Je ne suis qu'une petite fille, il ne faut pas m'en demander trop, dit Trisha d'une voix gémissante.

Elle fit glisser les sangles de son sac à dos, l'ouvrit et en sortit les vestiges de son poncho. Elle en détacha une lanière, qu'elle noua autour du tronçon de poteau encore enfoncé dans le sol. De brefs accès de toux la secouaient. La sueur lui dégoulinait le long des joues et des moucherons venaient s'y abreuver. Plusieurs se noyèrent, mais Trisha ne s'en aperçut pas.

Elle se releva, se repassa les sangles de son sac autour des épaules et se plaça entre le poteau encore entier et la lanière de plastique bleu qui marquait l'emplacement de l'autre.

— La porte était ici, dit-elle. A cet endroit exact.

Elle regarda droit devant elle, vers le nord-ouest. Ensuite elle fit volte-face et regarda dans la direction opposée.

— Je ne sais pas à quoi servait cette porte, mais personne ne l'aurait mise là s'il n'y avait pas eu une route, un chemin, une piste ou je ne sais quoi. Il faut que...

Sa gorge se noua et elle sentit qu'elle allait pleurer. Elle refoula ses larmes, puis reprit la parole :

— Il faut que je trouve un chemin. N'importe quel chemin. Où peut-il être ? Aide-moi, Tom.

Tom Gordon ne lui répondit pas. Un geai émit un glapissement courroucé et quelque chose remua dans la forêt (pas la chose, mais un animal quelconque, un chevreuil sans doute — elle avait aperçu beaucoup de chevreuils ces derniers temps), puis le silence retomba. En face d'elle, l'entourant de tous côtés, s'étendait un pré tellement ancien qu'il fallait y regarder à deux fois pour ne pas le prendre pour une banale clairière. A l'autre bout du pré, Trisha ne voyait que des bois denses et serrés, pleins d'arbres dont elle ne savait pas les noms. Pas la moindre amorce de sentier.

C'est ta dernière chance, ne l'oublie pas.

Trisha fit demi-tour et mit le cap sur le nord-ouest, à travers champs, en direction des bois. Elle ne se retourna qu'une fois, pour s'assurer qu'elle avançait en ligne droite. Une légère brise agitait les frondaisons, qui projetaient des mouchetures un peu semblables à celles que créent les grosses boules lumineuses des discothèques. Trisha entrevit, couché sur le sol, un objet qui lui sembla être un autre poteau. Pleine d'espoir, elle pénétra dans le sousbois et se dirigea vers lui en louvoyant entre les arbres, sous un écheveau compliqué de branches basses qui l'obligeaient à baisser continuellement la tête. Mais ce n'était qu'un simple tronc, pas un poteau. Elle eut beau scruter le sous-bois en avant d'elle, elle n'y décela rien d'intéressant. Le cœur battant à tout rompre, son souffle s'échappant par brèves saccades de ses poumons obstrués, elle fit volte-face, se fraya un chemin jusqu'à la clairière et se plaça de nouveau entre les deux poteaux. Elle se tourna dans l'autre sens et avança à pas comptés vers la lisière des bois, mettant cette fois le cap sur le sud-est.

— *C'est là que les Athéniens s'atteignent*, disait toujours Trupiano. *La fin de partie approche. Les Red Sox vont-ils enfin se lancer à l'assaut des bases ?*

Des bois. Il n'y avait que des bois. Pas le moindre sentier en vue. Trisha pénétra dans la forêt et avança de quelques pas, ravalant ses larmes, sachant que bientôt elle n'arriverait plus à les contenir. Pourquoi fallait-il que le vent souffle ? Comment discerner quoi que ce soit avec ces petits points de lumière à la con qui n'arrêtaient pas de tournoyer ? On se serait cru dans un planétarium.

— C'est quoi, là-bas ? fit la voix de Tom Gordon derrière elle.

— Où ça ? demanda Trisha. Je ne vois rien.

Elle ne se donna même pas la peine de se retourner. Les soudaines apparitions de Tom ne l'émerveillaient même plus. Passant un bras par-dessus son épaule, il lui désigna quelque chose du doigt.

— Là, sur ta gauche.

— Oh, ce n'est qu'un vieux tronc, dit-elle.

En était-elle si sûre que ça ? Peut-être qu'elle n'osait pas y croire, voilà tout.

— Moi, c'est un autre poteau que je vois, dit Tom Gordon, qui comme tout bon joueur de base-ball avait des yeux de lynx.

Trisha se fraya un passage entre les arbres (ce ne fut pas de la petite bière, car à cet endroit la végétation était incroyablement touffue, et les broussailles inextricables), et constata qu'il s'agissait bel et bien d'un poteau. Des restes rouillés de fil barbelé saillaient le long de son flanc, tels des nœuds papillon miniatures.

Posant une main sur sa tête polie par les intempéries, Trisha scruta le sous-bois moucheté de lueurs dansantes. Elle se souvenait confusément d'un après-midi pluvieux qu'elle avait passé dans sa chambre, plongée dans un livre de jeux que sa mère venait de lui acheter. Il contenait entre autres un dessin extraordinairement compliqué dans lequel on était censé découvrir dix objets cachés : une pipe, un clown, une bague, et Dieu sait quoi encore.

C'est un sentier qu'il lui fallait découvrir à présent. *Je vous en prie, mon Dieu, aidez-moi à le trouver*, songea-t-elle en fermant les yeux. C'est au Dieu de Tom Gordon qu'elle s'adressait, pas à l'Imperceptible. Elle n'était pas à Malden, chez son père, ni à Sanford, et c'est d'un Dieu bien tangible qu'elle avait besoin, un Dieu qu'on pouvait désigner de son index dressé quand on avait marqué le point salvateur. *Je vous en prie, mon Dieu, accordez-moi une belle fin de partie.*

Elle rouvrit les yeux et les écarquilla autant qu'elle pouvait en s'efforçant de tout embrasser du regard sans rien regarder en particulier. Cinq secondes s'écoulèrent, puis quinze, puis trente. Et tout à coup, elle trouva. Elle ne savait pas ce qu'elle voyait au juste, ce n'était peut-être qu'un coin de forêt où les arbres étaient un peu moins drus, la lumière un peu moins tamisée, ce n'était peut-être qu'un endroit sur lequel les ombres convergeaient de façon suggestive, mais elle comprit aussitôt qu'il s'agissait des derniers vestiges d'un sentier.

Elle s'y engagea en se disant : *Si je ne veux pas le perdre, il vaut mieux que je n'y pense pas trop.*

Elle ne tarda pas à tomber sur un autre poteau, qui penchait dangereusement vers le sol. Un hiver de plus dans une gangue de glace, un dégel printanier de plus, et les herbes drues de l'été l'auraient à jamais englouti. *Si j'y pense trop, si je le regarde trop, il s'effacera.*

C'est avec cette idée en tête que Trisha entreprit de longer le peu qui restait d'une clôture construite en 1905 par un certain Elias McCorkle, agriculteur de son état. McCorkle avait planté ses pieux le long du chemin forestier qu'il avait tracé dans sa jeunesse, avant que la boisson ait eu raison de lui et de ses ambitions. Trisha marchait les yeux grands ouverts, sans jamais marquer la moindre hésitation (si elle l'avait fait, elle aurait risqué de se remettre à réfléchir, et ça aurait pu lui coûter cher). Par endroits, elle perdait les poteaux de vue, mais elle ne s'arrêtait pas pour explorer les fourrés afin d'y retrouver leurs vestiges. Elle se laissait guider par les ombres et les lumières, et par son instinct. Elle continua à marcher ainsi pendant tout le reste de la journée, louvoyant entre les bosquets d'arbres et les enchevêtrements de ronces sans jamais quitter des yeux la trace indécise du sentier. Elle marcha ainsi sept longues heures d'affilée. Au moment où elle se disait qu'elle allait encore être obligée de dormir recroquevillée dans son poncho, qui ne serait qu'un piètre rempart contre les moustiques, elle parvint à l'orée d'une autre clairière. Trois poteaux de guingois traçaient une ligne irrégulière en son centre. Le dernier des trois portait encore les restes d'une claie, que les hautes herbes avaient empêchée de s'effondrer en s'entortillant autour de ses deux barreaux inférieurs. De l'autre côté de la porte à claire-voie, des ornières à demi effacées, couvertes d'un épais tapis d'herbe et de pâquerettes, décrivaient une boucle vers le sud avant d'aller se perdre dans les bois. C'était un ancien chemin de forestiers.

Sans hâte, Trisha contourna la porte et marcha jusqu'à l'endroit où le chemin semblait naître (ou finir, suivant le sens dans lequel on se plaçait). Elle resta immobile un moment, puis se laissa tomber à quatre pattes et se mit à ramper le long d'une des ornières. Tandis qu'elle rampait, un flot de larmes lui jaillit des yeux. Toujours à quatre pattes, elle escalada le terre-plein envahi de végétation, sans essayer d'esquiver les hautes herbes qui lui chatouillaient le menton, et passa dans l'autre ornière. Elle continua à ramper ainsi, comme une aveugle, en criant à travers ses larmes :

— Un chemin ! C'est un chemin ! J'ai trouvé un chemin ! Merci, mon Dieu ! Merci de m'avoir envoyé ce chemin !

A la fin, elle s'arrêta, fit glisser son sac à dos de ses épaules et s'allongea au fond de l'ornière. *Ce sont des roues qui l'ont creusée*, se dit-elle, et tout en pleurant elle éclata de rire. Au bout d'un moment, elle se retourna sur le dos et leva les yeux vers le ciel.

Huitième manche

Quelques minutes plus tard, Trisha se remit en marche. Elle suivit le chemin pendant encore une heure, jusqu'à la tombée de la nuit. Au loin, du côté de l'ouest, le tonnerre grondait. C'est la première fois qu'elle l'entendait depuis le jour où elle s'était perdue. Il faudrait qu'elle se niche au creux d'un bosquet d'arbres bien touffus. S'il pleuvait fort, ça ne l'empêcherait pas d'être mouillée, mais vu sa disposition présente elle n'en avait cure.

Elle s'arrêta et s'assit sur le terre-plein. Au moment où elle faisait glisser son sac de ses épaules, elle aperçut quelque chose dans la pénombre en avant d'elle. Un objet qui semblait appartenir au monde des humains, car il avait des formes anguleuses. Elle remit les sangles en place et s'approcha d'un pas circonspect du bord du chemin, plissant les yeux comme ces myopes qui sont trop coquets pour mettre des lunettes. A l'ouest, le tonnerre gronda de nouveau, un peu plus fort cette fois.

C'était la cabine d'une camionnette, dont la partie arrière dépassait d'un enchevêtrement de broussailles. Le capot disparaissait presque entièrement sous le lierre. C'était un capot à double pan, de forme allongée. L'un des deux pans bâillait, et Trisha vit qu'à la place du moteur il n'y avait plus que des fougères. La carrosserie était mangée de rouille et la cabine penchait nettement d'un côté. Le pare-brise n'était plus qu'un souvenir. La banquette était encore en place, mais il n'en restait plus que le crin. La toile du revêtement avait dû pourrir, à moins que de petits rongeurs ne l'aient dévorée.

Le tonnerre gronda encore et cette fois la lueur tremblotante d'un éclair éclaira brièvement les nuages, qui couraient à toute allure dans le ciel, mouchant l'une après l'autre les premières étoiles.

Trisha arracha une branche, la fit passer à travers le pare-brise, et frappa plusieurs fois le rembourrage de la banquette, soulevant une invraisemblable quantité de poussière qui s'échappa en un paresseux nuage par les orifices béants du pare-brise et des vitres. Une quantité encore plus invraisemblable de petits écureuils jaillit de sous la banquette en un flot désordonné qui se rua vers la lunette arrière en poussant des couinements aigus.

— Tous aux chaloupes ! hurla Trisha. Nous avons heurté un iceberg ! Les femmes et les écureuils d'ab...

Elle avala une grande goulée de poussière et une affreuse quinte de toux la secoua. Elle s'affala lourdement sur le sol, son bâton en travers des genoux, et toussa comme une perdue, cherchant l'air avec de bruyants hoquets, au bord de l'évanouissement. Elle se dit que tout compte fait il valait sans doute mieux qu'elle renonce à passer la nuit là-dedans. Il y avait peut-être encore quelques écureuils à bord, mais ce n'est pas des écureuils qu'elle avait peur, ni même des couleuvres (du reste, si des couleuvres avaient élu domicile dans la cabine, les écureuils auraient déménagé depuis belle lurette). Elle ne voulait pas passer huit heures à aspirer de la poussière et à cracher ses poumons. Certes, elle aurait été ravie d'avoir de nouveau un toit au-dessus de la tête, mais pas à ce prix-là.

Elle se fraya un passage parmi les broussailles et pénétra dans le sous-bois. Elle s'assit au pied d'un épicéa, mangea quelques faines et but un peu d'eau. Ses réserves de nourriture et d'eau avaient beaucoup diminué, mais ce soir elle était trop fatiguée pour s'en soucier. Elle avait trouvé un chemin, c'était le principal. Un chemin hors d'âge, qui n'avait pas servi depuis une éternité, mais qui la conduirait forcément quelque part. A moins qu'il ne tourne court, comme les ruisseaux. Mais pour l'instant, mieux valait ne pas y penser, mieux valait garder un peu d'espoir, se dire que le chemin lui accorderait ce que les ruisseaux lui avaient refusé.

La nuit fut torride, étouffante. En Nouvelle-Angleterre, les étés sont brefs, mais font parfois régner une moiteur tropicale. Trisha s'éventa en secouant le col crasseux de son maillot au-dessus de sa gorge crasseuse, fit saillir sa lèvre inférieure pour souffler sur les cheveux qui adhéraient à son front, puis rajusta sa casquette et se laissa de nouveau aller en arrière sur son sac à dos. L'idée lui vint de sortir son Walkman, mais elle la chassa aussitôt de sa tête. Si elle essayait d'écouter un match ce soir, elle s'endormirait à coup sûr et ses piles seraient fichues pour de bon.

Elle allongea les jambes, se faisant un oreiller de son sac à dos. Elle éprouvait une sensation dont elle avait oublié l'existence depuis si longtemps que son retour lui paraissait miraculeux : c'était du bien-être, tout simplement.

— Merci, mon Dieu, dit-elle.

Trois minutes plus tard, elle dormait.

Elle fut tirée de son sommeil au bout de deux heures, quand les premières gouttes glaciales de la grosse pluie d'orage, perçant le dais de feuillage, s'écrasèrent sur son visage. Puis le tonnerre éclata et ce fut comme si le monde se fracassait en mille morceaux. Trisha se redressa sur son séant, le souffle coupé. Les arbres craquaient sinistrement sous un vent impétueux ; un éclair subit les illumina brièvement, soulignant leurs silhouettes noires et tourmentées comme le flash d'un photographe de presse.

Trisha se mit péniblement debout et écarta les cheveux qui lui retombaient sur les yeux. Le tonnerre gronda encore et elle se recroquevilla sur elle-même. Ce n'était pas vraiment un grondement, on aurait plutôt dit le claquement d'un fouet. L'orage était là, tout près, au-dessus d'elle. Sous peu, malgré les arbres, elle serait trempée comme une soupe. Elle empoigna son sac à dos et se dirigea d'un pas trébuchant vers la cabine de camionnette rouillée, dont elle discernait la forme indécise et penchée dans l'obscurité. Elle fit quelques pas puis s'arrêta, à bout de souffle. Une toux saccadée lui déchira la poitrine. Le vent animait les branches de mouvements désordonnés, et elles lui giflaient la nuque et les épaules, mais c'est à peine si elle s'en rendait compte. Quelque part dans la forêt, un arbre foudroyé s'effondra dans un vacarme assourdissant.

La chose était là, tout près.

Le vent tourna brusquement, lui éclaboussant le visage de pluie, et elle sentit son odeur, une odeur âcre et musquée qui lui fit penser à la cage des fauves au zoo. Mais la chose n'était pas en cage, elle.

Trisha reprit sa marche en direction de l'épave du camion. Elle tenait une main en avant d'elle pour éviter d'être cinglée par les branches et agrippait de l'autre sa casquette qui menaçait de s'envoler. Les ronces lui lacéraient les chevilles et les mollets. Sortant de la forêt qui la protégeait de la pluie, elle se retrouva au bord de *son* chemin (pour elle, le possessif s'imposait désormais) et fut aussitôt trempée jusqu'aux os.

Quand elle atteignit la portière qui pendait sur ses gonds, sa vitre béante envahie de liserons, un nouvel éclair traversa le ciel, nimbant brièvement le paysage de sa lumière violette. Dans sa lueur blafarde, Trisha discerna une silhouette debout de l'autre côté du chemin. Une créature aux épaules massives, aux yeux noirs, dont les oreilles dressées ressemblaient à des cornes. Ou était-ce des cornes ? Pour Trisha, cette créature debout sous la pluie n'avait rien d'humain. Rien d'animal non plus, du reste. C'était un dieu. *Son* dieu. Le Dieu aux guêpes !

— NON ! hurla-t-elle en se précipitant dans le camion, sans prendre garde au nuage de poussière qu'elle soulevait ni à l'odeur de moisi que répandait la banquette. NON ! VA-T'EN, VA-T'EN ! LAISSE-MOI TRANQUILLE !

Un coup de tonnerre lui répondit, et la pluie se mit à tambouriner de plus belle sur le toit rouillé de la cabine. Trisha se couvrit la tête de ses bras et se coucha en chien de fusil, grelottant et toussant. Elle attendait encore l'arrivée de la chose quand elle se rendormit.

Son sommeil fut profond, sans rêves (ou si elle rêva, elle n'en garda aucun souvenir). A son réveil, il faisait grand jour. Un soleil étincelant brillait au ciel, faisant régner une chaleur intense. Il lui sembla que les arbres étaient plus verts, l'herbe plus grasse, le chant des oiseaux plus joyeux. L'eau s'égouttait du feuillage dans une sorte de murmure cristallin et doux. Quand Trisha leva la tête pour regarder à travers le rectangle béant du pare-brise (qui penchait nettement vers la droite), elle ne vit d'abord que le soleil qui se mirait dans une flaque, au fond d'une des ornières de son chemin. La réverbération était si vive qu'elle plissa les yeux et mit une main en écran devant la figure. Même quand elle eut cessé de la voir, l'image du ciel bleu reflété dans la flaque resta imprimée sur sa rétine, virant peu à peu au vert.

Malgré l'absence de vitres, la cabine du camion l'avait efficacement protégée de la pluie. Une petite mare s'était formée entre la pédale des gaz et la pédale du frein, et Trisha avait le bras mouillé, mais les dégâts s'arrêtaient là. Avait-elle toussé dans son sommeil ? Pas assez fort pour que ça la réveille, en tout cas. Elle avait la gorge à vif et le nez bouché, mais ça s'arrangerait sûrement dès qu'elle ne serait plus au contact de cette satanée poussière.

La chose était là cette nuit. Tu l'as vue.

Était-ce vrai ? L'avait-elle vue pour de bon ?

Elle venait te chercher. Elle avait décidé d'en finir avec toi. Mais quand tu es montée à bord du camion, elle s'est ravisée. Pourquoi ? J'en sais rien. Elle a changé d'avis, c'est tout.

Mais peut-être que tout ça n'avait été qu'un rêve, le genre de rêve qu'on fait quand on ne sait plus trop si on est éveillé ou si on dort. Quand on est tiré brutalement de son sommeil par un violent orage, qu'il y a plein d'éclairs et que le vent souffle en tempête, on peut s'imaginer un tas de trucs. Dans ces cas-là, n'importe qui est capable d'avoir des visions bizarres.

Empoignant son sac à dos par l'une de ses sangles (qui commençait à s'effilocher sérieusement), Trisha rampa à reculons jusqu'à la portière béante, en s'efforçant de ne pas inhaler la poussière qu'elle soulevait sur son passage. Une fois dehors, elle s'écarta de quelques pas et contempla un instant l'épave. Sa carcasse rouillée, encore humide, avait viré au lie-de-vin. Elle se passa une des sangles de son sac à l'épaule, et au moment où elle allait faire pareil avec la deuxième, elle s'immobilisa. Il faisait un temps radieux, la pluie avait cessé, elle avait un chemin tout tracé à suivre... mais tout à coup elle se sentait vieille, fatiguée, sans ressort. Quand on est brutalement tiré de son sommeil par un violent orage, on peut s'imaginer des trucs. Un tas de choses. Mais ce qu'elle voyait à présent était bien réel.

Pendant qu'elle dormait, quelque chose avait tracé un cercle autour de l'épave de la camionnette, creusant un sillon à travers les feuilles mortes, les aiguilles de pin et les fourrés. Se détachant sur la verdure environnante, le cercle d'humus noir et humide était parfaitement visible dans la clarté matinale. Des buissons et des arbustes déracinés, déchiquetés en mille morceaux, avaient été jetés au loin. Le Dieu des Égarés était bel et bien venu visiter Trisha cette nuit et il avait tracé un cercle autour d'elle, comme pour dire : *Tenez-vous à distance, elle est à moi.*

Neuvième manche
(première mi-temps)

Ce dimanche-là, Trisha passa la journée entière à marcher sous un ciel bas, lourd, étouffant. Toute la matinée, une vapeur s'éleva des bois humides, mais dès le début de l'après-midi ils étaient secs. Il faisait une chaleur torride. Tout heureuse qu'elle fût d'avoir un chemin à suivre, Trisha aurait préféré marcher à l'ombre. Elle était fiévreuse, lasse. Plus que lasse même, ivre de fatigue. La chose l'observait. Elle marchait dans la forêt, allant du même pas qu'elle, sans la quitter des yeux. Cette fois, la sensation d'être observée ne l'abandonna pas, car la chose ne l'abandonnait pas. Elle était quelque part dans la forêt, à sa droite. Deux ou trois fois, il lui sembla même l'apercevoir, mais ce n'était peut-être que le jeu du soleil à travers les branches. Elle n'avait aucune envie de la voir. La vision qu'elle en avait eue cette nuit à la lueur d'un éclair lui avait amplement suffi. Son pelage, ses immenses oreilles en pointe, sa masse énorme.

Ses yeux aussi. De grands yeux noirs, inhumains et cruels. Un peu vitreux et néanmoins perçants. Rivés sur elle.

Elle ne partira que quand elle sera sûre que je n'ai plus aucune chance de m'en sortir, se dit-elle avec accablement. *Elle ne veut pas que je m'en sorte. Elle ne me laissera pas échapper.*

Vers midi, voyant que les flaques de pluie commençaient à s'évaporer au creux des ornières, elle se dit qu'il valait mieux se ravitailler en eau pendant qu'il en était encore temps. Elle se fit un filtre de sa casquette, fit passer l'eau dans la capuche de son poncho, puis la transvasa dans sa gourde et sa bouteille de Surge. Même une fois filtrée, l'eau était trouble, pleine de particules suspectes, mais Trisha ne s'en inquiéta guère. Elle se disait que si cette eau avait pu tuer, elle n'y aurait sans doute pas survécu la première fois. En revanche, elle n'aurait bientôt plus rien à se mettre sous la dent et ça, c'était inquiétant. Après avoir fait provision d'eau, elle mangea presque toutes les faines et les baies qui lui restaient. Demain matin, à l'heure du petit déjeuner, elle en serait réduite à racler le fond de son sac, comme lorsqu'elle y avait récupéré les dernières miettes de chips. Elle se dit qu'elle trouverait peut-être de quoi manger le long du chemin, mais sans trop y croire.

Le chemin ne semblait pas avoir de fin. Tantôt il disparaissait à moitié sous la végétation, tantôt il était parfaitement dégagé. A un moment, le terre-plein central fut envahi de buissons épineux. Étaient-ce des buissons de mûres ? Ils ressemblaient beaucoup à ceux sur lesquels Trisha et sa mère avaient récolté de pleines casquettes de baies succulentes et fraîches dans leur petit bois pour de rire, à Sanford. Mais la saison des mûres ne commençait que dans un mois. Trisha vit aussi des champignons, mais ils ne lui inspiraient pas confiance. La science de sa mère n'allait pas jusqu'aux champignons et à l'école on ne lui avait rien enseigné à leur sujet. A l'école, on lui avait tout appris des faines et on lui avait appris à ne jamais monter dans la voiture de quelqu'un qu'on ne connaît pas, mais pas à identifier les champignons. Tout ce qu'elle savait, c'est que si on mange de ceux qu'il ne faut pas on risque d'en mourir, dans des souffrances horribles. Du reste, ce n'était pas un bien grand sacrifice. Elle n'avait guère d'appétit et sa gorge lui faisait mal.

Aux alentours de quatre heures, elle trébucha sur un tronc abattu et s'affala sur le flanc. Elle essaya de se relever, mais rien n'y fit. Ses jambes ne la soutenaient plus, on aurait dit qu'elles s'étaient transformées en eau. Au prix d'un effort surhumain, elle arriva à faire glisser son sac de ses épaules. Elle mangea les quelques faines qui lui restaient, n'en laissant pas plus de deux ou trois. Elles avaient du mal à passer. La dernière refusa obstinément de franchir son gosier. Elle se démena, allongeant le cou comme un oisillon à la becquée, et finit par la déglutir avec effort. Elle fit descendre la faine récalcitrante à l'aide d'une grande lampée d'eau tiédasse et boueuse.

— C'est l'heure des Red Sox, murmura-t-elle en extirpant son Walkman de son sac.

Arriverait-elle à les capter ? Elle avait de sérieux doutes à ce sujet, mais ça ne coûtait rien d'essayer. En Californie, il devait être une heure de l'après-midi. Le match venait tout juste de commencer.

Sur la bande FM, elle ne capta rien, pas la moindre bribe de musique. Sur les grandes ondes, elle ne trouva qu'un bonhomme qui jacassait en français (en ponctuant son discours de petits glous-sements satisfaits), mais quand le curseur arriva tout au bout du cadran d'affichage des fréquences, le miracle se produisit : faible et néanmoins audible, la voix de Joe Castiglione lui parvint.

— John Valentin vient de quitter la seconde base, disait-il. Ça y est, la balle est partie... *Garciaparra la renvoie vers le centre du terrain. Ah, quel beau coup de batte ! Elle vole très haut... retombe ! Les Red Sox mènent deux à zéro !*

— Bien joué, Nomar, t'es le meilleur, fit Trisha d'un voix rauque et coassante en brandissant mala-droitement le poing.

C'est Troy O'Leary qui succéda à Garciaparra. Il se fit sortir et la quatrième manche s'acheva. Des voix surgies d'un monde lointain où il y a des sen-tiers partout et où les dieux se tiennent sagement dans la coulisse se mirent à pépier : « *En cas de pare-brise étoilé, composez le...* »

— 800-54..., commença Trisha.

Mais le sommeil s'empara d'elle avant qu'elle ait eu le temps de prononcer le mot GÉANT. A mesure qu'il s'approfondissait, elle glissa peu à peu vers la droite. De temps en temps, une toux lui échappait. Une toux catarrheuse, montant du fond de la poi-trine. Pendant la cinquième manche, la chose avança jusqu'à la lisière des bois pour la regarder. Une nuée de mouches et de moucherons lui tourbillonnait autour du mufle. Ses yeux à l'éclat trompeur ouvraient sur un néant infini. Un long moment, elle resta immobile. A la fin, elle désigna Trisha de sa main aux griffes effilées comme un rasoir — *elle est à moi, n'y touchez pas* — puis recula et s'enfonça de nouveau dans le sous-bois.

Neuvième manche
(deuxième mi-temps)

A un moment, vers la fin de la partie, Trisha émergea brièvement de son lourd sommeil, du moins c'est ce qu'il lui sembla. La voix de Jerry Trupiano (ou une voix qui ressemblait à la sienne) annonça que les Guêpes de Seattle occupaient toutes les bases et que Tom Gordon allait jouer son va-tout.

— Avec la chose à la batte, il aura du mal, dit Jerry. Pour la première fois depuis le début de la saison, Gordon a l'air effrayé. Où est Dieu quand on a besoin de lui, Joe ?

— A Danvizz, dit Joe Castiglione. Il a bu l'eau du ruisseau.

C'était forcément un rêve, auquel s'étaient peut-être mêlés quelques éléments épars de réalité. Quand Trisha émergea du sommeil pour de bon, le soleil était bas sur l'horizon, elle avait de la fièvre, sa gorge lui faisait atrocement mal à chaque fois qu'elle avalait sa salive, et son Walkman n'émettait plus le moindre son.

— Tu t'es endormie avec la radio allumée, espèce d'andouille, dit-elle de sa voix coassante. T'es vraiment qu'une grosse conne !

Elle scruta le dessus du boîtier, espérant sans trop y croire que le voyant rouge ne s'était pas éteint, qu'elle avait simplement déplacé le curseur par mégarde en glissant sur le flanc (elle s'était réveillée la tête coincée contre l'épaule et sa nuque lui faisait un mal de chien). Mais il était éteint, bien sûr.

Elle essaya de se consoler en se disant que les piles n'en avaient plus pour longtemps de toute façon, mais ça ne l'empêcha pas de fondre en larmes. C'était si dur de devoir faire son deuil de la radio. Il lui semblait qu'elle venait de perdre son dernier ami. Avec des gestes gourds de vieille arthritique, elle remisa le Walkman dans la poche latérale de son sac, le reboucla, et se le passa autour des épaules. Le sac était pour ainsi dire vide, mais il lui parut invraisemblablement pesant.

Tu es sur un chemin, au moins, se fit-elle remarquer. Mais maintenant qu'une nouvelle nuit approchait, même cela n'était plus pour elle qu'une piètre consolation. *Ça me fait une belle jambe !* se dit-elle. Elle commençait à avoir l'impression que ce chemin lui faisait la nique, que ce n'était qu'une espèce de ratage d'autant plus frustrant que la victoire semblait à portée de la main, comme quand un lanceur foire la balle de match alors que son équipe n'avait plus qu'un point à marquer. Si ça se trouve, cet idiot de chemin sinuait à travers bois sur deux cents kilomètres et il n'y aurait rien au bout que des broussailles ou un autre marécage pourri.

Pourtant elle se remit en marche, d'un pas lourd, exténué. Elle allait la tête basse et le dos tellement voûté que les sangles de son sac glissaient sans cesse des épaules, comme les bretelles d'un débardeur trop grand. Avec un débardeur, c'est facile, on rajuste les bretelles d'un simple coup de pouce. Mais pour remonter les sangles d'un sac à dos il faut produire un véritable effort physique.

Une demi-heure avant la nuit, l'une des sangles lui glissa complètement de l'épaule et son sac se décrocha. Trisha eut la tentation fugace de le laisser poursuivre sa chute et de ne pas le ramasser. S'il n'avait contenu que la maigre poignée de baies qui lui restait, elle aurait peut-être cédé à son impulsion. Mais il abritait aussi sa réserve d'eau, et toute boueuse qu'elle soit cette eau était un véritable baume pour sa gorge en feu. En fin de compte, elle décida de s'arrêter pour la nuit.

Elle tomba à genoux sur le terre-plein central, fit glisser l'autre sangle de son sac avec un soupir de soulagement, puis s'étendit sur le sol et s'en fit un oreiller. Ses yeux se posèrent sur la masse sombre de la forêt, à sa droite.

— Ne t'approche pas de moi, dit-elle d'une voix aussi claire et ferme que possible. Reste où tu es, sinon je compose le 800 et j'appelle le géant, compris ?

La chose l'entendit. Elle ne saisissait sans doute pas le sens de ses paroles, et elle ne lui répondit pas, mais elle était là. Trisha sentait sa présence. La laissait-elle encore mûrir ? Se repaissait-elle de sa peur avant de se repaître d'elle ? Si tel était le cas, la partie serait bientôt finie, car sous peu Trisha aurait épuisé ses dernières réserves de peur. Tout à coup, elle eut envie de la héler de nouveau pour lui dire de ne pas tenir compte de ses menaces, lui expliquer qu'elle était fatiguée, qu'elle n'avait qu'à venir la dévorer si le cœur lui en disait. Mais elle s'en garda bien, car qui sait ? la chose aurait pu la prendre au mot.

Elle but un peu d'eau et s'abîma dans la contemplation du ciel. Elle repensa aux paroles de monsieur Beurk. Il lui avait dit que le dieu de Tom Gordon ne pouvait pas s'occuper d'elle, qu'il avait d'autres chats à fouetter. Trisha trouvait ça louche. Ça ne devait pas être tout à fait vrai. En tout cas, Il n'était pas là, c'était l'évidence même. Peut-être qu'Il *aurait pu* venir à son secours, mais qu'Il ne le *voulait* pas. *Toutefois, Il a une passion pour le base-ball, je te l'avoue,* avait ajouté monsieur Beurk. *Ce qui ne veut pas dire qu'Il soit un ardent supporter des Red Sox.*

Trisha ôta sa casquette à l'effigie des Red Sox. Elle était fripée, tachée de sueur, souillée d'innombrables petits fragments de mousse et d'écorce et sa bordure avait pris un mauvais pli. Elle la caressa du doigt. Cette casquette était son trésor, elle y tenait comme à la prunelle de ses yeux. C'est son père qui avait obtenu la signature de Tom Gordon. Il avait expédié la casquette à Fenway Park avec un petit mot expliquant que Tom était le joueur préféré de sa fille et une enveloppe timbrée pour la réponse, et Tom (ou le secrétaire de son fan-club) la lui avait renvoyée après avoir apposé son paraphe sur la visière. Mais en dépit de tout, elle restait son bien le plus précieux. Et même son *unique* bien, hormis un pauvre fond d'eau boueuse, une poignée de baies racornies et ses fringues crasseuses. La signature de Tom, brouillée par la pluie et le contact répété des mains moites de Trisha, était presque effacée à présent. Il n'en subsistait qu'une vague trace noirâtre. Mais une trace, c'était mieux que rien. Et Trisha était toujours là, elle. Du moins pour le moment.

— Eh ! toi, là-haut ! dit-elle, même si t'es pas

pour les Red Sox, tu pourrais être pour Tom Gordon. Qu'est-ce que ça te coûterait, hein ? Et puis comme ça au moins tu existerais un peu.

Elle passa la nuit dans une sorte de demi-torpeur. Grelottante, elle s'assoupissait puis se réveillait en sursaut certaine que la chose était là, tout près, qu'elle s'était enfin décidée à sortir du bois pour la dévorer. Tom Gordon bavarda longuement avec elle. A un moment, son père lui parla aussi. Il était debout derrière elle et lui demandait si elle voulait des macarons, mais quand elle se retourna il n'y avait personne. De nouveaux météores embrasèrent le ciel, mais Trisha n'était pas sûre de les avoir vus pour de bon, ce n'était peut-être qu'un rêve. A un moment, elle sortit le Walkman de son sac, espérant que les piles seraient revenues à la vie (parfois, quand on les laisse reposer, elles se rechargent d'elles-mêmes), mais il lui échappa des mains avant qu'elle ait eu le temps de s'en assurer. Elle tâtonna longtemps parmi les hautes herbes, mais pas moyen de le retrouver. A la fin, ses mains retournèrent à son sac à dos et elle s'aperçut que les languettes de fermeture n'avaient pas bougé de leurs passants. Elle en conclut qu'elle n'avait pas sorti le Walkman du sac, car elle n'aurait jamais été capable de le reboucler aussi soigneusement dans le noir. Elle eut une bonne douzaine de quintes de toux, chaque fois un peu plus sévères. Maintenant, non contente de lui arracher la poitrine, la toux lui résonnait douloureusement dans les côtes. Tant bien que mal, elle parvint à se mettre à croupetons pour faire pipi. Le jet la brûla si fort qu'elle s'en mordit les lèvres.

La nuit s'écoula comme toutes les nuits de fièvre, où le temps paraît distordu et étrangement malléable.

Quand les oiseaux se mirent enfin à gazouiller et qu'une aube indécise filtra à travers les arbres, Trisha eut peine à y croire. Approchant les mains vers son visage, elle examina ses doigts crasseux. Vivait-elle encore ? Ça aussi, elle avait peine à y croire. Il lui semblait que oui, pourtant.

Elle resta allongée jusqu'à ce qu'il fasse suffisamment jour pour qu'elle distingue la sempiternelle nuée d'insectes qui lui tournoyait autour de la tête. Ensuite elle se mit péniblement debout. Ses jambes allaient-elles la soutenir ou s'effacer sous elle ? Elle n'avait pas d'autre moyen de s'en assurer.

Si mes jambes refusent de m'obéir, je ramperai, se dit-elle. Mais elle n'eut pas à ramper, du moins pour le moment, car ses jambes la soutenaient encore. Pliant le buste, elle glissa un doigt sous l'une des boucles de fermeture de son sac. Quand elle se redressa, le vertige la prit et les grands papillons noirs se remirent à lui danser devant les yeux. Quand ils eurent enfin disparu, elle réussit Dieu sait comment à faire passer les sangles du sac sur ses épaules.

Là-dessus, elle achoppa sur un autre genre de casse-tête : quelle direction fallait-il prendre ? Dans quel sens marchait-elle quand elle était arrivée ici hier soir ? Elle en était d'autant moins sûre que le chemin était pareil des deux côtés. Elle s'en éloigna de quelques pas et l'examina d'un œil indécis. Son pied heurta un objet. C'était son Walkman, encore entortillé dans le fil des écouteurs et humide de rosée. Donc, elle l'avait bel et bien sorti pendant la nuit. Elle le ramassa et le regarda d'un œil hébété. Il aurait fallu qu'elle se déharnache encore une fois et qu'elle déboucle son sac pour y remiser le Walkman, mais c'était trop difficile, aussi difficile que de soulever une montagne. Elle aurait pu le jeter, bien sûr, mais comment s'y résoudre ? Elle n'allait quand même pas baisser les bras comme ça.

Elle resta pétrifiée sur place pendant trois bonnes minutes, fixant le petit radio-cassette de ses yeux brillants de fièvre. Je le jette ou je le garde ? A toi de décider, Patricia ! Tu gardes l'autocuiseur programmable en inox, ou tu essayes de gagner la voiture, le manteau de vison et les quinze jours à Rio ? Elle se dit qu'à sa place le Mac portable de son frère Pete se serait mis à afficher « erreur » et à cracher des icônes en forme de bombe. A sa grande surprise, cette idée la fit éclater de rire.

Le rire se transforma aussitôt en une quinte de toux qui dépassa en violence toutes les précédentes. Trisha se plia en deux et elle émit une suite de jappements rocailleux, les mains à plat sur les cuisses, ses cheveux flottant devant son visage comme un rideau sale. Au prix d'un effort surhumain, elle réussit à ne pas s'écrouler. Peu à peu, la toux diminua et la solution de son dilemme lui apparut. Elle n'avait qu'à fixer le Walkman à la ceinture de son jean. C'est bien à ça que sert le crochet en plastique à l'arrière du boîtier, non ? Elle aurait pu y penser plus tôt. Ah, quelle idiote !

Elle ouvrit la bouche pour dire *Élémentaire, mon cher Watson* (phrase dont Pepsi et elle usaient volontiers dans ces cas-là), mais il n'en sortit qu'un liquide tiède, qui lui humecta la lèvre inférieure. Elle s'essuya la bouche et regarda avec des yeux ronds le sang d'un rouge éclatant qui luisait au creux de sa paume.

J'ai dû me mordre la langue en toussant, se dit-elle, mais ça ne l'abusa pas une seconde. Ce sang lui était remonté du fond des entrailles. Cette idée lui fit très peur, et du coup le monde lui apparut sous des contours plus nets. La faculté de réfléchir lui revint. Elle racla délicatement sa gorge à vif, puis expectora. Le crachat était rouge vif. Mais à quoi bon flipper ? De toute façon, elle n'y pouvait rien. Elle avait la tête claire, c'était au moins ça. Assez claire pour savoir quelle direction il fallait prendre. Hier soir, le soleil s'était couché à sa droite. Elle pivota lentement sur elle-même, et quand les premiers rayons qui perçaient à travers les arbres furent sur sa gauche, elle sut qu'elle était tournée dans le bon sens. C'était d'une simplicité tellement enfantine qu'elle ne comprenait pas comment elle avait pu se casser la tête là-dessus.

Elle se remit en route, avançant à petits pas précautionneux, comme si elle avait marché sur un carrelage lavé de frais. *C'est ma dernière chance,* se disait-elle. *Il faut que je trouve une issue avant la fin de la journée, ou même avant la fin de la matinée. D'ici l'après-midi, je serai sans doute trop faible ou trop malade pour continuer. Si je passe encore une nuit dans les bois, je ne me relèverai plus, à moins d'un prodige.*

A moins d'un prodige... L'expression venait-elle de son père, ou de sa mère ?

— On s'en fout, coassa-t-elle. Si je m'en sors, je me fabriquerai mes expressions moi-même.

Arrivée à une trentaine de pas de l'endroit où elle avait passé cette interminable nuit de dimanche à lundi, Trisha s'aperçut qu'elle tenait toujours son Walkman à la main. Elle s'arrêta et entreprit de le fixer à sa ceinture. Ce qui ne fut pas une mince affaire. A présent, son jean bâillait résolument sur ses hanches saillantes et pointues. *Si je perds encore quelques kilos, je pourrai me faire engager comme top model*, se dit-elle. Alors qu'elle se demandait ce qu'elle allait bien pouvoir faire des écouteurs, une lointaine pétarade déchira soudain le silence de cette belle matinée d'été. On aurait dit une paille géante aspirant bruyamment une flaque de coca.

Trisha poussa un cri, et elle ne fut pas la seule à réagir. Des corbeaux croassèrent et un faisan jaillit soudain d'un fourré dans un froissement d'ailes indigné.

Trisha resta pétrifiée sur place, les yeux écarquillés, ses écouteurs oubliés oscillant au bout de leur fil à la hauteur de sa cheville gauche zébrée de croûtes noirâtres. Cette pétarade lui était familière. C'était celle d'un pot d'échappement très encrassé. Un vieux camion peut-être, ou une moto de trial. Il y avait une route pas loin. Une *vraie* route.

Elle avait envie de prendre ses jambes à son cou, mais elle se contint. Il ne fallait surtout pas gaspiller le peu d'énergie qui lui restait. Il n'aurait rien pu lui arriver de pire que de tourner de l'œil et de succomber à une insolation à portée d'oreille d'une route, comme un lanceur ratant la balle sur laquelle l'équipe adverse jouait son va-tout. Trisha était bien décidée à ne pas subir ce sort abominable.

Elle se contraignit donc à marcher, lentement, posément. Tout en avançant, elle tendait l'oreille, dans l'espoir de percevoir une autre pétarade, un lointain grondement de moteur ou un coup de klaxon. Mais elle n'entendit rien, absolument rien, et au bout d'une heure de marche elle commença à se dire qu'elle avait dû avoir une hallucination. Le bruit lui avait semblé on ne peut plus réel, mais...

Elle venait d'arriver au sommet d'une côte. Une nouvelle quinte de toux la cassa en deux, et un filet de sang s'échappa de ses lèvres. Le sang étincelait au soleil, mais elle n'y fit pas attention, ne porta même pas sa main à sa bouche. A quelques dizaines de mètres en contrebas, son chemin aboutissait à une route, avec laquelle il formait un T.

Trisha descendit lentement jusqu'à la route et s'engagea sur la chaussée, qui n'était pas goudronnée. Elle ne distingua pas de trace de pneus sur la terre compacte et sèche, mais les ornières semblaient beaucoup plus récentes et il n'y avait pas d'herbe en leur milieu. La route était perpendiculaire à son chemin, et courait à peu près sur un axe est-ouest. Cette fois, Trisha opta pour la meilleure solution. Elle aurait pu se diriger vers l'est, mais comme sa tête s'était remise à lui faire mal et qu'elle ne voulait pas marcher face au soleil, elle prit vers l'ouest. A six kilomètres de là, la route 96, simple ruban goudronné maintes fois rapetassé, sinuait à travers les vastes forêts du New Hampshire. Il n'y passait que de rares voitures, mais les camions chargés de grumes y étaient nombreux. C'est l'antique pot d'échappement de l'un de ces camions que Trisha avait entendu pétarader, au moment où son chauffeur rétrogradait pour aborder une côte. Le son avait parcouru près de quinze kilomètres dans l'air limpide du matin.

Revigorée, Trisha se remit en marche. Trois quarts d'heure plus tard, un son lointain, mais reconnaissable entre tous, parvint à ses oreilles.

Sois pas bête, au point où tu en es, comment est-ce que tu serais fichue de reconnaître un son d'un autre ?

N'empêche que...

Elle dressa la tête comme le petit chien des vieux 78 tours que mamie McFarland conservait précieusement dans une malle au grenier, et retint son souffle. Elle entendit le sang qui lui battait aux tempes, sa respiration qui sifflait dans sa gorge infectée, les oiseaux qui lançaient leurs appels, le vent qui murmurait dans les arbres. Elle entendit les moustiques qui lui bourdonnaient autour des oreilles et un autre bourdonnement, plus lointain. Un bourdonnement de moteur. Accompagné d'un crissement presque imperceptible. Un crissement de pneus sur l'asphalte.

Trisha fondit en larmes.

— Je vous en prie, faites que ce ne soit pas mon imagination, dit-elle d'une voix rauque, presque murmurante. Oh, mon Dieu, faites que ce ne soit pas du délire.

Derrière elle, un frémissement un peu plus sonore se fit entendre. Cette fois, ça ne pouvait pas être le vent. Et même si elle était arrivée à se le faire croire l'espace de quelques secondes, comment aurait-elle expliqué le craquement sec des branches brisées ? Et le fracas d'un objet lourd qui s'abattait — sans doute un arbre qu'*Il* avait trouvé en travers de son chemin ? Il l'avait laissée avancer jusqu'à ce qu'elle ne soit plus qu'à deux doigts du salut, à portée d'oreille de la route qui lui aurait permis de rejoindre la civilisation dont elle s'était étourdiment écartée. Il l'avait observée tout au long de son pénible voyage, avec amusement peut-être, ou avec une sorte de compassion divine si épouvantable qu'elle n'osait même pas se l'imaginer. Il avait assez observé. Il avait assez attendu.

Envahie d'une terreur à laquelle se mêlait une sorte d'étrange et serein fatalisme, Trisha se retourna lentement pour faire face au Dieu des Égarés.

Deuxième mi-temps
de la neuvième manche :
balle de match

Quand il émergea du sous-bois, sur le côté gauche de la route, la première idée qui vint à l'esprit de Trisha fut : *Quoi, c'est tout ? Ce n'était donc que ça ?* Bien des hommes eussent pris leurs jambes à leur cou en voyant l'*Ursus americanus* franchir lourdement le dernier rideau de fourrés (c'était un ours noir dans la force de l'âge, dont le poids devait avoisiner les deux cents kilos), mais Trisha s'était attendue à quelque horreur inimaginable, remontée du fin fond de l'Érèbe.

Des feuilles et des capitules de bardane s'étaient prises dans sa fourrure luisante. D'une main (car c'était bien une main, rudimentaire et griffue), il tenait une branche presque entièrement dépouillée de son écorce. On aurait dit un sceptre, ou la baguette d'un magicien. Il avança jusqu'au milieu de la chaussée, en ondulant pesamment de l'arrière-train. L'espace d'un moment, il resta à quatre pattes puis, avec un grognement sourd, se dressa sur ses pattes de derrière. Trisha comprit alors que cette créature n'était pas un ours, même si la ressemblance était trompeuse. C'était bien le Dieu des Égarés. Qui venait enfin réclamer son dû.

Ses yeux noirs n'étaient pas des yeux, mais des orbites vides. Il leva son museau brun clair pour humer l'air puis approcha la branche de sa gueule. Son museau se retroussa, découvrant une double rangée de longs crocs verdâtres. Il s'inséra l'extrémité de la branche entre les crocs et la suçota. On aurait dit un enfant léchant un sucre d'orge. Puis, très lentement, les crocs se refermèrent et sectionnèrent le bâton en deux. Comme un grand silence s'était abattu sur les bois, le son résonna très fort aux oreilles de Trisha. On aurait dit le craquement d'un os qui se brise. Si ses crocs s'étaient refermés sur son bras, c'est ce son qu'il aurait produit. Qu'il *allait* produire.

Quand il tendit le cou en agitant ses oreilles, Trisha vit que son mufle était environné d'une petite galaxie noire de moucherons, exactement comme son visage à elle. Son ombre, démesurément étirée par le soleil matinal, frôlait le bout des Reebok râpées de Trisha. Ils n'étaient qu'à vingt pas l'un de l'autre.

Il était venu réclamer son dû.

Sauve-toi, fit la voix du Dieu des Égarés. *Sauve-toi à toutes jambes, essaye d'arriver à la route avant moi. Cet ours est lent, il n'a pas eu son content de nourriture. La récolte de printemps a été maigre. Sauve-toi. Peut-être qu'il te laissera la vie.*

Il a raison, il faut que je me sauve, se dit-elle, et aussitôt la voix glaciale de la petite teigne lui résonna dans la tête : *Tu ne peux pas courir, ma pauvre chérie. Tu tiens à peine debout.*

La chose qui n'était pas un ours la regardait fixement, remuant ses oreilles pour chasser les insectes qui tourbillonnaient autour de sa tête triangulaire. Le pelage lustré et soyeux de ses flancs frémissait imperceptiblement. Il tenait toujours son moignon de branche dans sa patte griffue. Ses mâchoires se mirent à aller et venir lentement comme celles d'une vache qui rumine, et de menus fragments de bois déchiqueté lui glissèrent d'entre les crocs. Certains tombèrent à terre, d'autres adhérèrent aux poils de son museau. Dans ses orbites vides, d'innombrables petites créatures bourdonnaient — asticots, mouches minuscules, larves de moustiques et Dieu sait quoi encore, s'agitant en une espèce de bouillon saumâtre qui rappelait à Trisha le marécage dans lequel elle avait pataugé.

C'est moi qui ai tué les chevreuils. C'est moi qui te guettais sans arrêt. C'est moi qui ai tracé un cercle autour de toi. Sauve-toi. Ce sera une façon de te prosterner devant moi, et peut-être que je te laisserai la vie.

Autour d'eux, les bois silencieux répandaient leur haleine à l'odeur âcre et verte. La respiration de Trisha était rauque, un peu sifflante. La chose qui ressemblait à un ours la contemplait d'un air altier du haut de ses deux mètres, la tête dans le ciel, les griffes solidement plantées dans le sol. Trisha, les yeux levés, soutenait son regard. Tout à coup, elle sut ce qu'il lui restait à faire.

Il fallait qu'elle marque le point décisif.

Dieu attend toujours la deuxième mi-temps de la neuvième manche pour se manifester, lui avait expliqué Tom. Comment gagne-t-on à tous les coups ? En faisant comprendre à l'adversaire qu'il n'est pas le plus fort. Il peut te battre quand même... mais il ne faut pas lui mâcher le travail.

Ce qui importe avant tout, c'est de se figer dans

cette immobilité parfaite qui irradie des épaules et enveloppe peu à peu le corps d'un cocon de certitude absolue. Il peut te battre, mais ne lui mâche pas le travail. Il ne faut pas lui lancer une balle trop molle. Il ne faut pas courir.

— J'ai de l'eau glacée dans les veines, dit Trisha.

La chose debout au milieu de la route pencha la tête d'un côté. On aurait dit un énorme chien très attentif. Elle pointa les oreilles vers l'avant. Trisha leva la main, remit sa casquette à l'endroit et s'en rabattit la visière sur le front, comme Tom Gordon le faisait toujours. Ensuite elle pivota vers le côté droit de la route et écarta les jambes pour se placer en fente avant tendue, jambe gauche pointée vers l'ours qui n'était pas un ours. Pas un instant elle n'avait quitté des yeux les orbites vacantes qui la fixaient à travers la nuée de moucherons tourbillonnants. *L'instant fatal est arrivé !* comme disait Joe Castiglione. *Accrochez vos ceintures !*

— Allez, mets-toi en position, dit Trisha.

Elle décrocha le Walkman de sa ceinture, en arracha le fil et laissa tomber les écouteurs à ses pieds. Elle fit passer le Walkman derrière son dos et le retourna entre ses doigts, cherchant la bonne prise.

— J'ai de l'eau glacée dans les veines ! Si tu me mords, tu te transformeras en bloc de glace ! Allez, espèce de gros ringard ! Empoigne ta batte, ducon !

L'ours qui n'était pas un ours lâcha son bâton et se laissa retomber à quatre pattes. Il laboura la terre compacte de ses griffes en trépignant comme un taureau furieux, puis s'avança vers Trisha avec une rapidité surprenante, en dodelinant de tout le corps. Tandis qu'il courait, ses oreilles s'aplatirent et son mufle se retroussa, laissant échapper un bourdonnement qu'elle reconnut aussitôt. C'était celui d'un essaim de guêpes. Il avait pris l'aspect extérieur d'un ours, mais au-dedans il n'avait pas changé. Au-dedans, il était plein de guêpes. Bien sûr ! C'était l'évidence même, puisque le moine noir au bord du ruisseau avait été son prophète.

Sauve-toi, disait-il en venant vers elle, son énorme arrière-train oscillant d'un côté à l'autre. Étrangement gracieux, il laissait des empreintes griffues sur le sol compact et dur, lâchant quelques crottes au passage. *Sauve-toi, c'est ta dernière chance.*

Sa dernière chance, c'était l'immobilité absolue.

Et un lancer impeccable. En donnant un maximum d'effet à la balle.

Les mains de Trisha se rejoignirent. Elle avait trouvé la bonne prise. Le Walkman n'avait plus la consistance d'un Walkman. Il avait la consistance d'une balle. Bien sûr, les fidèles supporters de Fenway Park n'étaient pas là pour se dresser comme un seul homme et taper dans leurs mains en cadence, il n'y avait pas d'arbitres, il n'y avait pas de batteur. Il n'y avait que Trisha, les bois où plus rien ne bougeait, le soleil matinal qui cognait comme une brute et une chose qui avait l'aspect extérieur d'un ours mais qui à l'intérieur était pleine de guêpes. Le monde entier s'était comme pétrifié, et à présent elle comprenait ce que devait éprouver Tom Gordon lorsqu'il était en posture de lanceur, dans le silence total de l'œil du cyclone, quand tous les manomètres tombent à zéro, quand tous les sons refluent au loin, quand l'instant fatal arrive et que Joe Castiglione s'écrie : *Attachez vos ceintures !*

Figée dans la posture du lanceur, elle laissa l'immobilité tresser son filet autour d'elle. Cette immobilité qui irradie des épaules. La chose allait sans doute la dévorer. Oui, elle l'emporterait sans doute. C'était en son pouvoir. Mais il n'était pas question qu'elle lui mâche le travail.

Ni que je détale.

Arrivée à sa hauteur, la chose s'arrêta et étendit son mufle vers elle comme pour l'embrasser. Ses yeux n'étaient pas des yeux, mais deux trous grouillants, deux galeries de vers pleines d'insectes proliférants. Les larves et les nymphes se bousculaient en bourdonnant dans les deux tunnels obscurs qui menaient à l'inimaginable cerveau du Dieu des Égarés. Il ouvrit la gueule. Elle était pleine de guêpes. D'innombrables guêpes traînant leurs lourdes queues chargées de venin sur les débris du bâton qu'il avait brisé entre ses crocs et le boyau de chevreuil rougeâtre qui lui tenait lieu de langue. Son haleine était fangeuse, fétide, comme le marécage.

Trisha enregistra tout cela en un éclair, puis son regard se déplaça vers Veritek. Il lui fit signe qu'il était prêt. Allait-elle lancer ? Pas encore. Il fallait qu'elle reste immobile. Qu'elle ne fasse pas le moindre geste. Que le batteur se contracte un maximum, qu'il soit désarçonné, qu'il commence à se demander si la trajectoire de la balle n'allait pas déjouer ses prévisions.

L'ours qui n'en était pas un lui renifla délicatement le visage. Ses naseaux grouillaient d'insectes. Des moucherons tourbillonnaient entre le mufle velu de la bête et le visage lisse et glabre de l'enfant. Quelques-uns vinrent s'écraser sur les yeux humides de Trisha, qui ne cillèrent pas. Le mufle se déformait, changeant perpétuellement d'aspect. Trisha y

265

vit passer une succession de visages, les visages de ses professeurs et de ses camarades de classe, les visages de ses parents et de son frère, le visage de l'inconnu qui guette les enfants à la sortie de l'école pour leur proposer d'aller faire un tour en voiture. Gare, gare ! Méfiez-vous des inconnus ! A chaque rentrée scolaire, c'était la même chanson. La chose répandait une horrible puanteur de mort, de maladie, de calamité. Ses usines à poison bourdonnaient sourdement. *Ça doit être ça, l'Imperceptible*, se dit Trisha.

La chose se dressa de nouveau sur ses pattes de derrière, oscillant au rythme de quelque monstrueuse musique audible d'elle seule, et lança un coup de patte en direction de Trisha. Pour l'instant, ce n'était qu'un jeu. Elle ne cherchait pas vraiment à l'atteindre. Ses griffes souillées de terre fendirent l'air à cinq centimètres de son visage, soulevant la mèche de cheveux qui lui barrait le front. Trisha sentit son souffle léger quand elle retomba, mais elle ne fit pas un mouvement. Elle resta figée dans sa posture hiératique, fixant le ventre de l'ours, où un triangle de poils d'un blanc bleuté se plissait et se déplissait, évoquant dans son mouvement la zébrure d'un éclair.

Regarde-moi.

Non.

Regarde-moi !

Trisha eut la sensation qu'une main invisible lui empoignait le menton et le soulevait avec une force irrésistible. Lentement, elle leva la tête, et son regard se posa sur les orbites vides de l'ours qui n'en était pas un. Elle comprit alors qu'il la tuerait de toute façon. Que son courage ne suffirait pas à la sauver.

Un peu de courage, c'est tout ce qui lui restait. Et si ce n'était pas assez, tant pis. Il était temps de lancer.

Sans même y réfléchir, Trisha ramena son pied gauche contre sa cheville droite et amorça son mouvement. Pas celui que son père lui avait enseigné quand ils s'entraînaient derrière la maison. Celui qu'elle s'était appris à elle-même en regardant Tom Gordon à la télé. Quand son pied se détendit de nouveau vers l'avant et qu'elle leva la main droite au-dessus de son oreille droite (en tendant le bras au maximum, car il ne s'agissait pas de feinter l'adversaire en exécutant un lob paresseux mais d'expédier une balle à tout casser, un vrai boulet de canon), l'ours qui n'en était pas un esquissa un pas maladroit en arrière. Les insectes grouillants qui lui servaient d'yeux avaient-ils pris pour une arme la balle qu'elle serrait dans son poing ? Avait-il été dérouté par son geste belliqueux ? Pris de court en la voyant s'avancer sur lui au lieu de prendre ses jambes à son cou comme elle aurait dû ? Trisha l'ignorait, mais ça lui était égal. Perplexe, la chose émit un rugissement étouffé et une nuée de guêpes s'échappa de sa gueule, telle une vivante vapeur. Elle avait visiblement du mal à garder l'équilibre. Au moment où elle levait une de ses pattes velues en guise de balancier, une détonation claqua.

L'auteur du coup de feu (le premier être humain sur lequel Trisha McFarland ait posé les yeux depuis neuf jours) était encore sous le choc quand les policiers lui demandèrent pourquoi il se baladait en forêt avec un fusil à pompe, si bien qu'il n'essaya même pas de les baratiner. Ce matin-là, bien que la chasse ne soit pas ouverte, il était parti de chez lui dans l'intention de se tirer un chevreuil. Il s'appelait Travis Herrick et n'était pas du genre à gaspiller du bon argent pour s'acheter à bouffer. Son argent, il en avait besoin pour des choses autrement importantes — le loto, par exemple, ou la bière. Quoi qu'il en soit, il ne fit l'objet d'aucune poursuite, ni même d'une amende, d'autant qu'il n'avait même pas tué le monstre dressé face à la petite fille, qui lui faisait front avec un aplomb insensé.

— Si elle avait fait le moindre geste quand il s'est approché, il l'aurait taillée en pièces sur-le-champ, expliqua Herrick. C'est un miracle qu'il l'ait pas touchée. Elle a dû l'arrêter par la seule force de son regard, comme Tarzan. Quand je les ai vus en arrivant en haut de la côte, j'en suis resté comme deux ronds de flan. Je les regardais, c'est tout. Ça a bien dû durer vingt secondes, peut-être même une minute, dans ces cas-là on perd la notion du temps. Je pouvais pas tirer, ils étaient trop près l'un de l'autre, j'avais peur de toucher la gamine. Tout à coup, elle a bougé. Elle tenait un objet à la main. Elle a fait comme si elle allait le lui balancer à la gueule, on aurait presque dit un lanceur au base-ball. En la voyant faire ce mouvement, il a eu peur. Il a fait un grand pas en arrière. Pour un peu, il serait tombé. Voyant que c'était le moment ou jamais, j'ai épaulé mon fusil et j'ai tiré.

Travis Herrick ne fut pas traîné en justice, ni même verbalisé. En revanche, il eut droit à son propre char fleuri lors du défilé du 4 juillet 1998 à Grafton Notch, oh yeah !

Trisha entendit la détonation et la reconnut aussitôt pour ce qu'elle était. Au même instant, elle vit la pointe d'une des oreilles de la chose se fendre en deux comme une feuille de papier qu'on déchire.

Elle aperçut brièvement le ciel bleu à travers la minuscule brèche et vit les petites gouttes de sang très rouge, pas plus grosses que des baies de gaulthérie, qui en jaillirent, traçant un demi-cercle dans l'air. La seconde d'après, l'ours ne fut plus qu'un ours, avec des yeux ronds et vitreux qui lui donnaient un air effaré, presque comique. La chose s'était changée en ours. Ou peut-être qu'elle n'avait jamais été autre chose qu'un ours.

Mais Trisha était bien décidée à ne pas s'en laisser conter.

Achevant son geste, elle lança sa balle, qui frappa l'ours entre les deux yeux. Deux piles Energizer ultra-plates en jaillirent et retombèrent sur la chaussée. *Dans le genre hallucination, on fait pas mieux*, se dit Trisha.

— LE BATTEUR EST *OUT* ! hurla-t-elle.

En entendant ce cri rauque et triomphant, l'ours blessé tourna les talons et détala, à quatre pattes. Son oreille sanglante pendouillait tristement. Il passa vite du simple trot à un galop effréné, son gros derrière ballottant à toute allure. Un deuxième coup de feu claqua et Trisha sentit le vent du projectile, qui fendit l'air à moins de trente centimètres de sa joue droite. La balle souleva un petit nuage de poussière sur la chaussée assez loin derrière l'ours, qui bifurqua brusquement vers la gauche et plongea dans le sous-bois. Sa fourrure noire et lustrée s'agita encore un instant parmi les arbres, qui tremblaient sur son passage comme s'il leur avait communiqué sa peur, puis il disparut.

Trisha se retourna, chancelante, et vit un petit homme qui accourait vers elle. Il était vêtu d'un pantalon de coutil vert rapetassé, de bottes de caoutchouc de la même couleur et d'un vieux tee-shirt tout avachi. Le sommet de son crâne était chauve, mais de longs cheveux battant de part et d'autre de son cou lui retombaient jusqu'aux épaules, et ses petites lunettes sans monture étincelaient au soleil. Il brandissait un fusil au-dessus de sa tête, comme un Apache de western. Trisha ne fut pas étonnée le moins du monde en constatant que son tee-shirt était un tee-shirt des Red Sox. Tout citoyen de la Nouvelle-Angleterre qui se respecte en possède au moins un.

— *Tu n'as rien, petite ?* vociférait-il. *C'était un OURS, sacré bon dieu de merde ! Il t'a pas fait de mal ?*

Trisha esquissa un pas maladroit dans sa direction. Elle répéta : « Le batteur est *out* », mais ses paroles ne franchirent ses lèvres que d'extrême justesse. Son cri de triomphe avait eu raison du peu de voix qui lui restait. Sa langue ensanglantée n'émettait plus qu'une sorte de murmure confus.

— Le batteur est *out*. Ma balle était coupée, il a rien pu faire.

— Hein ? fit l'homme en s'arrêtant à sa hauteur. Tu pourrais répéter ? J'ai pas compris un traître mot de ce que tu disais.

— Vous l'avez vue ? lui demanda-t-elle, parlant de cette balle incroyable qui avait tournoyé dans l'air en claquant comme un fouet. Hein, vous avez vu ça ?

— Je, euh... oui, balbutia l'homme.

Mais à vrai dire, il ne savait pas trop ce qu'il avait vu. L'espace de quelques secondes, pendant que la gamine et l'ours étaient pétrifiés l'un en face de l'autre, il s'était demandé si cette créature était bien un ours. Toutefois, il ne l'avoua jamais à personne. Une réputation de pochard, c'est déjà assez lourd à porter. Il n'aurait pas voulu que les gens croient qu'il travaillait du chapeau par-dessus le marché. Tout ce qu'il voyait à présent, c'était une gamine d'une maigreur effrayante, en loques, noire de crasse, qui débitait des paroles sans suite. Il avait oublié son nom, mais il savait qui elle était. On avait parlé d'elle à la radio, et la télé avait diffusé sa photo. Comment avait-elle fait pour remonter si loin vers le nord ? Il n'en avait pas la moindre idée. Mais c'était bien elle, il n'y avait pas à tortiller.

Trisha chancela, et elle se serait sans doute étalée de tout son long si Travis Herrick ne l'avait pas rattrapée in extremis. Au moment où il tendait les bras vers elle, il effleura malencontreusement la détente de son fusil (un Krag.350 auquel il tenait par-dessus tout), et le coup partit. La détonation fit un bruit de tonnerre, mais Trisha ne sourcilla même pas. Elle n'en était pas à un coup de tonnerre près.

— Vous avez vu ça ? demanda-t-elle encore une fois.

Elle n'entendait pas sa propre voix, n'était même pas certaine d'avoir parlé pour de bon. Le petit homme la regardait d'un air perplexe, un peu effrayé. De toute évidence, il n'avait pas l'esprit très vif, mais il semblait plutôt gentil.

— Ma balle était coupée, il n'a rien pu faire, vous avez vu ?

Les lèvres du petit homme remuèrent, mais elle ne saisit pas ses paroles. Il posa son fusil au sol et ce geste la rassura un peu. Il la prit dans ses bras, la souleva de terre et pivota sur lui-même si rapidement qu'elle fut prise de vertige. Si elle avait eu quelque chose dans l'estomac, elle aurait sans doute vomi. Elle se mit à tousser. Elle n'entendit pas non plus sa toux, à cause du tumulte monstrueux qui lui emplissait les oreilles, mais elle sentait les violentes saccades qu'elle produisait au fond de ses poumons, de sa cage thoracique.

Elle aurait voulu dire à cet homme qu'elle était heureuse qu'il la porte, heureuse qu'il soit venu à son secours, mais elle aurait aussi voulu lui dire que l'ours qui n'en était pas un était déjà sur le point de détaler au moment où il avait tiré. Elle avait vu la terreur sans nom qui s'était peinte sur son mufle hideux quand elle avait détendu le bras. Le petit homme qui la tenait dans ses bras s'était mis à courir. Trisha aurait voulu lui dire quelque chose de très important, mais sa tête ballottait trop, elle toussait trop, les oreilles lui tintaient trop. Ses paroles franchirent-elles ses lèvres ? Elle n'en était pas sûre.

Au moment de sombrer dans l'inconscience, elle essayait toujours de dire : *J'ai marqué le point décisif, on a gagné.*

Sortie de match

Elle était de nouveau dans les bois. Elle arrivait à une clairière qu'elle connaissait. Tom Gordon était debout au milieu, à côté de l'arbre mort qui n'était pas un arbre mort, mais un poteau avec un verrou rouillé en son sommet. D'un doigt négligent, il faisait aller et venir le pêne.

J'ai déjà fait ce rêve, se dit-elle, mais en s'approchant de Tom elle s'aperçut qu'un détail avait changé : il ne portait plus l'uniforme gris que les Sox mettent lors de leurs déplacements, mais son uniforme blanc, avec le numéro 36 au dos formé de bandes de satin rouge vif. Donc, les Red Sox étaient revenus de Californie. Ils avaient regagné Fenway Park. Ils jouaient de nouveau sur leur terrain. Pourtant, Tom était bien là avec elle. Dans cette clairière où ils étaient déjà venus ensemble.

— Tom ? dit-elle d'une voix timide.

Il la regarda, les sourcils en accent circonflexe. Le pêne rouillé allait et venait entre ses doigts magiques. Le pêne allait et venait.

— J'ai marqué le point décisif.

— Je sais, dit-il. Tu as joué comme une déesse.

Le pêne allait et venait, allait et venait encore.

Quel numéro faut-il composer quand on a un verrou rouillé ?

— Qu'est-ce qui était pour de vrai, là-dedans ?

— Tout, dit-il, comme si ça n'avait pas eu tant d'importance que ça.

Ensuite il répéta :

— Tu as joué comme une déesse.

— J'ai fait une sacrée bêtise en m'écartant de la piste, hein ?

Tom la regarda d'un air un peu surpris, puis releva sa casquette de son autre main, celle qui ne faisait pas aller et venir le pêne. Ensuite il sourit. Quand il souriait ainsi, il avait l'air incroyablement jeune.

— Quelle piste ? demanda-t-il.

— Trisha ? fit une voix de femme.

La voix venait de quelque part derrière elle. On aurait dit la voix de sa mère, mais c'était impossible. Sa mère, dans la forêt ?

— Elle ne vous entend probablement pas, fit une voix de femme que Trisha ne connaissait pas.

Elle tourna la tête. La forêt s'obscurcit, les arbres se fondirent les uns dans les autres, leurs formes devinrent floues, irréelles, comme sur une toile de fond. Des silhouettes indécises lui apparurent et une pointe d'angoisse lui perça brièvement le cœur. *C'est le moine aux guêpes*, se dit-elle. *Le moine aux guêpes est revenu.*

Puis elle comprit que ce n'était qu'un rêve et son angoisse s'évapora. Elle se retourna vers Tom, mais il n'était plus là. Il n'y avait plus que le poteau lézardé avec le verrou en son sommet... et un blouson à manches de cuir abandonné dans l'herbe, un blouson avec GORDON au dos.

Elle aperçut sa silhouette blanche et fantomatique à l'autre bout de la clairière.

— Quand est-ce que Dieu intervient, Trisha ? lui cria-t-il.

Elle voulut répondre : *Dans la deuxième mi-temps de la neuvième manche,* mais aucun son ne s'échappa de ses lèvres.

— Vous avez vu ? fit la voix de sa mère. Ses lèvres bougent.

— Trish ? fit la voix de Pete, anxieuse et pleine d'espoir. Tu m'entends, Trish ?

Elle ouvrit les yeux et la forêt s'engloutit dans des ténèbres dont elle garderait à jamais la trace en elle — *Quelle piste ?* Elle était dans une chambre d'hôpital. Elle avait un objet enfoncé dans le nez et un autre — une espèce de tube — fixé au poignet par du sparadrap. Un poids très lourd lui comprimait la poitrine. Son père, sa mère et son frère étaient debout à côté de son lit. La silhouette blanche et imposante de l'infirmière qui avait dit *Elle ne vous entend probablement pas* se profilait derrière eux.

— Trisha, dit sa mère.

De grosses larmes lui roulaient sur les joues. Trisha vit que Pete pleurait aussi.

— Oh, Trisha, Trisha, ma chérie.

Sa mère saisit sa main droite, celle qui n'avait ni sparadrap ni tube.

Trisha voulut sourire, mais sa bouche pesait trop lourd. Elle n'arriva même pas à en soulever les commissures. Son regard se déplaça et elle aperçut sa casquette des Red Sox posée sur une chaise, à côté du lit. Une vague tache grisâtre s'étalait en travers de la visière. Une tache qui avait jadis été la signature de Tom Gordon.

Elle voulut dire *papa*, mais ne parvint à émettre qu'un toussotis. Un petit toussotis de rien du tout, mais assez douloureux pour lui arracher une grimace.

— N'essaye pas de parler, Patricia, dit l'infirmière.

A en juger par le ton de sa voix et son maintien, elle avait hâte que les visiteurs déguerpissent. Trisha devina que sous peu elle allait les pousser vers la porte.

— Tu es très malade, ma petite fille. Tu as une double pneumonie.

Quilla ne parut pas entendre. Elle s'était assise à côté de Trisha sur le lit et caressait son bras décharné. Elle pleurait à chaudes larmes, mais sans faire aucun bruit. De grosses gouttes rondes sourdaient de ses yeux et lui roulaient sur les joues. Pete, debout à côté d'elle, pleurait aussi, et tout aussi silencieusement. Trisha était plus touchée par les larmes de Pete que par celles de sa mère, mais à part ça il avait toujours l'air aussi débile. Papa était debout derrière lui, près de la chaise.

Cette fois, Trisha n'essaya pas de parler. Elle se contenta de fixer son père des yeux et d'articuler *Papa !* avec les lèvres, en s'appliquant beaucoup.

Il comprit et se pencha sur elle.

— Quoi, ma chérie ? Qu'est-ce que tu veux ?

— Je crois qu'il vaudrait mieux la laisser à présent, dit l'infirmière. Les lignes de son moniteur commencent à sautiller, vous voyez ? Il ne faut pas l'exciter trop. Veuillez me suivre, s'il vous plaît... Vous lui rendrez service.

Quilla se remit debout.

— On t'aime, Trisha. Dieu soit loué, tu es saine et sauve. On sera là, ne t'inquiète pas, mais il faut que tu dormes un peu. Tu viens, Larry ?

Mais Larry ne lui prêta aucune attention. Il resta penché au-dessus de Trisha, effleurant le drap de ses doigts réunis en dôme.

— Qu'est-ce qu'il y a, Trish ? Qu'est-ce que tu veux ?

Le regard de Trisha se déplaça vers la chaise, se posa de nouveau sur son père, revint à la chaise. Au début, il eut l'air perplexe et elle crut qu'il ne la comprendrait jamais, puis son visage s'illumina. Il sourit, se retourna vers la chaise, ramassa la casquette et fit mine d'en coiffer Trisha.

Elle leva la main droite, celle que sa mère avait caressée. Elle pesait une tonne, mais elle y arriva. Elle écarta les doigts. Les referma. Les écarta de nouveau.

— D'accord, ma puce. J'ai compris.

Il lui mit la casquette dans la main et quand les doigts de Trisha se refermèrent sur la visière, il les embrassa. Trisha se mit à pleurer. En silence, comme sa mère et son frère.

— Allons allons, ça suffit comme ça, dit l'infirmière. Cette fois, il faut vraiment que...

Trisha la regarda et secoua la tête.

— Mais qu'est-ce qu'elle veut ? soupira l'infirmière. Bonté divine !

Trisha fit lentement passer la casquette dans sa main gauche, celle dans laquelle était fichée l'aiguille du goutte-à-goutte. Tout en procédant à cette délicate opération, elle surveillait son père pour s'assurer qu'il la regardait. Une grande fatigue l'accablait. Bientôt, elle dormirait. Mais le moment de dormir n'était pas encore venu. Il fallait d'abord qu'elle dise ce qu'elle avait à dire.

Son père suivait ses mouvements d'un œil attentif. Tout allait bien.

Elle fit passer sa main droite au-dessus de son corps, sans quitter un instant son père des yeux, car il saurait où elle voulait en venir, lui. Et s'il la comprenait, il lui servirait d'interprète.

Trisha tapota la visière de sa casquette, puis elle désigna le plafond de son index dressé.

Un grand sourire radieux illumina le visage de son père. Jamais elle n'avait vu un sourire aussi doux, aussi sincère. S'il existait un chemin, il était forcément là. Voyant qu'il l'avait comprise, Trisha ferma les yeux et s'abandonna à un sommeil bienheureux.

Fin de partie.

Post-scriptum de l'auteur

D'abord, j'ai pris quelques libertés avec le calendrier des Red Sox pour l'année 1998 — mais ce ne sont que des libertés minimes, rassurez-vous.

Il existe un lanceur du nom de Tom Gordon, qui joue dans l'équipe des Red Sox et que l'on garde en réserve pour les fins de parties, mais le Gordon qui apparaît dans ce livre est un personnage de pure fiction. Comme je peux en attester personnellement, à partir du moment où on parvient à un certain stade de notoriété on devient *forcément* un personnage de pure fiction aux yeux de ses admirateurs. Le vrai Tom Gordon et le personnage chimérique imaginé par Trisha ont toutefois un point commun : tous deux pointent un doigt vers le ciel après avoir marqué le point décisif scellant la victoire de leur équipe.

Au cours de la saison 1998, Tom « Flash » Gordon a marqué un total de quarante-quatre balles de match, dont quarante-trois d'affilée, record officiellement homologué par l'American League. Malheureusement, cette saison inaugurée en fanfare s'est conclue sur un fiasco lamentable. Comme le dit monsieur Beurk, Dieu a beau être un passionné de base-ball, il n'a pas l'air d'être un ardent supporter des Red Sox. Au cours d'un match de quart de finale qui opposait Boston à Cleveland, Tom Gordon rata ses trois balles et les Red Sox furent battus 2 à 1. C'était le premier échec de Gordon en cinq mois, et c'est sur cet échec que s'acheva la saison 1998 des Red Sox. Mais Tom Gordon n'en avait pas moins accompli un authentique exploit : sans ses 44 balles de match, les Red Sox auraient sans doute été la lanterne rouge de leur division. Grâce à lui, ils remportèrent un total de 91 matches et se hissèrent cette année-là au deuxième rang des équipes de l'American League. Comme dit le vieil adage (auquel la plupart des lanceurs de réserve comme Tom Gordon souscriraient sans doute volontiers) : Il y a des jours avec et il y a des jours sans.

Pour survivre, Trisha a recours à des aliments de fortune que l'on peut effectivement trouver dans les forêts du nord de la Nouvelle-Angleterre à la fin du printemps. N'eût-elle été une petite fille des villes, elle en aurait sans doute trouvé encore bien d'autres : akènes, racines ou même certains roseaux. Sur ce point, j'ai pris conseil auprès de mon ami Joe Floyd ; c'est lui qui m'a appris qu'on peut récolter des queues de violon jusqu'au début du mois de juillet dans les forêts marécageuses du New Hampshire.

Quant aux forêts elles-mêmes, je ne les ai pas inventées. Au cas où l'envie vous prendrait d'aller vous y balader pendant les vacances, n'oubliez pas de vous munir d'une boussole et de cartes... et tâchez de ne pas vous écarter de la piste.

Stephen KING
Longboat Key (Floride)
1er février 1999

Note du traducteur

Les aliments de survie auxquels Trisha a recours proviennent de végétaux qui n'ont jamais été acclimatés en Europe, mais sont en revanche bien connus au Québec. La gaulthérie (*gaultheria procumbens*), entrée dans la taxinomie en 1839 sous le nom de son découvreur, le botaniste canadien Gaulther, est une éricacée à bien des égards précieuse, puisqu'elle fournit aussi aux parfumeurs l'essence de wintergreen. La fougère à l'autruche (*matteuccia succulentes*) est très commune au Canada, et ses jeunes pousses succulentes, les queues de violon, y sont du reste parfois commercialisées, notamment dans le New Brunswick, où on les connaît mieux sous leur appellation anglaise de *fiddleheads*.

Pour restituer les termes de base-ball, qui n'ont pour la plupart aucun équivalent dans notre langue (les *Règles officielles* publiées en 1991 par la Fédération française de base-ball sont rédigées dans un sabir impénétrable), nous avons été contraints d'user d'expédients souvent simplificateurs (pour ne pas dire approximatifs). Nous espérons que les amateurs bilingues de ce sport si gracieux ne nous en tiendront pas rigueur.

François LASQUIN

Du même auteur au Livre de Poche :

La Tempête du siècle

Sur l'île de Little Tall, on a l'habitude des tempêtes. Pourtant, celle qui s'annonce sera, dit-on, particulièrement violente. Et, surtout, la petite communauté tremble d'héberger Linoge, l'assassin de la vieille Mrs Clarendon. Cet homme étrange qui fait peur même au shérif...

Lui n'a pas peur. Il s'est laissé arrêter. Il connaît son propre pouvoir. Si on lui donne ce qu'il veut, il partira. Et tandis que l'ouragan se déchaîne, dans le froid et la neige, il va faire connaître ses exigences...

Le nouveau best-seller du maître du thriller nous mène aux limites de l'épouvante, vers quelque chose que l'on n'a jamais vu. Quelque chose que personne ne peut voir.

Une des réussites majeures de Stephen King.

Stéphane Thiellement, *Science-Fiction Magazine.*

Sac d'os

Reclus à Sara Laughs, sa maison de campagne, près d'un lac, Mike Noonan n'écrit plus. Depuis la mort brutale de sa femme Jo, enceinte, ce romancier à succès connaît l'angoisse de la page blanche.

La rencontre de la petite Kyra, puis de sa mère Mattie, jeune veuve en butte à la malveillance de son richissime beau-père, amorce-t-elle pour Mike un nouveau départ ? Il le croit, mais c'est compter sans les ombres qui hantent Sara Laughs. Celle notamment d'une chanteuse de blues, violée et assassinée des décennies plus tôt par les racistes du coin...

En devenant l'allié de Mattie et de Kyra, Mike a bravé les forces de l'enfer. Elles vont se déchaîner contre lui, dans les pages enfiévrées de ce roman salué par la critique mondiale comme LE chef-d'œuvre de Stephen King.

Au travers de son double, l'écrivain explore des ténèbres plus profondes : celles du deuil d'un être cher, et celles de l'inspiration.

Cécile Mury, *Télérama.*

Il noue les tripes et glace le cœur du lecteur le plus averti.

François Rivière, *Libération.*

Composition réalisée par NORD COMPO

Imprimé en France sur Presse Offset par

BRODARD & TAUPIN

GROUPE CPI

La Flèche (Sarthe).
N° d'imprimeur : 11444 – Dépôt légal Édit. 18978-03/2002
Librairie Générale Française - 43, quai de Grenelle - 75015
ISBN : 2 - 253 - 15136 - X